E-Z DICKENS SÜPER KAHRAMAN BIRINCI VE IKINCI KITAPLAR

TATTOO MELEĞI; ÜÇ

Cathy McGough

Stratford Living Publishing

OKURLAR NE DİYOR...

BEŞ YILDIZ - OKUYUCULARIN FAVORİ KITABI BİRİNCİ TATTOO MELEK

"Cathy McGough'un yazdığı genç yetişkin macera kitabı E-Z Dickens Süper Kahraman'da (Birinci Kitap: Dövme Melek) bir trajedi çocuğu yetim bıraktıktan sonra, hayat kurtarmasına yardımcı olacak özel güçlere sahip olduğunu keşfeder. On üç yaşındaki Ezekiel Dickens, arkadaşları ve ailesi için E-Z, beyzbol tutkusu olan sıradan bir çocuktur. Bir kaza onu ailesinden mahrum bırakır ve tekerlekli andalyeye mahkûm eder,

Cathy McGough'un yazdığı genç yetişkin doğaüstü macera E-Z Dickens Süper Kahraman'da bilmeceler ve hayaletler bolca var. Olumlu bir mesaj içeren bu hikâye, travma ve yaralanmalardan muzdarip olanların iyileşmesine ve bakış açılarını değiştirmelerine yardımcı o labilir."

DÖRT YILDIZ - AMAZON YORUMCUSU - BİRİNCİ KITAP: TATTOO MELEK

E-Z trajik bir kazanın ardından hastanede uyandığında anne ve babası ölmüştür ve 13 yaşındaki çocuk ayak parmaklarını oynatamamaktadır. Tekerlekli sandalyeye mahkum olmasına rağmen uçabildiğini keşfeder - kollarında dövmelerin olması gereken yerde kanatlar çıkmaktadır. Bu garip yeni dünyada kendi başının çaresine bakmak zorunda değildir, çünkü onu büyütmek için devreye giren Sam Amcası ve hiç beklemediğiniz bir anda ortaya çıkan doğaüstü varlıklar vardır.

E-Z'yi sevdim. İlginç biri ve geçirdiği bir kaza profesyonel beyzbol oyuncusu olma hayallerini suya düşürmüş olsa da kendisi için üzülmüyor ve okuyucuyu da peşinden sürüklüyor. Tavrı moral verici (kanatları olmasına rağmen, kelime oyunu yapmıyorum). Okuyucular onun için tezahürat yapacaklar. Engelli bir karakterin kenarda durup aksiyona çok az katkıda bulunmak yerine olay örgüsünde merkezi bir rol oynadığını görmek güzel. Yazarı alkışlıyorum. Hayaletlerin E-Z'ye özel güçler vermesi konseptini de sevdim ama keşke diğer ana karakterler olarak daha gelişmiş olsalardı. Yine de zekice bir hikâye. Kitap gençlerin ilgisini çekecektir. İyi iş çıkarmış.

BEŞ YILDIZ - Amazon Yorumcusu - İKİNCİ KİTAP: ÜÇ

E-Z DICKENS SÜPER KAHRAMAN KITAP ÜÇ: Cathy McGough'un yazdığı ÜÇ, harika bir süper kahraman macera hikâyesi. Ana karakterler E-Z, Lia ve Alfred sizi hiç beklemediğiniz sürprizlerle dolu bir maceraya çıkaracak. Peki Başmeleklerin onların göreviyle ne ilgisi var? Kendiniz öğrenin. Son bölüme kadar beni merakta bırakan olay örgüsünden, yazım tarzından ve hikâyeden gerçekten keyif aldım.

Bu kitabı süper kahramanlar, gerilim, aksiyon, macera, gençler, YA veya kurgu seven herkese tavsiye ederim.

İçindekiler tablosu

Adanmışlık

İnanan Dorothy için.

BİRİNCİ KİTAP:

TATTOO MELEĞI

PROLOGUE

İlk yaratık E-Z'nin göğsüne doğru uçtuveçenesi öne doğru itilmiş, elleri kalçalarında olduğu halde yere indi. Bir kez döndü, saat yönünde. Daha hızlı dönerken, kanatlarının çırpınışından bir şarkı yayıldı. Şarkı alçak bir iniltiydi. Artık olmayan bir hayatı kutlayan, geçmişten gelen hüzünlü bir şarkı. Yaratık arkasına yaslandı, başı E-Z'nin göğsüne yaslandı. Dönme durdu ama şarkı çalmaya devam etti.

İkinci yaratık da aynı ritüeli saat yönünün tersine dönerek gerçekleştirdi. Yeni bir şarkı yarattılar, bip-bipler ve zoom-zoomlar hariç. Çünkü şarkı söylerken onomatopoeia'ya gerek yoktu. Oysa insanlarla yapılan günlük konuşmalarda gerekliydi. Bu şarkı diğerinin üzerine bindi ve neşeli, tiz bir kutlamaya dönüştü. Gelecek şeyler için, henüz yaşanmamış bir hayat için bir övgü. Gelecek için bir şarkı.

Mükemmel bir eşzamanlılık içinde dönerlerken altın göz çukurlarından bir elmas tozu püskürdü. Elmas tozu gözlerinden E-Z'nin uyuyan bedenine sıçradı. Bu değişim, onu tepeden tırnağa elmas tozuyla kaplayana kadar devam etti.

Genç mışıl mışıl uyumaya devam etti. Ta ki elmas tozu etini delip geçene kadar - o zaman çığlık atmak için ağzını açtı ama ses çıkmadı.

"Uyanıyor, bip-bip."

"Kaldır onu, zoom-zoom."

Birlikte onu yukarı kaldırdılar, o da buğulu gözlerini açtı.

"Biraz daha uyu, bip-bip."

"Acı hissetme, zoom-zoom."

Bedenini kucaklayan iki yaratık onun acısını içlerine kabul ettiler.

"Ayağa kalk, bip-bip," diye emretti.

Ve tekerlekli sandalye kalktı. Ve E-Z'nin bedeninin altına yerleşerek bekledi. Bir kan damlası aşağı indiğinde, sandalye onu yakaladı. Onu emdi. Onu tüketti - sanki canlı bir şeymiş gibi.

Sandalyenin gücü arttıkça, o da güçlendi. Kısa süre sonra sandalye efendisini havada tutabilir hale geldi. Bu da iki yaratığın görevlerini tamamlamalarına olanak sağladı. Sandalye ve insanı birleştirme görevlerini. Onları elmas tozu, kan ve acının gücüyle sonsuza kadar bağlamak.

Gencin vücudu sarsıldıkça, derisindeki delikler iyileşti. Görev tamamlanmıştı. Elmas tozu onun özünün bir parçasıydı. Böylece müzik durdu.

"Tamamlandı. Artık kurşun geçirmez. Ve süper gücü var, bip-bip."

"Evet, ve bu iyi, zoom-zoom."

Tekerlekli sandalye yere, genç de yatağına döndü.

"Bunu hatırlamayacak ama gerçek kanatları çok yakında çalışmaya başlayacak, bip-bip."

"Peki ya diğer yan etkiler? Ne zaman başlayacaklar ve fark edilebilir zoom-zoom olacaklar mı?"

"Bunu bilmiyorum. Fiziksel değişiklikler olabilir... Acıyı azaltmak için almaya değer bir risk, bip-bip."

"Katılıyorum zoom-zoom."

NEDEN

Bütün ailelerde anlaşmazlıklar vardır. Bazıları her küçük şey hakkında tartışır. Dickens ailesi çoğu konuda hemfikirdi. Müzik bunlardan biri değildi.

"Hadi baba," dedi on iki yaşındaki E-Z. "Sıkıldım ve şu anda uyduda tüm hafta sonu boyunca Muse çalıyorlar."

"Kulaklıklarını getirmedin mi?" diye sordu annesi Laurel.

"Bagajdaki sırt çantamdalar." İçini çekti.

"Her zaman durup onları alabiliriz..."

Arabayı kullanan çocuğun babası Martin saati kontrol etti. "Hava kararmadan önce dağdaki kulübeye varmak istiyorum. Muse benim için sorun değil. Hem yakında o rada oluruz."

Laurel yepyeni kırmızı üstü açık arabalarının uydu sistemindeki kadranı çevirdi. Classic Rock'ta bir an tereddüt etti. Spiker, "Sırada Kiss marşı I Wanna Rock N Roll All Night var. O kadrana dokunmayın."

"Bekle, bu iyi bir şarkı!" diye bağırdı çocuk.

"Ne yani, artık Muse yok mu?" Laurel elini kadrandan ayırmadan sordu.

"Kiss'ten sonra, tamam mı?"

Martin ön cam sileceklerini çalıştırırken, "Kiss o zaman," dedi. Henüz yağmur yağmıyordu ama gök gürlüyordu. Dağa doğru ilerlerken dallar ve diğer döküntüler araçlarına girip çıkıyordu.

Laurel hapşırdı ve sayfasına bir yer imi koydu. Titreyerek kollarını kavuşturdu. "Bu rüzgâr kesinlikle uğulduyor. Üstünü açmamızın bir sakıncası var mı?"

"Ben evet diyorum," dedi E-Z sarı saçlarındaki dalları temizlerken.

THWACK.

Müzik kesildiğinde çığlık atacak zaman yoktu.

Çocuğun kulakları, dört hava yastığının patlamasıyla birlikte gelen ses yüzünden hâlâ çınlıyordu. Bacaklarının üzerindeki şeye, yani bir ağaca dokunduğunda alnından aşağı kan damlıyordu. Ahşap davetsiz misafirin içinde ve çevresinde kan birikmişti. Parmağını ağacın gövdesinde gezdirdi. Deri gibi hissetti; o ağaçtı ve ağaç da kendisiydi.

"Anne? Baba?" diye hıçkırdı, göğsü kabararak. "Anne? Baba? Lütfen cevap ver!"

Yardım çağırması gerekiyordu. Telefonu neredeydi? Kazanın etkisiyle yerinden fırlamıştı. Görebiliyordu ama ulaşamayacağı kadar uzaktaydı. Yoksa öyle miydi? O bir yakalayıcıydı ve bazıları onun fırlatma kolunun lastik gibi olduğunu söylerdi. Konsantre oldu, gerildi ve yakalayana k adar gerildi.

Kanlı parmakları 911'e bastığında sinyal güçlüydü, sonra bağlantı kesildi. Onu bulmaları için yeni geliştirilmiş servisi kullanması gerekiyordu. E9-1-1 yazdı. Bu, yetkililere bulunduğu yere, telefon numarasına ve adresine erişim i zni veriyordu.

"Acil Servis. Acil durumunuz nedir?"

"Yardım edin! Yardıma ihtiyacımız var! Lütfen yardım edin. Ailem!"

"Önce söyle bana, kaç yaşındasın? Adın ne?"

"On iki yaşındayım. Bana E-Z derler."

"Lütfen adresinizi ve telefon numaranızı doğrulayın."

Doğruladı.

"Merhaba E-Z. Bana ailenden bahset. Onları görebiliyor musun? Bilinçleri yerinde mi?"

"Ben, ben onları göremiyorum. Arabanın üzerine bir ağaç düştü, onların ve benim bacaklarımın üzerine. Yardım edin. Lütfen yardım edin."

"Şimdi yerinizi tespit ediyoruz."

E-Z gözlerini kapattı.

"E-Z?" Daha yüksek sesle, "E-Z!"

Çocuk kendine geldi. "Ben, üzgünüm, ben."

"Bir helikopter gönderiyoruz. Uyanık kalmaya çalış. Yardım yolda."

"Teşekkür ederim," gözleri kapandı, sonra zorla açtı. "Uyanık kalmalıyım. Uyanık kalmamı söyledi." Tek istediği uyumaktı, tüm bu acıya son vermek için uyumak.

Yukarıda, gözlerinin önünde biri yeşil, diğeri sarı iki ışık yanıp sönüyordu. Bir an için, iki cismin havada süzülürken minik kanatlarını çırptığını gördüğünü sandı.

"Durumu kötü," dedi yeşil olan, daha yakından bakmak için yaklaşarak.

"Ona yardım edelim," dedi sarı olan daha yükseğe çıkarak.

E-Z titreyen ışıklara vurmak için elini kaldırdı. Tiz bir ses kulaklarını acıttı.

"Bize yardım etmeyi kabul ediyor musun?" diye şarkı söyledi ışıklar.

"Ediyorum. Bana yardım et."
Sonra her şey karardı.

ETKİ

Sabah uyandığında E-Z'nin amcası hastanedeydi. Çocuk ailesinin nerede olduğu sorusunu sormadı çünkü cevabı duymak istemiyordu. Eğer bilmiyorsa, onlar iyiymiş gibi davranabilirdi. Her an odasına girip kollarını ona dolayabilirlerdi. Ama zihninin bir köşesinde onların öldüğünü biliyor, hatta buna inanıyordu. Zihninde, yorganı arkaya atıp onlara koşacağını ve onların da bir araya gelip sarılacaklarını ve ne kadar şanslı oldukları için ağlayacaklarını hayal ediyordu. Ama bir dakika, neden ayak parmaklarını oynatamıyordu? Tekrar denedi, iyice konsantre oldu ama hiçbir şey olmadı.

Kendisini izleyen Sam, "Bunu sana söylemenin basit bir yolu yok," dedi, bir yandan da hıçkırıklarını tutmaya çalışıyordu.

"Bacaklarım," dedi E-Z, "onları hissedemiyorum."

Sam Amca yeğeninin elini sıktı. "Bacakların..."

"Oh hayır. Sakın söyleme. Sadece söyleme."

Elini amcasından kurtardı. Yüzünü kapattı, gözyaşları yanaklarından aşağı yuvarlanırken kendisi ve dünya arasında bir bariyer oluşturdu.

Sam Amca tereddüt etti. Yeğeni zaten gözyaşları içindeydi, zaten yas tutuyordu ve yine de ona ailesini anlatmak zorundaydı. Bunu söylemenin kolay bir yolu yoktu, bu yüzden ağzından kaçırdı, "Ailen. Kardeşim ve annen... başaramadılar."

Kelimeleri bilmek ve duymak iki farklı şeydi. Biri bunu bir gerçek haline getirdi. E-Z başını geriye attı ve yaralı bir hayvan gibi uludu, titriyordu ve kaçmak istiyordu, herhangi bir yere. Sadece uzağa.

"E-Z, senin için buradayım."

"Hayır! Bu doğru değil. Yalan söylüyorsun. Neden bana yalan söylüyorsun?" E-Z sağa sola savruluyor, yumruklarını sıkıyor ve yatağa vuruyor, durmak bilmeyen bir öfkeyle ö fkeleniyordu.

Sam yatağın yanındaki düğmeye bastı. Onu sakinleştirmeye çalıştı ama E-Z kontrolden çıkmış, çırpınıyor ve küfrediyordu. İki hemşire geldi; biri iğneyi batırırken diğeri Sam'le birlikte onu hareketsiz tutmaya çalıştı ve usulca her şeyin yoluna gireceğini fısıldadı.

Sam baktı, yeğeni rüya aleminde ya da şu anda her neredeyse - bir gülümseme topladı. Yeğeninin yüzünde bir daha gülümseme görmeden önce bir süre geçeceğini düşünerek bu gülümsemeye değer verdi. Önünde uzun ve zorlu bir yol olacaktı. Yeğeni, hayatının darmadağın olduğu günle yüzleşmek zorunda kalacaktı. Bunu yaptıktan sonra savaşabilir ve birlikte ona yepyeni bir hayat inşa edebilirlerdi. Yeni - farklı - aynı değil. Artık hiçbir şey eskisi g ibi olmayacaktı.

Hepsi yanlış zamanda yanlış yerde oldukları içindi. Doğanın kurbanları: bir ağaç. İnsan ihmali yüzünden doğanın silahı haline gelen bir ağaç. Ahşap yapı ölmüştü, kökleri toprağın üzerinde yıllardır dikkat çekmek için yarışıyordu. İlkbaharda kesilmek üzere X işaretiyle işaretlendiğini söylediklerinde çığlık atmak istedi.

Bunun yerine tanıdığı en iyi avukatı aradı. Birinin ödeme yapmasını istiyordu - çok erken kesilen iki hayatın ve yeğeninin paramparça olan bacaklarının ve hayatının faturasını üstlenmesini.

Ama ne anlamı vardı ki? Hiçbir şey geçmişi değiştiremezdi - ama gelecekte yeğeninin yolunu bulmasına yardım edecekti. O anda Sam bir plan hazırladı.

Sam, Harry Potter'ın yetişkin versiyonuna benziyordu (yara izi hariç.) E-Z'nin yaşayan tek akrabası olarak yeğeninin bakımını üstlenecekti. Geçmişte ihmal ettiği bir rol. Ağabeyi Martin gibi olmaya çalışacaktı - onun yerini almaya değil.

İçinde kabaran bahanelerden kurtuldu. Onu sorumluluktan kurtarmak için işi kullanmasını sağlamaya çalışıyorlardı. Çekip gidecek, tüm yükümlülüklerini silecekti. O zaman kendini suçlamayı bırakabilirdi. Kaybettiği onca zaman için kendinden nefret etmeyi.

Yeğeni uyurken, Yazılım Şirketinin CEO'sunu aradı. Alanının zirvesinde başarılı bir Kıdemli Programcı olarak - bir uzlaşmaya varacaklarını umuyordu. Onlara ne yapmak istediğini anlattı.

"Elbette Sam. Uzaktan çalışabilirsin. Hiçbir şey değişmeyecek. Ne yapman gerekiyorsa onu yap. Biz senin yanındayız. Önce aile - her zaman."

Bağlantıyı kestikten sonra yeğeninin yatağının yanına döndü. Şimdilik aile evine taşınacaktı, böylece E-Z arkadaşlarına ve okuluna yakın kalabilecekti. Birlikte parçaları tekrar bir araya getirecek ve hayatını yeniden inşa edeceklerdi. Tabii tamamen çıldırmazsa. Bir bekâr olarak, bırakın gençleri, çocuklarla bile neredeyse hiç deneyimi y oktu.

Hastaneden ayrıldıktan sonra - kaderin zorlamasıyla - kanın ötesine geçenbirbağ kurmaktan başka seçenekleri yoktu.

E-Z direndi, her şeyi kendi başına yapabileceğini düşünerek inkar etti. Sonunda teklif edilen yardımı kabul etmekten başka çaresi kalmadı.

Sam öne çıktı - onun yanındaydı - sanki yeğeninin neye ihtiyacı olduğunu o daha sormadan biliyordu.

Ve hayatının en kötü ikinci gününde - bir daha asla yürüyemeyeceği söylendiğinde - E-Z'nin yanındaydı.

En iyi Ortopedik Nörolog Cerrahlardan biri olan Dr. Hammersmith, "İçeri gelin," dedi.

Tekerlekli sandalyesindeki E-Z içeri girdi, onu Sam izledi.

Hammersmith düzeltilemeyeni düzeltmekle ünlüydü ve onu da düzeltecekti. Önceki konsültasyonlarda gence yeniden beyzbol oynayacağına dair söz vermişti.

"Özür dilerim," dedi Hammersmith. Birkaç saniyelik rahatsız edici bir sessizlikten sonra, bazı kağıtları karıştırarak sessizliği doldurdu.

"Tam olarak ne için üzgünsün?" E-Z koltuğunda ilerlemek için tüm gücüyle iterek sordu. Bunu başaramayınca olduğu yerde kaldı.

"Sorduğu şey," dedi Sam, koltuğunda zahmetsizce ilerleyerek.

Hammersmith boğazını temizledi. "Her şey normal işlediği için felcin geçici olabileceğini ummuştuk. Bu yüzden seni daha fazla test için gönderdim ve biraz fizik tedavi önerdim. Artık hiç şüphe yok, bunu söylediğim için üzgünüm E-Z, ama bir daha asla yürüyemeyeceksin."

"Bunu ona nasıl yaparsın?" Sam sordu.

Sözlerinin kesinliği içine işlemişti. "Çıkar beni buradan Sam Amca!"

"Bekle," dedi Hammersmith, onların gözlerinin içine bakamıyordu. "Dünyanın dört bir yanındaki meslektaşlarımdan yardım istedim. Onların vardığı sonuç da aynıydı."

"Çok teşekkürler."

"E-Z, artık yoluna devam etme zamanın geldi. Size daha fazla boş umut vermek istemiyorum. "

Sam ayağa kalktı ve ellerini tekerlekli sandalyenin kollarına koydu.

"İkinci, üçüncü ve dördüncü bir görüş alacağız!"

"Bunu yapabilirsiniz," dedi Hammersmith, "ama biz zaten yaptık. Eğer yeni bir şey varsa, dışarıda - yararlanabileceğimiz herhangi bir şey - o zaman bunu yapardık. Senin hayatında bazı şeyler değişebilir E-Z. Kök hücre araştırmaları alanında ilerlemeler kaydediliyor. Bu arada, hayatını "belki 'ler ve 'belki "ler için yaşamanı istemiyorum."

Sonra Sam'e yöneltti,

"Yeğeninin hayatını boşa harcamasına izin verme. Yeniden inşa etmesine ve yaşayanlar diyarına dönmesine yardım edin. Bu konuyu açmaktan nefret ediyorum ama tekerlekli sandalyeye yakında ihtiyacımız olacak - görünüşe göre biraz sıkıntımız var. Sakıncası yoksa başka düzenlemeler yapabilir misiniz?"

Sam, Hammersmith'in ofisinden konuşmadan ayrılırken, "Peki," dedi. Tekerlekli sandalyeyi bagaja koydu, emniyet kemerlerini bağladı ve arabayı çalıştırdı.

"Her şey yoluna girecek."

Gözyaşları yanaklarından aşağı süzülen E-Z onları sildi. "Özür dilerim."

"Duygularını gösterdiğin için benden özür dilemene gerek yok ufaklık."

Sam yumruklarını direksiyona indirdi, sonra da lastiklerini gıcırdatarak park yerinden çıktı.

Birkaç dakika hiç konuşmadan yollarına devam ettiler, sonra Sam uzanıp radyoyu açtı. Bu, ikisi arasındaki sessizliği bozdu ve E-Z'ye kendini bilinçli hissetmeden içini dökme fırsatı verdi.

Evin garaj yoluna döndüklerinde sakin ve acıkmışlardı. Planları birkaç program izlemek ve pizza sipariş etmekti.

Birkaç gün sonra yepyeni bir tekerlekli sandalye geldi.

✳✳✳

E-Z'nin yeni tekerlekli sandalyesinin yanında biri sarı diğeri yeşil iki ışık yanıp sönüyordu.

"Bu işe yaramaz, bip-bip."

"Katılıyorum, hiç işe yaramayacak. Daha hafif, daha güçlü, yanmaz, kurşun geçirmez ve emici bir şeye ihtiyacı var, zoom-zoom."

"Kim olduğunu biliyorsun, hiç vakit kaybetmememiz gerektiğini söyledi - öyleyse, insan uyanmadan önce yapalım, bip-bip."

Işıklar tekerlekli sandalyenin etrafında dans etti. Biri metali, diğeri de lastikleri değiştirdi. İşlem tamamlandığında sandalye eskisi gibi görünüyordu ama d eğildi.

E-Z uykusunda fısıldadı.

"Hadi gidelim buradan! Bip bip!"

"Tam arkanda! Zoom zoom!"

Ve öyle de yaptılar, çocuk uyumaya devam ederken.

✳✳✳

Bir yıl sonra E-Z'ye öyle geliyordu ki Sam Amca hep oradaydı. Anne babasının yerini almış değildi. Hayır, bunu asla yapamazdı, aslında denemezdi bile - ama iyi geçiniyorlardı. Arkadaştılar. Bundan daha fazlasıydılar, onlar bir aileydi. On üç yaşındaki çocuğun dünyada sahip olduğu tek aile.

"Sana teşekkür etmek istiyorum," dedi gözyaşlarını tutmaya çalışarak.

"Bana teşekkür etmek zorunda değilsin, ufaklık."

"Ama var Sam Amca, sen olmasaydın ben de havlu atardım."

"Sen bundan daha güçlüsün."

"Değilim. Kazadan beri korkuyorum, yani gerçekten korkuyorum. Kabuslar görüyorum."

"Hepimiz korkarız; bu konuda konuşmanın faydası olur. Yani benimle bu konuda konuşmak istersen."

"Bazen geceleri oluyor - sen uyurken. Seni uyandırmak istemiyorum."

"Ben yan odadayım ve duvarlar o kadar da kalın değil. Bana seslen yeter, orada olacağım. Benim için sorun değil."

"Teşekkürler, umarım ihtiyacım olmaz ama bunu bilmek güzel."

Televizyon izlemeye geri döndüler ve bu konuyu bir daha hiç konuşmadılar.

Ta ki bir gece E-Z çığlık atarak uyandığında Sam söz verdiği gibi oradaydı.

Işığı açtı. "Buradayım. İyi misin?"

E-Z uçurumdan yuvarlanmak üzere olan biri gibi yatağın kenarına tutunmuştu. Yatağa geri dönmesine yardım etti.

"Şimdi daha iyi misin?"

"Evet, teşekkürler."

"Bunun hakkında konuşmak ister misin? Biraz kakao yapabilirim."

"Şekerlemeli mi?"

"Söylemeye gerek yok. Hemen dönerim."

"Tamam." E-Z bir an için gözlerini kapattı ve tiz sesler yeniden başladı. Kulaklarını kapadı ve gözlerinin önünde dans eden sarı ve yeşil ışıkları izledi. Ellerini kaldırdı ve amcasının çıplak ayaklarının koridor boyunca şakırdadığını duydu.

Sam yeğeninin eline bir fincan sıcak kakao tutuşturarak, "Al bakalım," dedi. Kendini tekerlekli sandalyeye bıraktı ve bir yudum alıp içini çekti.

E-Z sol eliyle havaya vurarak neredeyse içeceğini döküyordu.

"Ne yapıyorsun sen?"

"Duymuyor musun? Şu kulak tırmalayan sesi?"

Sam dikkatle dinledi, hiçbir şey yoktu. Başını iki yana salladı. "Eğer garip bir şey duyuyorsan, neden onu uzaklaştırmaya çalışıyorsun?"

E-Z sıcak içeceğine odaklandı, sonra bir mini lokum yuttu. "Sanırım ışıkları göremiyorsun o zaman?"

"Işıklar mı? Ne tür ışıklar?"

"İki ışık: biri yeşil, biri sarı. Yaklaşık parmağınızın ucu büyüklüğünde. Kazadan beri bir var bir yok. Kulaklarımı deliyor ve gözlerimin önünde yanıp sönüyor. Beni rahatsız ediyor."

Sam yatak başlığına gitti ve yeğeninin bakış açısından baktı. Bir şey görmeyi beklemiyordu - ve tabii ki görmedi - çabası güven tazelemek içindi. "Hayır, ama bana daha fazlasını anlat ki nasıl başladığını daha iyi anlayabileyim."

"Kaza sırasında sarı ve yeşil iki ışık gördüm ve gülmeyin ama sanırım benimle konuştular. Bu yüzden kabuslar görüyordum."

"Ne tür ışıklar? Noel ışıkları gibi mi?"

"Hayır, Noel ışıkları gibi değil. Hiçbir şey. Artık yoklar. Muhtemelen travma sonrası stres bozukluğu ya da flashback."

"TSSB ya da geçmişe dönüş birbirinden çok farklı iki şey. Acaba biriyle konuşmalı mısın? Yani benim dışımda biriyle."

"Arkadaşlarım gibi mi demek istiyorsun?"

"Hayır, bir profesyonelden bahsediyorum."

POP.

POP.

Tekrar geri gelmişlerdi. Burnunun önünde göz kırpıyor ve onu şaşı yapıyordu. Kendini tuttu. Onları uzaklaştırmamaya çalıştı. Sam bir eliyle fincanını alıp diğeriyle alnını yoklarken havayı tokatladı. "Benden uzak dur!"

Sam yeğeninin Kış Festivali'ndeki buzdan bir heykel gibi donmasını izledi. Sam parmaklarını gözlerinin önünde şıklattı ama hiçbir tepki vermedi. E-Z içini çekti, arkasına yaslandı, derin bir nefes aldı ve birkaç saniye içinde bir asker gibi horlamaya başladı. Sam yorganı yukarı çekti. Yeğenini alnından öptü ve sonra odasına döndü. Sonunda o da uykuya daldı.

Ertesi gün Sam, E-Z'ye duygularını bir günlüğe yazmasını önerdi. Bu arada bir uzmandan randevu almak için de araştırma yaptı.

"Psikiyatrist mi demek istiyorsun?"

"Ya da bir psikolog. Ve bu arada, her şeyi yaz. Onları gördüğünde, neye benzediklerini - gördüklerini kaydet."

"Günlük, yani kime benziyorum, Oprah Winfrey'e mi?"

"Hayır," dedi Sam. "Evlat, kâbuslar görüyorsun, tiz sesler duyuyorsun ve ışıklar görüyorsun. Bunlar senin de söylediğin gibi TSSB ya da tıbbi bir şeyin işareti olabilir. Araştırmam ve doktorunla konuşup tavsiyesini almam gerekiyor. Bu arada, düşüncelerinizi yazmak, bir günlük tutmak yardımcı olabilir. Pek çok erkek günlük yazmış ya d a günlük tutmuştur."

"İsmini hatırlayabileceğim birini söyleyebilir misiniz?"

"Bir bakalım, Leonardo da Vinci, Marco Polo, Charles Darwin."

"Bu yüzyıldan birini kastediyorum."

"Oprah'dan zaten bahsettin."

E-Z'nin ruh sağlığı bir terapist/danışmanla yaptığı birkaç seanstan sonra düzeldi. Terapist iyi biriydi ve E-Z'nin korktuğu gibi genci yargılamadı. Bunun yerine, onu sakinleştirmek ve ona yardımcı olmak için öneriler ve özel stratejiler sundu. Sam Amcası gibi o da her şeyi bir günlüğe yazmasını önermişti.

Bunun yerine, bir okul ödevi için annesinin en sevdiği kuş olan güvercinden esinlenerek kısa bir hikaye yazdı. Ödevinden A+ aldıktan sonra, öğretmeni öyküsünü il çapında bir yazı yarışmasına soktu. İlk başta, kendisine sormadan öyküsünü yarışmaya soktuğu için üzülmüş. Ama kazandığında inanılmaz derecede mutlu oldu. O günden sonra öğretmeni öyküsünü ülke çapında bir y arışmaya soktu.

Yeğeni yazma sanatıyla uğraşırken Sam de yeni bir hobi ediniyordu: soybilim. Bir akşam yemek yerken ağzından kaçırdı:

"Artık kısa bir öykü yazdın ve biraz da başarı kazandın, belki de bir roman yazmayı denemelisin."

"Ben mi? Roman mı? Hayatta olmaz."

"Sende yazar kanı var," diye açıkladı Sam Amca. "Tarihimizin izini sürdüğümde, ikimizin de biricik Charles Dickens ile akraba olduğumuzu keşfettim."

"O zaman belki de sen bir roman yazmalısın." Güldü.

"Ödüllü bir kısa öyküsü olan ben değilim."

Tabağının üzerindeki yeşil ve sarı ışıklar yanıp sönüyordu. En azından Sam Amca'nın vızıldadığı o tiz sesi duymuyordu.

".... Ne de olsa sen ve ben, Charles Dickens ile zaman içinde kuzeniz. Üstesinden geldiğin şeylere bir bak. Sen harika bir çocuksun - kaybedecek neyin var?"

Adı Ezekiel Dickens ve bu onun hikayesi.

BÖLÜM 1

Yaşamının ilk on üç yılında birkaç isimle tanındı. Ezekiel, doğum adı. E-Z, lakabı. Beyzbol takımındaki yakalayıcı. Kısa öykü yazarı. Ailesinin oğlu. Amcasının yeğeni. En iyi arkadaşı. Artık onun için yeni bir isimleri vardı.

"C" kelimesini umursadığından değil. Aslında bazı alternatifleri daha az tercih ediyordu. Bazı insanların siyaseten doğru olduklarını düşündükleri için söyledikleri yorumlar gibi. "İşte tekerlekli sandalyeye mahkum olan çocuk." Bunu onu işaret ederek söylüyorlardı - sanki onun da işitme engelli olduğunu düşünüyorlardı. Ya da "Tekerlekli sandalye kullandığını duyduğuma üzüldüm" derlerdi. Bu da onun içini burktu. Ama onu en çok sinirlendiren, "Demek artık tekerlekli sandalye kullanan çocuk sensin" oldu. Herhangi birini, özellikle de daha genç birini tekerlekli sandalyede görmek bazı insanları rahatsız ediyordu. Eğer böyle hissediyorlarsa, neden bir şey söylemek zorundaydılar?

Bu, uzun zaman öncesine ait bir anıyı canlandırdı. Yağmurlu bir Cumartesi öğleden sonrasında televizyonda Bambi filmini izleyen anne ve babasının anısı. Annesi meşhur patlamış mısır toplarını yapmıştı. Gazoz, bonibon, şekerleme ve babasının en sevdiği Twizzlers vardı. Tavşan Thumper, "Eğer güzel bir şey söyleyemiyorsan, hiçbir şey söyleme" demişti. Bambi'nin annesi öldüğünde, annesi ve babasının bir film yüzünden ağladığını ilk kez görmüştü. Onların davranışları karşısında çok şaşırdığı için kendisi de gözyaşı dökmemişti.

Okuldaki bazı serseriler ona "ağaç çocuk" diyordu. Birkaçı, bir zamanlar kalenin arkasında kralken onu örnek alan sporcu arkadaşlarıydı. Ağaç çocuk benzetmesinden nefret ediyordu. Kendisi için üzülmüyordu (çoğu zaman değil) ve kimsenin de onun için üzülmesini istemiyordu.

O ilk gün okula dönme zamanı geldiğinde, bunu arkadaşlarının yardımıyla yaptı. PJ (Paul Jones'un kısaltması) ve Arden gerektiğinde onu destekledi ve zorladı. Kısa sürede Kasırga Üçlüsü olarak tanındılar. Çünkü gittikleri her yerde kaos çıkıyordu. İşte o zaman E-Z beklenmeyeni beklemeyi öğrendi.

Bu yüzden, birkaç ay sonra arkadaşları bir sabah onu okula götürmek için uğradıklarında - sonra gitmeyeceklerini söylediklerinde - çok şaşırmadı. Gözlerini bağlamak zorunda olduklarını söylediklerinde ise bunu beklemiyordu.

Arka koltukta sordu. "Nereye gidiyoruz?" Cevap yok. "Hoşuma gidecek mi?"

"Evet," dedi arkadaşları.

"O zaman neden pelerin ve hançer?"

"Çünkü bu bir sürpriz," dedi PJ.

"Ve oraya gittiğimizde bunun değerini daha iyi anlayacaksın."

"Kaçamam ki." Alay etti.

Arden'ın annesi arabayı park etti. "Teşekkürler anne," dedi.

"Seni almamı istediğinde beni ara," dedi.

İki arkadaş E-Z'nin tekerlekli sandalyesine binmesine yardım ettiler ve yola koyuldular.

"Bana mı öyle geliyor yoksa bu sandalye her çıkardığımızda daha mı hafifliyor?" Arden sordu.

"Sensin!" PJ cevap verdi.

Düz olmayan bir zeminde ilerlerken, E-Z yeni kesilmiş çimlerin kokusunu alabiliyordu. Arkadaşları gözbağını çıkardığında beyzbol sahasındaydı. Eski takım arkadaşlarını, rakip takımı ve Koç Ludlow'u gördüğünde gözleri yaşardı. Tam üniformalarıyla, yeni tebeşirlenmiş saha çizgisi boyunca sıralanmışlardı.

"Tekrar hoş geldiniz!" diye tezahürat yaptılar.

Sandalye oyun alanına yaklaşırken E-Z gözyaşlarını koluyla sildi. Kaza profesyonel beyzbol oynama hayalini elinden aldığından beri oyundan uzak duruyordu. Boğazında bir yumruyla, duyguları o kadar doluydu ki nefesini tutamıyordu.

"Söyleyecek söz bulamıyor," dedi PJ, dirseğiyle Arden'ı dürterek.

"Bu bir ilk."

"Teşekkürler çocuklar. Bunun bir sürpriz olduğu konusunda yanılmadınız."

"Burada bekleyin," diye talimat verdi arkadaşları.

E-Z beyzbol sahasının manzarasını seyretmek için yalnız kalmıştı. Bir zamanlar dünyada en sevdiği yer olan bu yer. Yeşil çimlerin güneş ışığında parıldamasını izlerken yine gözleri doldu. Arkadaşları bir çanta dolusu ekipmanla döndüğünde gözyaşlarını sildi.

Arden eğildi, "Sürpriz dostum, bugün yakalıyorsun!"

"Ne demek istiyorsun? Bunun içinde oynayamam!" dedi ellerini tekerlekli sandalyenin kollarına vurarak.

PJ telefonunu uzatıp oynat tuşuna basarken, "Al, biz seni hazırlarken sen de bunu izle," dedi.

E-Z kendisi gibi beyzbol sahasına çıkan oyuncuları şaşkınlıkla izledi. Modifiye edilmiş tekerlekleri olan sandalyelerine daha yakından baktı. Bir oyuncu kaleye doğru yuvarlandı, topla buluştu ve kalenin etrafında zum yaptı.

"Vay canına! Bu harika!"

"Onlar yapabiliyorsa, sen de yapabilirsin!" Arden dizliklerini arkadaşının bacaklarına geçirirken PJ de göğüs koruyucusunu taktı. Sahaya çıkarken arkadaşları ona yakalayıcı maskesini ve eldivenini fırlattı.

"Vuruş başlasın!" Koç Ludlow çağırdı.

Atıcı ilk hızlı topu tam bölgesine attı ve o da yakaladı.

İkinci atış bir pop up'tı. E-Z ona doğru gitti, yakınlaştı, kendini yukarı kaldırdı. Uzandı. Yakaladığında kendisi bile şaşırdı. Onlar fark etmemişti ama o kendini yukarı kaldırmıştı. Poposu sandalyenin koltuğundan ayrılmıştı ve bunu nasıl yaptığına dair hiçbir fikri yoktu.

"Vay canına," dedi PJ, "mükemmel bir yakalamaydı."

"Evet, sandalye olmasaydı muhtemelen kaçıracaktın."

E-Z gülümsedi ve oynamaya devam etti. Oyun bittiğinde kendini iyi hissediyordu. Normaldi. Kendisini tekrar oyuna döndürdükleri için çocuklara teşekkür etti.

"Bir dahaki sefere sen vur," dedi PJ.

Arden'in annesi onları arabaya bindirip okula geri götürürken E-Z alay etti. Acele ederlerse, bir sonraki ders başlamadan önce yetişebileceklerdi. O dolabına doğru yuvarlanırken öğrenciler koridorları doldurmuştu. Sınıf arkadaşları lastiklerin muşamba zeminde çıkardığı tokat seslerini duydular ve yolu ayırdılar.

E-Z, okulunda tekerlekli sandalye erişimine ihtiyaç duyan ilk çocuktu, ancak bacaklarını kullanmayı kaybetmeden önce zaten bir efsaneydi. Yardım istemesi için çok şey gerekmişti ama bir kez istediğinde almıştı. Bir sporcu olarak zaten onların saygısını kazanmıştı, kendisi ve takımın bir parçası olarak bir sürü kupa kazanmıştı. Yeni haliyle onların saygısını tekrar kazanması gerekiyordu.

Maçtan sonra okula döndüler ve günü bitirdiler. Sadece yarım gün olduğu için, Arden'in annesi ve arkadaşları onu okuldan sonra bıraktıklarında E-Z oldukça yorgundu.

Onlara teşekkür ettikten sonra içeri girdi.

"Ben geldim Sam Amca."

"Görüyorum, iyi bir gün geçirdin mi?" dedi Sam.

"Evet, güzel bir gündü." Gerindi ve esnedi.

"Gel bakalım. Sana göstereceğim bir şey var. Bir sürpriz."

"Bir tane daha mı?" dedi E-Z, amcasını koridorda takip ederken. Sağdan ilk olarak anne babasının odasını geçti - bir gün misafir odası olacaktı. O zamana kadar aynen bıraktıkları gibiydi - ve E-Z aksini düşünene kadar da öyle kalacaktı.

Arada sırada Sam Amca odayı düzenlemesine yardım etmeyi teklif ediyordu ama yeğeni hep aynı şeyi söylüyordu.

"Hazır olduğumda yaparım."

Sam isteksizce kabul etti. Yeğeninin hayatına devam etmesi gerektiğine kararlıydı. Bu, o hedefe doğru atılan ilk adımdı. O zamandan beri, Sam'in E-Z'yi ailesi hakkında daha fazla konuşmaya teşvik etmesi gerektiğini söyleyen danışmanıyla konuşmuştu. Onları günlük hayatının bir parçası haline getirmenin daha çabuk iyileşmesine yardımcı olacağını söylemişti. Koridor boyunca devam ettiler, banyoyu geçtiler ve kutu ya da depo odasında d urdular.

"Ta-dah!" Sam Amca onu içeri iterken şöyle dedi.

E-Z yeni dönüştürülmüş ofise bakarken nutku tutulmuştu. Ortada, bahçeye bakan pencerenin önüne yerleştirilmiş bir masa vardı. Üzerinde yepyeni bir oyun bilgisayarı ve ses sistemi kuruluydu. Sandalyesini masanın altına kaydırdı - mükemmel uyum - parmaklarını klavyede gezdirdi. Yakınında bir yazıcı, kağıt yığını ve bir çöp kutusu vardı - hepsi bir kolun erişebileceği şekilde planlanmıştı.

Solunda bir kitaplık vardı. Kendini daha da yaklaştırdı. İlk rafta yazarlık ve klasikler hakkında kitaplar vardı. Ailesinin en sevdiği kitaplardan birkaçını tanıdı. İkincisinde, yazarlığı için aldığı ödül de dahil olmak üzere kupalar vardı. Üçüncü ve dördüncü raflarda en sevdiği çocukluk kitapları vardı. En alttaki iki raf boştu. Gözleri kitap rafının tepesine doğru kaydı, orada ne olduğunu görmek için sandalyesini geri çe kmek zorunda kaldı.

Sam onun yanında odaya girdi. Elini yeğeninin omzuna koydu.

"Bunlar, çok erken olup olmadığından emin değildim. I..."

En önemli şey: bir aile fotoğrafı. Fotoğraf çekiminin yapıldığı günü hatırlayınca yanağından bir damla yaş süzüldü. Şehir merkezinde küçük bir fotoğraf stüdyosundaydı. Hepsi şık giyinmişti. Babası mavi takım elbisesi içinde. Annesi yeni mavi elbisesini giymiş ve boynuna kırmızı bir eşarp bağlamıştı. Babam gri takımını giymişti - cenazelerinde giydiği takımın aynısını.

Fotoğrafçının stüdyosundaki düzeni hatırlayarak bir hıçkırığa karşı koydu. Stüdyoda Noel'e özgü her şey vardı - daha Temmuz ayında olmamıza rağmen. Sevimsiz Noel süslerini ve sahte şömineyi düşünerek gülümsedi. Haftalar sonra kart postayla geldi ama ailesi için o Noel hiç gelmemişti. Sandalyesini çıkışa doğru çevirdi ve amcası arkasından gelirken koridorda ilerlemeye başladı.

"Zaman alacağını biliyorum. Çok erken ileri gittiysem özür dilerim ama bir yıldan fazla oldu ve biz, ben ve danışmanınız, zamanın geldiğini düşündük."

E-Z yürümeye devam etti. Uzaklaşmak istiyordu. Odasına kaçmak ve dünyayı dışarıda bırakmak... Sonra aklına bir şey geldi. Çok önemli bir şey. Amcası fotoğrafın geçmişini biliyor olamazdı. Bilseydi, onu oraya koymazdı. Onun için yaptığı onca şeyden sonra, ona bir açıklama borçluydu. D urdu.

"Onu hiç kullanmadık, Noel kartımız içindi ama Noel'e yetişmedi."

"Çok özür dilerim. Bilmiyordum."

"Bilmediğini biliyorum ama bu acını azaltmıyor."

Hem fiziksel hem de zihinsel olarak tükenmiş bir halde odasına doğru ilerledi. İç diyaloğu olumlu pekiştirmelerle devam etti. Ona sabah her şeyin daha iyi görüneceğini hatırlatıyordu. Çünkü neredeyse her zaman öyle olurdu.

"Burası senin yazman için bir yer olmalıydı. Unutma, artık ödüllü bir yazarsın ve sende yazar kanı var."

Odasına varmak üzereydi - amcası neden gitmesine izin vermemişti? Öfkesi alevlendi.

"Bir kısa öykü yazdım ama bu daha fazlasını yazabileceğim ya da yazmak istediğim anlamına gelmiyor. Damarlarımda Charles Dickens'ın kanı akıyor diyorsun ama benim istediğim L.A. Dodgers'da top tutucu olmak. Bana "ağaç çocuk" demeleri, buna razı olmam gerektiği anlamına gelmez. Neden razı olmak zorundayım ki?"

"Keşke kafana girmelerine izin vermeseydin."

"Ben bir ağaç çocuğuyum! Şu lanet ağaç olmasaydı!" diye haykırdı ve ani bir dönüş yaparak dirseğini duvara vurdu. O kadar da komik olmayan komik kemiği deli gibi acıyordu.

"İyi misin?"

E-Z homurdanarak cevap verdikten sonra odasına doğru ilerledi. Kapıyı arkasından çarpmayı planlıyordu. Bunun yerine, kapı aralığından yarı içeri yarı dışarı sıkışmıştı. Sonra sandalyesinin tekerlekleri kilitlendi.

"LANET OLSUN!"

Sam tek kelime etmeden sandalyeyi bıraktı. Çıkarken kapıyı kapattı.

E-Z birkaç kırılmaz eşya aldı ve onları duvara fırlattı. Kendini sakinleştirmek için anne ve babasının onunla ne kadar gurur duyduklarını söylediklerini hayal etti. Bunu özlemişti. Ama babası şimdi burada olsaydı, böyle bir velet olduğu için onu azarlardı. Annesi de onu azarlardı ama daha nazik ve kibar bir şekilde. Gözyaşlarını sildi. Utancın acısını hissetti ve bedeni tekerlekli sandalyesinde y orgunluktan yere yığıldı.

Sam Amca kapalı kapıdan sordu, "İyi misin?"

"Beni rahat bırakın!" E-Z cevap verdi. Onun yardımına ihtiyacı olmasına rağmen. O olmadan pijamalarını giyemez ya da yatağa giremezdi. Kıyafetleriyle sandalyede uyumak zorunda kalacaktı. İçten içe her zaman gerçeği biliyordu. Eğer umursamayı bırakırsa, o zaman herkes de umursamayı bırakacaktı. O zaman gerçekten yapayalnız k alacaktı.

Sandalyesini pencereye doğru çevirdi ve gece gökyüzüne baktı. Müzik. Onları bir aile olarak birbirine bağlayan tek şey müzikti. Elbette müzik türlerinde farklılıkları vardı ama radyoda iyi bir şarkı çıktığında bunu bir kenara bırakırlardı.

Uyuz bir kara kedi çimenlerin üzerinde yürüyordu. Annesi her zaman New York'a gidip Broadway'de Cats 'i görmelerini istemişti. Birlikte gitmiş olmayı diledi. Bir anı yaratmayı. Artık asla gidemeyeceklerdi. O şarkı, anılarla ilgili bir şey telefonuna uzanmasına neden oldu. Sert bir rock marşı seçti, sesi açtı. Şarkı sözlerini haykırırken yumruklarıyla sandalyesinin kollarına vurarak ritim tuttu.

Ta ki sandalyesinden yuvarlanıp yere düşecek kadar sert bir rock yapana kadar. İlk başta odasını baştan aşağı görünce ağlamak istedi. Onun yerine gülmeye başladı ve d uramadı.

"Orada iyi misin?" Sam sordu.

"Yardımına ihtiyacım var." Çok güldüğü için midesi ağrıyordu.

Sam'in ilk tepkisi alarm oldu - yeğenini yerde karnını tutarken gördüğünde. Onun gülmekten karnını tuttuğunu fark ettiğinde ise yere, onun yanına yığıldı.

Daha sonra Sam ayrılırken, "İyi olacaksın ufaklık" dedi.

"İyi olacağız."

İşte o zaman dövme yaptırmak için anlaştılar.

BÖLÜM 2

"Sorry, bugün sizinle beyzbol oynayamam."

"Hadi ama," dedi Arden. "Geçen sefer o kadar da kötü değildin."

"Kaybol," diye cevap verdi E-Z. Amcasıyla buluşmak için hızını artırdı ve Baş Amigo Mary Garner'la çarpıştı.

"Özür dilerim Mary."

Kazadan beri onu ilk kez görüyordu. Saçları gözlerinin üzerine bir perde gibi inerken başını kaldırıp baktı: tarçın ve bal gibi kokuyordu.

"Moron," dedi kadın. "Nereye gittiğine dikkat et."

Geri çekildi ve uzaklaştı. Maiyeti de onu takip etti.

Gülümsedi, onu izlemek için boynunu büktü. Arkadaşları da yanlarına geldi ve aynı şeyi yaptılar. Arden ıslık çaldı.

Omzunun üzerinden baktı ve onlara doğru bir bakış fırlattı.

"Tanrım, bu kız harika," dedi PJ.

"Çok ateşli," dedi Arden.

"Çok."

PJ okuldan ayrılırken, "Bugün neden oynamak istemediğini söyle bakalım," diye sordu.

"Evet, bize yardım edin, anlayın," dedi Arden yüzünü buruşturup gözlerini kaçırarak. "Sensiz bir işe yaramayız."

"Bakın, Sam Amca ve ben bir anlaşma yaptık. Bugün okuldan sonra birlikte bir şey yapmak için - önemli bir şey -."

Arkadaşları kollarını kavuşturarak onun sandalyesinin önünü kapattı.

Kızıl saçlı PJ, "Hâlâ bizi dışlamaya niyetlisin ve nedenini bile söylemiyorsun?" dedi.

"Tam bir dangalaksın."

"Bunu sana asla yapmayız."

Hızlarını artırarak uzaklaştılar.

E-Z hızlandı ama bu yeterli değildi. "Durun! Dövme yaptırıyoruz!"

Arkadaşları oldukları yerde durdular.

"Annem ve babamın anısına bir dövme yaptırıyorum - güvercin kanatları, her iki omuzda birer tane."

"Biz de seninle geliyoruz!"

"Duygusal olduğumu düşüneceğinizi sanmıştım."

Bir süre konuşmadan yürümeye devam ettiler.

"Sam Amca benimle dövmecide buluşacak."

BÖLÜM 3

S am yeğenini arkadaşlarıyla birliktegörünceşaşırdı.

"Bu anlaşmanın aramızda kalacağını, yani bir sır olduğunu sanıyordum?"

"Çocuklar beni bir maça götürmek istediler - onlara söylemek zorundaydım."

"Tamam, yeterince adil. Ama onların ebeveynlerinin yerine geçmek ya da ebeveynleri adına izin vermek gibi bir alışkanlığım yok." Sonra PJ ve Arden'e, "İkinizin burada olmasında bir sakınca yok ama dövmelerinizi sadece ebeveynleriniz onaylayabilir."

"Bekleyin!" PJ dedi ki. "Dövme yaptırmayı hiç düşünmemiştim bile."

"Benimkiler kesinlikle hayır diyecek," dedi Arden. Anne babasının sorunları vardı ve o da bundan sonuna kadar yararlanıyordu. Sürekli kavga etmeleri çoğu zaman onu rahatsız etmiyormuş gibi davranıyordu. Arada sırada, daha fazla dayanamadığında, bir arkadaşının evine ığınıyordu.

"Benimkine de." PJ çocukların en büyüğüydü ve beş ve yedi yaşlarında iki kız kardeşi vardı. Ailesi onu iyi örnek olması için teşvik ediyordu ve o da çoğu zaman bunu yapıyordu. Sporda bir geleceğe odaklanarak kendini y olunda tuttu.

Bir ampul anını paylaşan gençler birbirlerine beşlik çaktı.

"Ne?" diye sordu Sam. Sam sordu.

"Onlara E-Z'nin bunu neden yaptığını ve onu desteklemek için dövme yaptırmak istediğimizi söyleyeceğiz," dedi PJ.

Arden başıyla onayladı.

"Durun bir dakika. Yani siz iki ahmak ailemin ölümünü dövme yaptırmak için bahane olarak mı kullanmak istiyorsunuz?"

Sam ağzını açtı ama kelimeler ağzından kaçtı.

PJ ve Arden'ın yüzleri kıpkırmızı olmuş, kaldırıma bakıyorlardı.

E-Z onları rahat bıraktı. "Bana uyar."

Sam iki çocukla birlikte tekerlekli sandalyenin etrafında bir yarım daire oluştururken ağzını kapattı.

"Ama bana bir konuda söz ver, kelebeklere izin yok."

"Hey, sizin kelebeklerle ne alıp veremediğiniz var?" Sam sordu.

BÖLÜM 4

Uzun lafın kısası, PJ ve Arden ailelerini dövme yaptırmalarına izin vermeleri için ikna ettiler.

Dövmeci dördüne bakarak, "Birazdan yanınızda olacağım," dedi. Aynanın karşısında iri yarı bir erkek müşteri vardı ve birçok dövmeden oluşan koleksiyonuna bir yenisini daha ekliyordu. Bu yeni dövme baş ve işaret parmakları arasındaydı. "Sen Sam misin?" diye sordu dövmeyi yapan adam.

Sam'in midesi biraz bulandı, çünkü elin dövme yaptırmak için en acı veren yerlerden biri olduğunu okumuştu. "Evet, sizinle telefonda konuşmuştum. Bu yeğenim E-Z, arkadaşları PJ ve Arden."

"Dördünüz de bugün mü dövme yaptırmak istiyorsunuz? Çünkü ben sadece ikinizi bekliyordum."

"Bunun için üzgünüm. Gerekirse başka bir güne erteleyebiliriz ya da ben kendi dövmemi başka bir gün yaptırabilirim," dedi Sam arzuyla.

"Şansa bakın ki, kızım yakında bana yardım etmek için gelecek. Tattoos-R-Us'a hoş geldiniz. Şurada bekleyebilirsiniz. Kendinize bir bardak su alın. Ayrıca göz atmak isteyebileceğiniz bazı broşürler de var. Dövmenizi nereye yaptırmak istediğinize karar vermenize yardımcı olabilir. Vücuttaki her bölgenin bir acı eşiği vardır." Dövme yaptıran iri yarı adam kıs kıs güldü.

Bekleme salonuna doğru ilerlerken Sam, "Teşekkürler," diye karşılık verdi. Bir koltuğa oturduklarında, zıplayan dizi PJ ve Arden'ın tüylerini diken diken etti. Odanın karşısına geçip ilan panosuna baktılar. Sam sinirlerini yatıştırmak için konuşmaya devam etti. "İnternette araştırdım, yirmi beş yıldır çalışıyorlarmış ve konuştuğumuz adam da sahibi. Better Business Bureau'da mükemmel bir konumları var. Ayrıca web sitelerinde bir sürü beş yıldızlı yorum var."

Gotik kıyafetler giymiş çarpıcı bir kadın içeri girdiğinde tüm gözler ona çevrildi. Otuzlu yaşlarındaydı ve yüz hatlarına bakılırsa işletme sahibinin kızıydı. Açıkta kalan her yerinde dövmeler, diğer her yerinde de tek tük piercingler v ardı.

"Üzgünüm geciktim," dedi babasının omzuna dokunarak. Bekleme alanına baktı ve ona bir şeyler fısıldadı. Dişlek bir gülümseme yaydı ve müşterilere doğru döndü.

"Merhaba, ben Josie." Elini uzattı ve her biriyle tokalaştı. "Şuradaki Rocky. Dükkanın sahibi o, ben de kızıyım."

"Ben Sam, bu da yeğenim E-Z ve iki arkadaşı PJ ve Arden." Tekrar oturmak yerine düştü.

Josie ona bir bardak su getirmeye gitti.

E-Z dilindeki piercingin ne kadar acıtmış olabileceğini düşünüyordu, sonra amcasına, "Yapmak zorunda değilsin," d edi.

"Bana tavuk mu diyorsun?" dedi Josie bardağı eline tutuştururken tüm vücudu titriyordu. Bardağı dudaklarına doğru kaldırırken biraz su döktü.

"Siz dövme bakiresisiniz, değil mi?" Josie sordu.

E-Z onun, babasının Fleetwood Mac'teki favori vokalisti Stevie Nicks'in cadı Rhiannon hakkında söylediği şarkılar gibi tatlı bir sesi olduğunu düşündü.

Cevap vermelerine gerek yoktu, çünkü sessizlikleri her şeyi anlatıyordu.

"Rocky ile mükemmel ellerdesiniz. Şehirdeki en iyi dövme sanatçısıdır. Acıyacak çocuklar. Evet, acıtacak. Ama John Cougar'ın şarkılarında anlattığı türden bir acı. Bilirsiniz - Çok İyi Acıtıyor."

Sam yüzünü buruşturdu. "Gerçekte ne kadar acıtıyor?"

"Bu senin acı eşiğine ve nerede yaptırmayı seçtiğine bağlı. Şurada bir broşür var, vücudun çeşitli bölgelerinin haritasını çıkarıyor ve bir acı derecesi veriyor."

E-Z yüzünün ısındığını hissetti ve arkadaşlarının tenleri de benzer bir renk almıştı. Sam'e doğru baktı ve onun yeşilimsi bir renk almış olan ten rengini fark etti.

Josie devam etti. "İlk dövmenizden sonra hoşunuza gidebilir ve daha fazlasını isteyebilirsiniz."

Sam ayağa kalktı, vücudu korkudan titriyordu.

"Biraz temiz havaya ihtiyacı olabilir," dedi E-Z, amcasını kapıya doğru yönlendirerek.

Sam dışarı çıktığında kaldırımda bir aşağı bir yukarı volta atıyor, kalbi göğsünden fırlayacakmış gibi çarpıyordu. "Keşke sigara içseydim."

"Benimle buraya geldiğin için minnettarım, gerçekten, ama dürüst olmak gerekirse, bunu yapmak zorunda değilsin. Bir anlaşma yaptığımızı biliyorum ve bu benim yapmak istediğim bir şey - annem ve babamın anısına - ama bana hiçbir şey borçlu değilsin. Neden yürüyüşe çıkmıyoruz, bir kahve içmiyoruz ve işimiz bittiğinde sana mesaj atarız, tamam mı?"

"Her zaman yanında olacağımı söylemiştim. Şimdi de yanındayım. İğnelerden nefret ederim. Ve matkaplardan. Yapabileceğimi sanmıştım ama şimdi korkumun benden daha güçlü olduğunu fark ettim. Tam bir korkağım."

"Sen her zaman benim yanımdaydın Sam Amca. İstemediğin bir dövmeyi yaptırarak bunu bana, hiç kimseye kanıtlamak zorunda değilsin. Şimdi git buradan. İşimiz bitince seni ararım." Arkadaşları arkasından sıraya girerken kendini rampadan yukarı attı. Omzunun üzerinden Sam'e baktı. Zavallı adam bir heykel gibi kaskatı kesilmişti.

"Ben iyi olacağım. Şimdi kalk bakalım."

Sam güldü. "Ama gitmeden önce dün gece yazdığım mektubu bana versen iyi olur, böylece PJ ve Arden'ın isimlerini de ekleyebilirim. Çünkü benim iznim olmadan hiçbiriniz dövme yaptırmayacaksınız."

"İyi düşünmüşsün," dedi E-Z notu aşağıya doğru uzatırken. Şimdi imzalanmış olarak geri geldi. Cebine koydu ve Josie'nin beklediği yere girdiler.

"Tamam, sıra sende. Eğer altına işeyeceksen, sana tuvaletin yerini göstereyim."

E-Z sandalyesini tekerlekli sandalyeye çevirirken "Isır beni," dedi.

Rocky tezgâhta işinibitirirkenJosie, E-Z'ye dövmelerin yer aldığı bir kitap uzattı.

"Bakmadan da biliyorum zaten. Her iki omzuma da birer güvercin kanadı istiyorum." İşte yine yeşil ve sarı ışıklar vardı. Onları uzaklaştırmak istedi ama Josie'nin de onun deli olduğunu düşünmesini istemiyordu.

Josie kitabın sayfalarını çevirdi. "Aklında bunlar mı vardı?"

Başını salladı, sonra aynada Josie'nin ellerini yıkayışını, ardından bir çift siyah eldiven giyişini izledi. Mürekkep kaplarını steril ambalajlarından çıkardı ve masanın üzerine k oydu.

"Ebeveyninizden ya da vasinizden bir not var mı? On sekiz yaşında olmadığını varsayıyorum?"

E-Z gülümsedi ve notu ona uzattı.

"Her şey yolunda görünüyor. Şimdi daha önemli konulara geçelim. Sırtın kıllı mı?" Gülümsedi. "Eğer varsa, önce onu temizlememiz ve tıraş etmemiz gerekecek. Yani tüm sırtını."

"Kesinlikle yok."

Bekleme alanından gelen arkadaşlarının kıs kıs gülme sesleri onu da gülümsetti. Bu sırada Josie arka odada kayboldu ve müzik sesi duyuldu. Bir an için Another Brick in the Wall çaldı, sonra müzik kesildi.

"Hey, bunu neden yaptın?" diye sordu.

"Pink Floyd'un her şeyinden nefret ederim." Eşyaları yerleştirmeye devam etti.

"Dark Side of the Moon'u hiç dinlemediysen bunu söyleyemezsin."

"Dinledim, berbattı," dedi gömleğini kafasına geçirirken. "Oh!"

POP.

POP.

Ve iki ışık kayboldu.

Rocky ona doğru yürüdü ve yanında durdu. "Bu da ne böyle?"

Josie, "Bu da ne böyle," dedi.

Bu da PJ ve Arden'ı buraya getirdi.

"Anlamıyorum, E-Z. Neden yalan söyledin?"

"Tabii ki yalan söylemez - E-Z asla yalan söylemez," dedi Arden.

"NE!?" E-Z onların gördüklerini görebilmek için sandalyesinde manevra yapmaya çalışarak sordu. "Yalan mı? Ne hakkında? Söyle bana, her ne ise. Bunu kaldırabilirim."

Josie, "Dövme bakiresi olduğun konusunda neden yalan söyledin?" diye sordu.

*** * ***

"Ben yapmadım!" E-Z kekeledi, ne demek istediği hakkında hiçbir fikri yoktu.

"Bir dakika bekle," dedi Arden. "Hadi ama dostum, eğer yalan söylediysen iyi bir nedenin olmalı."

"Oyun bitti!" PJ dedi ki. "Yine de, bir yetişkinin izni olmadan onları alamazdı."

Rocky bir el aynası aldı ve E-Z'nin gördüklerini görebileceği şekilde yerleştirdi. Biri sağ omzunda, diğeri sol omzunda olmak üzere iki dövme. Kanatlar.

"Bu da ne?"

"Bana kanat istediğini söyledi," dedi Josie. "Senin iyi bir çocuk olduğunu sanıyordum."

"Öyleyim! Dürüst olmak gerekirse, oraya nasıl geldikleri hakkında hiçbir fikrim yok ve bunlar benim istediğim türden kanatlar değil. Ben güvercin kanadı istemiştim. Bunlar daha çok melek kanatlarına benziyor."

"Hadi ama dostum," dedi Rocky. "Bunlar bir profesyonel tarafından yapıldı. Bir süre önce. Ve oldukça sıra dışı melek kanatları. Bunları her kim yaptıysa tebrik ederim. Eğer iş ararlarsa beni görmelerini söyle."

"Yemin ederim, ben dövme yaptırmadım. İlk defa bir dövmeciye gidiyorum. Amcama sor. O beni destekleyecektir. O biliyor."

"Bunların hiçbiri mantıklı değil," dedi Arden.

Rocky başını salladı. "En azından bunu kabul et, evlat."

"Siz ikiniz dövme yaptırmak istiyor musunuz?" Josie ellerini kalçalarına koyarak sordu.

"Hayır," diye cevap verdiler.

"Erkekler çok yalancı," dedi Josie kapıyı arkalarından kapatırken.

"Boş ver canım, zaten yemek yeme vaktimiz gelmişti," dedikten sonra kapıya KAPALI işaretini koydu.

$$\ast\ast\ast$$

Döndüğümde üç çocuğun stüdyonun dışında beklediğini gördüm. Vücut dilleri tuhaftı. Kızıl saçlı PJ kollarını kavuşturmuş, zeytin tenli Arden ise ellerini kalçalarına dayamıştı. Bu sırada yeğeni gözyaşlarına boğulmak üzereydi.

"Tanrı'ya şükür Sam Amca, Tanrı'ya şükür döndün."

Koşarak yaklaştı. "Oh hayır, çok mu acıdı? Birkaç gün içinde hafifleyecektir. Her şey yoluna girecek. Şimdi bir bakayım." Yeğeni gömleğini kaldırabilmek için öne doğru eğildiğinde ıslık çaldı. "Çok acımış olmalılar."

"Muhtemelen acımıştır," dedi PJ.

"Onları ilk aldığında."

"İlk mi? Ne?"

"Gömleğini çıkardığında zaten vardı."

"Anlayamadığımız şey, nasıl?"

"Ne demek istiyorsunuz? Sizi temin ederim ki dün yoktu."

"Bakın, Sam Amca'nın beni destekleyeceğini söylemiştim." Ona inanmazlarsa amcasına inanırlardı ama neden yalan söyleyeceğini düşünsünlerdi ki? Onun yalancı olmadığını biliyorlardı.

"Rocky'ye göre bu şeyler bir süredir ondaymış."

"Nasıl iyileştiklerini görüyor musun?" PJ söyledi. "Rocky ve Josie sinirlendiler ve E-Z onları gördüğüne bizim kadar şaşırmış göründüğü için sinirlenmekte haklılar."

"Peki siz ikiniz," diye sordu Sam, "dövmeleriniz nasıl gitti?"

"Devam etmemeye karar verdik," dedi PJ.

"Doğru gelmedi."

Sam, "Bize neler olduğunu anlat. Açıkla kendini dostum, çünkü ne olduğunu anlayamıyorum."

"Anlatamam. Sam Amca, dün orada olmadıklarını biliyorsun. Hiçbir açıklamam yok. Tek istediğim eve gitmek." Sandalyesinin tekerleklerini tıngırdatarak hareket etmeye başladı, daha hızlı, daha hızlı, daha hızlı. Uzaklaşmak istiyordu, herhangi bir yere. Eğer ona inanmazlarsa, canları cehenneme.

Sokağın sonuna yaklaştığında ışıklar yeşilden kırmızıya döndü. Küçük bir kız tek başına karşıya geçmek için ilerlemeye başlamıştı bile. Bir karavan köşeyi dönerken kız kaldırımdan indi. Tekerlekli sandalyesi yerden kalktı ve kıza doğru fırladı. Adam uzanıp onu yakaladı. Tam zamanında onu aracın tekerleklerinin altına girmekten k urtardı.

Artık tehlikeden uzak olan tekerlekli sandalye tekrar yere değdi ve onu güvenli bir yere taşıdı. Önünde normalden daha büyük beyaz bir kuğu duruyordu. Kanadıyla ona bir işaret yaptı ve sonra uçup gitti.

"Kuğu," dedi küçük kız, etrafta ailesini ararken.

E-Z kalabalığın arasına karışıp köşede gözden kaybolma fırsatını değerlendirdi, sonra tekerleklerinin tellerini daha önce hiç yapmadığı kadar sert bir şekilde tıngırdattı ve kısa süre sonra birkaç blok ötede oldu.

"Şunu gördünüz mü?" Arden köşede durarak haykırdı. Arkasındaki kadın ona çarpınca "Ah," dedi. "Ah!" diye duydu arkasından, arkasındaki diğer yayalar da çarpışmıştı.

PJ, arkasındaki adam ona doğru hızla ilerlerken yerini korudu. Arden'e, "Evet, gördüm... ama ne gördüğümden emin değilim. Dövme kanatlar bir şeydi, bu... neydi? Bir mucize mi?"

Telefonu titrerken Sam, "Bu bir göz yanılsamasıydı," dedi. E-Z'den gelen bir mesajdı ve onu en kısa zamanda nalburun otoparkının yakınında bulmasını istiyordu. "E-Z'nin bana ihtiyacı var, siz ikiniz tekrar eve dönebilecek m isiniz?"

"Elbette, sorun değil Sam."

"Umarım iyidir."

Sam arabaya doğru ilerledi, az önce ne olduğunu anlamaya çalışırken soğukkanlılığını korumaya çalışıyordu.

Çocuklardan hiçbiri gördükleri şey hakkında konuşmak istemiyordu - E-Z'nin tekerlekli sandalyesi uçuyordu.

"Bunu gördünüz mü?" diye fısıldadı diğerleri arkalarında bir kalabalık toplanırken.

"Keşke telefonum hazır olsaydı," dedi bir kadın.

Elinde mikrofon ve kamera olan ikinci bir kadın öne doğru ilerledi. Işık değiştiğinde yolun karşısına geçti, onu gözyaşları içinde bir çift takip etti - küçük kızların ebeveynleri. Onların arkasında da karavanın sürücüsü v ardı.

"Tanrıya şükür, oradaydın," diye ağladı. "Onu göremedim. Sen bir kahramansın evlat. Teşekkür ederim."

"Anne!" diye seslendi çocuk, annesi onu kollarının arasına alırken. Muhabir içeri girerken ve kameraman o anı kaydederken, annesi ve kocası ona sıkıca sarıldı.

Yakınlarda, neredeyse ona çarpacak olan adam hıçkırarak ağlıyordu. Muhabir ve fotoğrafçı onunla konuştu. "Onu ve beni kurtardı. Çocuk, tekerlekli sandalyedeki çocuk."

Onu bulmaya çalışmışlar ama gitmiş. Bir suçlu gibi saklanıyordu. Sam Amca'nın gelip onu kurtarmasını bekliyordu. Olanları anlamaya çalışıyordu. Çıldırmamaya ç alışıyordu.

Olay yerine döndüğünde, biri yeşil diğeri sarı iki ışık çevredeki herkesin zihnini sildi. Sonra da kaydedilen tüm görüntüleri yok ettiler.

"Burada ne işimiz var?" diye sordu muhabir.

Kameraman "Hiçbir fikrim yok" diye cevap verdi.

Eve dönerken E-Z kendini kahraman gibi hissetti. Ama asıl kahramanın sandalyesi olduğunu biliyordu; uçup giden tekerlekli sandalyesi.

E-Z Dickens bir Dövme Meleğiydi.

"**U**çtum Sam Amca. Gerçekten uçtum."

Sam arabayı garaj yoluna çekip park etti.

"Gördün, değil mi? O küçük kızı kurtardığımı gördün. Zamanında yetişemezdim ve tekerlekli sandalyem bunu biliyordu ve yerden kalkıp ona doğru hızla ilerledi."

"Evet, gördüm. Olağanüstü bir şeydi. Yani o küçük kızı zarar görmekten nasıl kurtardığınızı kastediyorum. Ama sandalyeniz havalanmadı. Seni ileri iten şey momentumdu. Adrenalin patlamasıyla ve oraya ulaşmak için ne kadar hızlı hareket etmen gerektiğiyle, uçuyormuşsun gibi hissettin - ama uçmuyordun."

"Uçtum. Sandalye yerden kalktı."

"E-Z hadi ama. Uçmadığını sen de ben de biliyoruz. Bunu biliyor olmalısın. Yani, sen kendini ne sanıyorsun? Lanet olası bir melek mi?"

Sam arabadan indi, tekerlekli sandalyeyi bagajdan çıkardı ve yeğeninin içine girmesine yardım etmek için yanına geldi. Bunu yaparken, E-Z'nin sağ omzu kapının kenarına sürtündü ve acı içinde bağırdı.

"Su!" diye bağırdı. "Sanki alevler içinde kalacağım."

Sam mutfağa koştu ve bir şişe suyla döndü.

E-Z suyu omzuna döktü. Biraz hafifledi, sonra diğer omzu da yanıyormuş gibi hissetti. Şişenin geri kalanını da üzerine döktü. Sam onu evin içine doğru iterken, E-Z gömleğini çıkarmaya çalıştı. Sam başının üzerinden çekmesine yardım etti.

"Olamaz!" Sam burnunu kapatarak bağırdı. Yeğeninin kürek kemikleri şimdi kömürleşmiş barbekü eti gibi görünüyor ve kokuyordu. Daha fazla su almak için aceleyle mutfağa gitti.

Yolda E-Z çığlık attı ve bayılana kadar çığlık atmaya devam etti.

BÖLÜM 5

Karanlıktıve tek başınaydı, üzerinde sadece ayın gölgesi gökyüzüne yayılıyordu.

Kollarını göğsünde kavuşturmuştu, tıpkı açık tabutlu bir cenaze töreninde ölü bedenlerin duruşunu gördüğü gibi. Onları silkeledi. Şimdi rahatlamıştı, onları tekerlekli sandalyesinin kol dayanaklarına bıraktı ama içinde olmadığını fark etti. Devrileceğinden korktu; kollarını göğsünün üzerinde yeniden kavuşturdu. Ama durun, daha önce kollarını açtığında devrilmemişti - tekrar yaptı ve dik k aldı.

E-Z bir kolunu sıkıca göğsünde tutarken, diğer kolunu, sağ kolunu, uzanabildiği kadar uzağa uzattı. Parmak uçları soğuk ve metalik bir şeye değdi. Sol koluyla da aynısını yaptı ve yine metal bir şey buldu. Öne doğru eğilerek önündeki duvara dokundu ve aynı şeyi arkasında da yaptı. O hareket ettikçe, altındaki koltuk bir süspansiyon sistemi gibi inip kalkarak kayıyordu. Onu dik tutan da bu sistemdi, yoksa ö yle miydi?

PFFT.

Havaya karışan sisin sesi. Ilıktı, koku alma duyusunu artırıyor, onu lavanta ve narenciye kokusuyla yıkıyordu.

Derin bir uykuya daldı ve bu uykuda rüya olmayan rüyalar gördü, çünkü bunlar anılardı. Kaza - her şey yeniden oluyordu - dönüp duruyordu. Başını arkaya attı v e uludu.

"Bir dakika, lütfen," dedi bir kadın sesi.

İnsan olmadığı zaman kayıtlarda duyulan robotik bir sesti bu.

Tekrar uyuklamaktan korkarak sordu: "Kim var orada? Lütfen. Neredeyim ben?"

"Buradasın," dedi ses ve sonra kıkırdadı. Kahkahalar silo benzeri konteynırda çınlıyor, gelip giderken kulaklarına çarpıyordu.

Kahkaha durduğunda, kendini dışarı atmaya karar verdi. Tüm gücünü kullanarak kollarını uzattı ve itti. İyi hissettiriyordu. Bir şey yapmak, herhangi bir şey - ilk başta - klostrofobi üstün gelene kadar.

PFFT.

Sprey, bu sefer daha yakından, doğrudan gözlerine geldi. Sitrik asit canını yaktı, gözyaşları soğan doğrar gibi aktı ve ayağa kalktı.

Bekle bir dakika...

Tekrar yere düştü. Ayak parmaklarını oynattı. Tekrar yaptı. Sağ bacağını uzattı. Sonra sol bacağını. Çalıştılar. Bacakları çalıştı. Kendini kaldırdı.

Bu kez erkek olan bir ses "Lütfen oturun" dedi.

Önce sağ kalçasını, sonra da sol kalçasını çimdikledi. Bir iki çimdik atmanın bu kadar iyi hissettireceğini kim bilebilirdi? Kimse onu durduramazdı. Bacaklarını kullanabildiği sürece tekrar ayağa kalkacaktı.

Yukarıdan bir ses geldi, sanki asansör hareket ediyormuş gibi. Ses giderek yükseldi. Yukarı baktı. Silonun tavanı aşağı iniyordu. Gittikçe büyüyordu. Sonunda durma noktasına g eldi.

"Oturun," diye buyurdu erkek sesi.

E-Z kendini yukarı kaldırdı ama tavan aşağıya doğru inmeye devam etti - ta ki artık ayakta duramayacak hale gelene kadar. Sabırla oturdu, şeyin tepeye çıkan bir asansör gibi geri çekilmesini bekledi - ama yerinden kıpırdamadı.

PFFT.

"Çıkarın beni!"

"Afyon ilacı ekleyin," dedi kadın sesi.

Duvarlar durakladı, sonra ekstra uzun bir doz püskürttü.

PPPFFFTTT.

Bu duyduğu son sesti.

Yatağına geri döndü - aklını kaybedip kaybetmediğini ve tüm silo olayının E-Z olduğunu hayal edip etmediğini merak ediyordu. Gerçek gibiydi, gerçek gibi kokuyordu. Ve iki ses - neden kendilerini göstermiyorlardı? Başını kaşıdı ve gözlerinin önünde iki ışık gördü. Daha önce olduğu gibi biri yeşil, diğeri sarıydı.

"Alo?" diye fısıldadı, sivrisinek belası gibi tiz bir vızıltı ona saldırırken. Sağ elini geriye doğru fırlatarak güçlü bir darbe indirdi. Ama eli yere değmeden havada donup kaldı. Gözleri hipnotize olmuş bir tavuk gibi donuklaştı.

POP.

POP.

Işıklar iki yaratığa dönüştü. Her biri bir omzunu itti ve E-Z gözlerini kapatıp uyuduğu yastığın üzerine düştü.

"Şimdi yapmalıyız, bip-bip," dedi eski sarı ışık.

"Önce uyuduğundan emin olalım, zoom-zoom," dedi eski yeşil ışık.

"Tamam, işe koyulalım, bip-bip."

"Onun rızasını aldık mı, zoom-zoom?"

"Vereceğini söyledi ama hatırlamıyor. Bağlayıcı bir anlaşma olmadığından endişeleniyorum. Sadece kısmi bir anlaşma olabilir ve kimin kısmi anlaşmalardan nefret ettiğini biliyorsun. İnsan kısmi parçalarının bip bip sesleri arasında sıkışıp kalacağından bahsetmiyorum bile."

"Evet, onu iki arada bir derede bir zoom-zoom olmasına izin vermeyecek kadar çok seviyorum."

"Hoşlanmanın bununla bir ilgisi yok. Kuğuya ne olduğunu unutma. Lafı bile olmaz - insanlar neden söylemek istemedikleri şeyleri söylemeden önce söylememeleri gereken şeyleri söylerler?" Bir cevap beklemeden. "Başımız belaya girerdi ve kim bilir kim çok kızardı bip bip."

"Ama insanın zaten dövmeli kanatları var. Deneme, denek kabul edene kadar başlamaz." Parmaklarını şıklattı ve bir kitap belirdi. Kanatlarını çırparak sayfaları çeviren bir esinti yarattı. "Burada kanatların ancak denek onayladıktan sonra takılacağı yazıyor. Yani, evet dediğinde, bu anlaşmayı zoom-zoom mühürlemiş olmalı." Kollarını kaldırdı ve kitap tavana çarpacakmış gibi havalandı ama onun yerine tavanın içinde kayboldu.

Uçtular, biri E-Z'nin omzuna, biri de kafasına düştü.

"Ben yapmadım," dedi gözlerini açmadan.

"Biraz daha uyu, zoom-zoom," dedi gözlerine dokunarak.

"Şşşt, bip-bip."

"Anne geri gel. Lütfen geri dön!"

"Çok huzursuz, zoom-zoom."

"Rüya görüyor, bip-bip."

E-Z ağzını açtı ve yavru bir fil gibi horladı. Esinti onları havada tutuyordu - kanat çırpmalarına gerek yoktu. O ağzını kapatana kadar kıkırdadılar. Onları serbest düşüşe gönderdi. Öfkeyle kanat çırparak çabucak toparlandılar.

"Olamaz, dişlerini gıcırdatıyor, bip-bip."

"İnsanların garip alışkanlıkları vardır, zoom-zoom."

"Bu insan çocuğu yeterince şey yaşadı. Bu hakları uygulayarak, daha az acı hissedecek, bip-bip."

İlk yaratık E-Z'nin göğsüne uçtu ve çenesi öne doğru itilmiş, elleri kalçalarında yere indi. Yaratık saat yönünde bir kez döndü. Daha hızlı dönerken, kanatlarının çırpınışından bir şarkı yayıldı. Şarkı alçak bir iniltiydi. Artık olmayan bir hayatı kutlayan, geçmişten gelen hüzünlü bir şarkı. Yaratık arkasına yaslandı, başı E-Z'nin göğsüne yaslandı. Dönme durdu ama şarkı çalmaya devam etti.

İkinci yaratık da aynı ritüeli saat yönünün tersine dönerek gerçekleştirdi. Yeni bir şarkı yarattılar, bip-bipler ve zoom-zoomlar hariç. Çünkü şarkı söylerken onomatopoeia'ya gerek yoktu. Oysa insanlarla yapılan günlük konuşmalarda gerekliydi. Bu şarkı diğerinin üzerine bindi ve neşeli, tiz bir kutlamaya dönüştü. Gelecek şeyler için, henüz yaşanmamış bir hayat için bir övgü. Gelecek için bir şarkı.

Altın göz çukurlarından bir elmas tozu püskürdü. Mükemmel bir eşzamanlılık içinde döndüler. Elmas tozu gözlerinden E-Z'nin uyuyan bedenine püskürdü. Bu değişim, onu tepeden tırnağa elmas tozuyla kaplayana kadar devam etti.

Genç mışıl mışıl uyumaya devam etti. Ta ki elmas tozu etini delip geçene kadar - o zaman çığlık atmak için ağzını açtı ama ses çıkmadı.

"Uyanıyor, bip-bip."

"Kaldır onu, zoom-zoom."

Birlikte onu yukarı kaldırdılar, o da buğulu gözlerini a çtı.

"Biraz daha uyu, bip-bip."

"Acı hissetme, zoom-zoom."

Bedenini kucaklayan iki yaratık onun acısını içlerine kabul ettiler.

"Ayağa kalk, bip-bip," diye emretti.

Ve tekerlekli sandalye kalktı. Ve E-Z'nin bedeninin altına yerleşerek bekledi. Bir kan damlası aşağı indiğinde, sandalye onu yakaladı. Onu emdi. Onu tüketti - sanki canlı bir şeymiş gibi.

Sandalyenin gücü arttıkça, o da güçlendi. Kısa süre sonra sandalye efendisini havada tutabilir hale geldi. Bu da iki yaratığın görevlerini tamamlamalarına olanak sağladı. Sandalye ve insanı birleştirme görevlerini. Onları elmas tozu, kan ve acının gücüyle sonsuza kadar bağlamak.

Gencin vücudu sarsıldıkça, derisindeki delikler iyileşti. Görev tamamlanmıştı. Elmas tozu onun özünün bir parçasıydı. Böylece müzik durdu.

"Tamamlandı. Artık kurşun geçirmez. Ve süper gücü var, bip-bip."

"Evet, ve bu iyi, zoom-zoom."

Tekerlekli sandalye yere, genç de yatağına döndü.

"Bunu hatırlamayacak ama gerçek kanatları çok yakında çalışmaya başlayacak, bip-bip."

"Peki ya diğer yan etkiler? Ne zaman başlayacaklar ve fark edilebilir zoom-zoom olacaklar mı?"

"Bunu bilmiyorum. Fiziksel değişiklikler olabilir... Acıyı azaltmak için almaya değer bir risk, bip-bip."

"Anlaştık zoom-zoom."

Yorgunluktan bitap düşen iki yaratık E-Z'nin göğsüne sokuldu ve uykuya daldı. Orada olduklarını bilmeden, sabah gerindiğinde - yere düştüler.

"Tüh, özür dilerim," dedi kanatlı yaratıklara, sonra arkasını dönüp uyumaya devam etti.

✳✳✳

"Uyanık mısın?" Sam kapıyı bir parça açmadan önce sordu. Yeğeni horlamaya devam ediyordu ama sandalyesi, yatağına girmesine yardım ederken bıraktığı yerde değildi. Omuz silkti ve odasına dönerek David Copperfield'ın birkaç bölümünü okudu. Saatler sonra yeğeninin odasına döndü.

"Tak, tak."

"Günaydın," dedi E-Z.

"İçeri girebilir miyim?"

"Elbette."

"İyi uyudun mu?"

"Sanırım öyle." Gerindi ve yatak başlığına yaslandı.

"Sandalyen buraya nasıl geldi? Duvara park ettiğimi sanıyordum."

Omuz silkti.

"Kolçaklara baksana, boyadın mı onları?"

Eğildi, kırmızı rengi gördü ve yine omuz silkti. "Bana ne oldu?"

"Bayıldın. Anlamadığım şey neden olduğu. Omuzların yanıyormuş gibi hissettiğini söylemiştin. Tarifini kullanarak internette arama yaptım ve karşıma homeopatik bir ilaç çıktı. Orada bulabilecekleriniz inanılmaz. Bir sprey şişesinde su ve aloe ile biraz lavanta yağı karıştırdım, sonra doğrudan cildinize pompaladım. Sana anında rahatlama sağlayacağını söylediler. Şaka yapmıyorlarmış çünkü rahatladın ve uykuya daldın."

"Teşekkürler, şimdi çok daha iyi hissediyorum." Yataktan kalkmaya çalıştı ama kafasının içinde Wile E. Coyote gibi zzzzz'ler uçuşuyordu. "Sanırım bir süre daha yatakta kalacağım."

"İyi fikir. Sana bir şey getireyim mi?"

"Biraz tost? Çilek reçelli?"

"Elbette evlat." Birazdan döneceğini söyleyerek odadan çıktı. Bir tepside yemekle geri döndüğünde, yeğeni yemeye çalıştı ama hiçbir şeyi tutamadı.

"Belki sadece biraz su."

Sam bir şişe getirdi, E-Z içmeye çalıştı ama onu bile tutamadı.

"Sanırım dinlenmeye devam edeceğim." Gözleri açık kalmış, ileriye, hiçbir şeye bakmıyordu. "Saat kaç?"

"Saat sabahın beşi ve bugün cumartesi. On iki saattir dışarıdasın. Beni korkuttun."

Bağlantı, her iki yerdeki lavanta rengi E-Z'ye garip gelmişti. Gerçek hayatta bir kesişme mi yaşamıştı? Eğer silo gerçekten varsa, bu çok büyük bir tesadüftü. Yoksa bu bir rüya mıydı? Daha çok bir kâbus gibiydi. Ama bacakları o metal konteynerin içinde çalışıyordu. Bacaklarını tekrar kullanabilmek için her türlü riski göze alarak bir dakika içinde geri dönebilirdi.

"E-Z?"

"Uh, ne? Dürüst olmak gerekirse gözlerimi kapatıp biraz daha dinlenmek istiyorum."

Sam kapıyı arkasından kapatarak odadan çıktı.

Kaza tekrar tekrar çalarken E-Z bilincini kaybedip duruyordu. Beyaz kanatlar takan Stevie Nicks eşlik eden müziği sağlıyordu. Arka planda biri yeşil, diğeri sarı iki ışık aşağı yukarı zıplıyordu.

***

Sonraki birkaç gün boyunca, ortak noktaların bir listesini yaparak parçaları zihninde bir araya getirmeye çalıştı:

Beyaz kanatlar - omuzlarında dövmesi olan beyaz kanatlar. Stevie Nicks'in de rüyasında beyaz kanatları vardı.

Lavanta - Sam Amca yanıkları yatıştırmak için lavanta ve aloe kullanıyordu. Siloda, onu sakinleştirmek için havaya lavanta serpilirdi.

Sarı ve yeşil ışıklar. Onları kazadan sonra ve odasında gördü.

Tekerlekli sandalye - küçük kızı kurtarabilmek için uçmuştu. Yakalayıcıyken topu yakalayabilmek için poposu sandalyeden ayrılmıştı.

Kolçaklar artık kırmızıydı. Benzer bir olay yok. Açıklama yok.

Omuzlarda yanma hissi/ omuzlarda beliren dövmeler. Açıklama yok.

Kazadan beri artık Tanrı'ya inanmıyordu. Hiçbir tanrı bir ağacın ailesini ezmesine izin vermezdi. Onlar iyi insanlardı, kimseye zarar vermezlerdi. Bacaklarına ne olduğu konunun dışındaydı. Değeri olan herhangi bir tanrı elini uzatır ve bunu olmadan önce durdururdu.

Belki de bir tanrı varsa, öğle yemeği için dışarıdaydı. Evet, doğru.

Vücudunda değişiklikler oluyordu ve o cevaplar istiyordu. İçten içe, bu cevapları almasının tek yolunun o lanet olası siloya geri dönmek olduğunu biliyordu - tabii eğer varsa.

BÖLÜM 6

Next sabahı E-Z, kanatları filizlendiğinden beri yatağının üzerinde havada asılı duruyordu. Gardırobun aynasında yeni uzantılarına bakmaya giderken neredeyse duvara çarpıyordu.

"Orada her şey yolunda mı?" Sam yan odadan seslendi.

"Evet," dedi yanlara doğru uçarak, yeni keşfettiği uçuş gücüne hayranlıkla bakarken. Tüylü tüyler onu büyülüyordu. Özellikle de sanki vücuduyla bir bütünmüş gibi onu ileriye doğru itmeleri. Kendini bir melekten çok bir kuş gibi hissederken, okulda ornitoloji hakkında öğrendiklerini hatırlamaya çalıştı. Çoğu kuşun birincil tüyleri olduğunu biliyordu, muhtemelen on tane. Birincil tüyler olmadan uçamazlardı. Onun kanatlarında ondan fazla birincil tüy vardı ve daha fazla ikincil tüy de. Manevra kabiliyetini değerlendirmek için önce sola, sonra sağa dönmeyi denedi. Ağırlıksız hissederek odasının etrafında süzüldü. Artık ihtiyacı olmayan tekerlekli sandalyenin üzerinde süzüldü. Bu kanatlarla dünyanın dört bir yanına uçabilirdi. Süpermen gibi ellerini kalçalarına koyarak kendini kapıya doğru yönlendirdi. Sam kapıyı açtığında o raya varmıştı.

"Ödümü kopardın!" Sam neredeyse yerinden fırlayacak gibi oldu.

Hazırlıksız yakalanan genç, durumu kontrol altında tutmaya çalıştı. Yatağa gitme niyetiyle yönünü değiştirdi. Ancak bu geçiş umduğu kadar kolay olmadı ve serbest düşüşe geçti.

Sam tekerlekli sandalyeye doğru koştu ve onu yeğeninin altında tutmak için ileri geri hareket ettirdi.

E-Z toparlandı ve tekrar yukarı çıktı.

"Hemen buraya iniyorsun!" Sam bağırdı; yumruklarını havaya kaldırdı.

Yatağa doğru uçtu ve güvenli bir iniş yaptı. Kanatları müziksiz bir akordeon gibi kapandı. "Bu çok eğlenceliydi. Okula uçmak için sabırsızlanıyorum."

Sam yeğeninin sandalyesine çöktü. "Bütün bunlar da neydi? O şeyleri gerçekten okula uçurabileceğini mi sanıyorsun? Alay konusu olursun."

"Buna alışırlar ve bana 'ağaç çocuk' demek yerine 'uçan çocuk' derler. Evet, bunu sevdim."

"Gördüğüm kadarıyla beceriksiz bir girişimdi. Ve uçan çocuk kulağa saçma geliyor."

"Bu benim ilk denememdi. İşin püf noktasını öğreneceğim."

Sam başını iki yana salladı, çünkü merak duygularının önüne geçmiş ve kaçmaya başlamıştı.

"Daha yakından bakabilir miyim? Yani sen gitmeden?" E-Z vücudunu ona doğru çevirirken ayağa kalkarak sordu. "Gitmişler. Tamamen. Dövmelerden bahsediyorum. Onların yerini gerçek kanatlar aldı - ve sen uçabiliyorsun. Aman Tanrım!" Düşmeden önce oturdu.

"Uyandım, kanatlar çıktı ve bir de baktım ki uçuyorum."

"Bu sihir. Öyle olmalı. Belki de rüya görüyoruzdur, sen benim rüyamdasın ya da ben seninkindeyim ve yakında uyanacağız ve..." Sam yeğeninin iyiliği için sakin kalmaya çalışıyordu ama içinden kalbi hızla çarpıyordu.

"Bu bir rüya değil."

"Nasıl ortaya çıktılar? Bir şey mi söylemen gerekiyordu? Yani, söylemen gereken sihirli kelimeler var mı?"

"Bir şey söylediğimi hatırlamıyorum. Sanırım deneyebilirim." Rodin'in Düşünen Adam'ı gibi bir poz vererek birkaç saniye düşündü. "Dur bir dakika, bir şey deneyeyim." Değneksiz bir hareketle havayı salladı, "Autem!"

"Latinceyi ne zaman öğrendin?"

"Telefonumda ücretsiz bir uygulama var."

"Ben de Fransızca öğreniyorum. En haut'u dene."

"En haut!" Hala bir şey yok. "Beni yukarı kaldır! Qui exaltas me!" Sinirli bir şekilde kollarını kavuşturdu. "Sanırım içeri girip beni uçarken görmeniz iyi oldu, yoksa bana inanmazdınız!" PJ ve Arden'in neyin peşinde olduğunu merak etti - onları günlerdir görmemişti. Sonra bir de baktı ki kanatları açılmış ve yatağının üzerinde süzülüyor.

"Ro-ro," dedi Sam, kanatlar geri çekilirken ve E-Z yere düşerken.

"Sandalyemi kapman için harika bir zaman olabilirdi."

Sam gülümsedi. "Söylemesi yapmasından daha kolay. Özür dilerim. Sen iyi misin?"

"Yaralı değilim. Yani fiziksel olarak, ama zihinsel olarak, kim bilir?" Güldü. "Sandalyeme oturmama yardım eder misin?"

Sam onu kaldırdı ve güvenli bir şekilde sandalyeye oturttu. Arkasına yaslandığında, kanatlar tamamen geri çekilmek yerine, tüm güçleriyle geri fırladılar. E-Z yukarı çıktı, Tinkerbell gibi etrafta uçuştu.

"Demek böyle oluyor, ha?" Sam dedi ki.

"Alışmam lazım - neden bilmiyorum - ama..."

"Hazır olduğunda aşağıya gel ve kahvaltı için dışarı çıkalım. Dizüstü bilgisayarımı getiririm ve biraz araştırma yaparız."

"Bu akıllıca bir fikir. Ann's Cafe'ye gidebiliriz. Ben de gelebilirim - eğer gelebilirsem." E-Z tam tekerlekli sandalyesinin üzerine geldiğinde kanatlar geri çekildi. "İşte ben buna hizmet derim," dedi yavaşça sandalyeye çökerken.

O giyinirken sohbet ettiler. Sonra Sam hazırlanırken E-Z banyoya gitti.

Evden çıkıp Ann's Café'ye doğru ilerlerken E-Z'nin aklında iki düşünce vardı. Bir, oraya gitmeyi özlediğini ve iki, "Yıllardır oraya gitmedim. O zamandan beri..."

"Biliyorum, ufaklık. Çok erken olmadığına emin misin?"

Ann's Café'de kahvaltı etmek ailesi için bir gelenek haline gelmişti. Sabah 6'da erken açılmasının yanı sıra yürüme mesafesindeydi. İçeride kırmızı kareli masa örtüleriyle suni deri döşenmiş özel kabinler vardı. Babası her zaman mekânın 'uzak' bir teması olduğunu söylerdi. Müzik kutularında altmışlı yılların müzikleri çalıyordu - insanlar para ödemek zorunda kalmasın diye bu müzikleri ayarlamışlardı. Duvarları Marilyn Monroe, James Dean ve Marlon Brando'nun posterleri dolduruyordu. Menüde Club Sandwich'ten Cheeseburger'e ve Fondü'ye kadar her şey vardı. Ama kişisel favorileri ekstra kalın shake'ler ve elmalı k replerdi.

Onları görür görmez sahibi Ann hemen yanına geldi. "Seni özledim." Kollarını ona doladı.

"Bu benim Sam Amcam, Ann." El sıkıştılar. "Bu arada kart ve çiçekler için teşekkürler, çok düşüncelisiniz."

Gözleri yaşlarla doldu. "Şimdi, buraya gel. Senin için mükemmel bir masam var."

Sessiz bir köşedeydi, bu yüzden sandalyesinin mutfak personelinin veya müşterilerin yoluna çıkması konusunda endişelenmesine gerek yoktu.

"Her zamanki yemeğinizi hemen hazırlatacağım. Ne istediğini biliyor musun Sam, yoksa tekrar geleyim mi?"

"Ne alırdınız?"

"Elmalı Krep a la mode. Gezegendeki en iyileridir ve Ann her zaman ekstra şurup ve tarçın getirir."

"Kulağa hoş geliyor ama sanırım ben sıkıcı pastırma ve yumurtayı tercih edeceğim, yanında da mantar."

"Anladım," dedi Ann. "Sen de çikolatalı kalın bir shake mi alacaksın?" Başıyla onayladı. "Kahve ister misin Sam? "

"Siyah," diye yanıtladı. "Ve beni bu kadar hoş karşıladığınız için teşekkürler."

"E-Z'nin her amcası burada hoş karşılanır."

Ann içecekleri almaya gittiğinde, "Sam Amca, sanırım bir meleğe dönüşüyorum," diye ağzından kaçırdı.

Ann içecekleri masaya koyup mutfağa doğru geri dönerken, "Önce ölmen gerekir," dedi.

"Belki de araba kazasında ölmüşümdür. Birkaç dakikalığına. Bir meleğe dönüşmenin ne kadar sürdüğünü kim bilebilir? Filmlerde Cennet Kapısı'na varırsan, büyük adam her şeyi tersine çevirip seni tekrar buraya gönderebilir. Tabii böyle şeylere inanıyorsanız, ki ben inanmıyorum."

"Ben de inanmıyorum. Melek diye bir şey yoktur. Ne de şeytanlar. Her birimizin içinden başka. Yani hepimizin içinde iyilik ve kötülük var. Bizi insan yapan şey bu. Ölüm konusuna gelince, sizi hayata döndürmek zorunda kalsalardı bana söylerlerdi. Böyle bir şey söylemediler."

"O zaman dövmelerin aniden ortaya çıkmasını ve şimdi gerçek kanatlara dönüşmesini nasıl açıklıyorsunuz? Dün bende yoktu. Peki, dün ile bugün arasında ne oldu? Yeni uzantıların çıkmasını gerektirecek bir şey olmadı."

"Aklına gelen bir şey yok," dedi Sam. Güldü.

E-Z bir krep saplayıp ağzına attı ve şurubun çenesinden aşağı akmasına izin verdi. Ann kendini zor tuttu.

"Şu anda pek de melek gibi görünmüyorsun," dedi Sam, bir çatal dolusu çırpılmış yumurta alarak. "Mm, bunlar gerçekten çok güzel." Birkaç lokma daha yedikten sonra çantasına uzandı ve dizüstü bilgisayarını çıkardı. Açtı ve "meleği tanımla" yazdı. Yemek yerken bilgileri okuyabilmeleri için ekranı çevirdi.

"Bir haberci, özellikle de Tanrı'nın," diye okudu Sam, "Tanrı'nın bir görevini yerine getiren ya da Tanrı tarafından gönderilmiş gibi davranan kişi."

E-Z ağzına daha fazla krep tıkıştırırken "Sanki" diye tekrarladı.

Sam şöyle okudu: "Nazik, saf ya da güzel olan gayri resmi bir kişi, özellikle de bir kadın. Sarı saçlarınız ve mavi gözlerinizle oldukça güzelsiniz."

"Kapa çeneni."

"Geleneksel bir temsil," diye durakladı. "Bu varlıklardan herhangi birinin kanatlı insan formunda tasviri." Sam kahvesinden bir yudum daha aldı ve Ann'in fincanını yeniden doldurmasını bekledi.

"Aynı anda hem okuyup hem de yemek yerseniz hazımsızlık çekersiniz."

E-Z güldü.

Sam, "Hayır, ben bilişim sektöründeyim, bu yüzden çoklu görevlerde oldukça iyiyim." dedi.

Ann kıs kıs güldü ve uzaklaştı.

"'Bu varlıklar' derken ne demek istiyorlar?" E-Z sordu.

"Ortaçağ melekbiliminde meleklerin rütbelere ayrıldığını söylüyor. Dokuz mertebe: seraphim, cherubim, thrones, dominations (dominyon olarak da bilinir)," durakladı ve bir yudum su aldı. Sonra devam etti, "Erdemler, prenslikler (prenslikler olarak da bilinir), başmelekler ve melekler."

"Oha! Bunları hızlıca on kez söylemeyi dene." Gülümsedi. "Bu kadar çok melek türü olduğunu bilmiyordum."

"Benim de. Bu yemek o kadar güzel ki, ikimiz rüya mı görüyoruz diye düşünüp duruyorum."

"Yani rüya görmemizi ve kanatlarımın yok olmasını mı diliyorsun?"

"Geldikleri gibi çabucak giderlerdi." Dizüstü bilgisayarı yaklaştırdı ve "İnsan melek kanatları çıkarır" yazdı. E-Z alay etti ama ne çıktığını görmek için daha da yaklaştı. Sam bilimsel bir makaleye tıkladı.

"Dediğim gibi, kayıtlarda melek kanatlarına dair bir kanıt yok. Ben de öyle düşünmüştüm. Bence o olay, hani küçük kızı kurtardığım olay, onların ortaya çıkmasıyla bir ilgisi vardı. Bu bir tetikleyiciydi çünkü ben eve döndükten hemen sonra yanma başladı ve sonra, gerisini biliyorsunuz."

"Siz ikiniz burada ne yapıyorsunuz?" Ann sordu.

"Sana iki krep daha söyledim E-Z, her zamanki gibi. Tabii daha fazla yiyebilirsen?"

"Mükemmel."

"Peki ya sen Sam?"

"Sadece bir bardak daha," dedi ve Ann'in alıp ağzına kadar doldurarak geri getirdiği boş kupasını uzattı. Mutfakta bir zil çaldı ve o da krepleri almaya gitti.

E-Z üzerlerine akçaağaç şurubu döktü ve ardından bir parça tereyağı koydu. "Sen harikasın," dedi Ann'e. Ann gülümsedi ve yemeklerini bitirmeleri için yanlarından ayrıldı.

Sam Amca yeğenini dikkatle izledi. Keşke Elmalı Krep sipariş etseydim diye düşündü ama çoktan doymuştu.

"Ne?"

"Bilmiyorum, sanki yemeğin tadına baktığında yüzün Noel ağacındaki bir melek gibi aydınlanıyor."

E-Z çatalını yere bıraktı. "Çok komik. Sen tam bir komedyensin."

Yemeklerini bitirdiklerinde Sam sordu: "Melekler hakkında okuduklarından sonra fikrini değiştirdin mi? Yani hâlâ bir meleğe dönüşeceğini düşünüyor musun? Ve eğer öyleyse, bu konuda ne yapacaksın?"

"Ne demek yapacağım? Kanatlarım var, onları kullanabilirim."

"Benim gördüğüm kadarıyla, eğer onları kullanmazsan, varlıklarını inkar edersen - o zaman yok olacaklar."

E-Z başını salladı. "Bu bir seçenek değil. Ne olduğunu gördün. Ben hiçbir şey yapmadan ortaya çıktılar ve sana söyledim, bu sabah uyandığımda yatağımın üzerinde uçuyordum. Lanet olası havada asılı duruyordum."

"E-Z, ben geleceği düşünüyorum. Belki de biriyle konuşman gerekiyordur, bu konuda biriyle konuşmamız gerekiyor."

"Kaza bir yıl önce oldu, danışman iyi olduğumu söyledi. Ayrıca, tüm bunlar yeni."

"Gecikmiş olabilir. Bir şey tetiklemiş olabilir."

"Gerçeklerin üzerinden geçelim. Birincisi, dövme yaptırmadığım halde dövmelerim vardı. İkincisi, sandalyem yerden kalktı ve küçük bir kızı kurtardım - ayrıca bir maçta topu yakalamak için koltuğumdan kalktım. Yakın zamana kadar bunu inkar ediyordum. Üç numara, dövmeler cehennem gibi yandı. Dört numara, gerçek kanatlar ortaya çıktı. Beş numara, uçabiliyorum. Bunlardan herhangi biri size tanıdık geliyor mu? Yani başka örneklerde."

"Anlamadığım şey de bu. Bu nasıl olabilir, ama zihin son derece güçlü bir bilgisayar. Bizi hayvanlar aleminden ayıran ve insanın bu kadar uzun süre hayatta kalmasını sağlayan şey bu. Bir insanın son derece tehlikede olduğu ve yardımın geldiği hikayeler duydum. Ya da bir kişinin bir aracın altında sıkışıp kaldığı ve yoldan geçen birinin arabayı kaldırarak kişinin hayatını kurtardığı hikayeler."

"Bunu okumuştum; buna histerik güç deniyor - ama kanatların büyüdüğü bir vaka hiç duymadım."

"Belki de kanatlar seni kurtarmak için ortaya çıkmıştır."

"Neyden? Çok uyumaktan mı?" diye güldü. "Kaza sırasında iyi olurdu. Orada üzerimde kanlı bir kütükle beklemek yerine annemle babamı yardım çağırmaları için uçurabilirdim. Beni aşağıda tutarak. Bu bir mucize değil. Ne olduğunu bilmiyorum Sam Amca, tek bildiğim öyle olduğu."

"Sohbet ediyoruz. Değerlendiriyoruz. Fikir alışverişi yapıyoruz. Cevaplar bulmaya çalışıyoruz."

"Cevaplara sahip olmak güzel olurdu, ama... bu durumda sorabileceğimiz bir uzman kim olabilir?"

"Bir papaz ya da rahibe ne dersiniz?"

E-Z başını salladı. Ailesinin cenazesinden beri kiliseye gitmemişti.

"Kaybedecek neyimiz var ki?"

"Sanırım denemeye değer ama. Oh, oh."

"Ne oldu?"

"Kürek kemiklerime doğru bir itme hissediyorum. Gitmem gerek ve buraya arabayla gelmedik. Üzgünüm, acele etmeliyim. Evde görüşürüz." Kafeden hızla çıktı ve kanatları kapüşonundan fırlayıp yerden havalanana kadar yoluna devam etti. Eve vardığında anahtarının olmadığını fark etti ama kanatları dışarıdayken ön verandada kalamazdı. Kanatlarını tekrar içeri sokmak için Latince denedi ama hiçbir şey işe yaramadı. Böylece yukarı uçtu ve kimseye görünmeden yatak odasının penceresinden içeri girmeyi başardı.

"E-Z!" Sam eve vardığında seslendi. "E-Z!"

"Buradayım."

"İyi misin? Elimden geldiğince çabuk geldim."

"İçeri gel, otur. Geri çekildiklerine dair bir işaret yok - henüz."

Açık pencereyi görünce. "Sanırım buraya kadar uçtun?"

"Evet, iyi ki dün gece penceremi kilitlemeyi unutmuşum. Ben tekrar dışarı çıkana kadar tartışmamıza devam edebiliriz."

"Bir rahip tanıyorum. Yardım edebilecek biri varsa, o da odur."

İki saat sonra, radyoda bangır bangır çalan melodiler eşliğinde rahibi görmeye gidiyorlardı. Hozier'in Take Me to Church şarkısı radyo dalgalarını dolduruyordu. Tesadüf mü? Öyle düşünmediler ve şarkı sözlerine avazları çıktığı kadar eşlik ettiler. Neyse ki camlar açık olduğu için kimse onları duyamıyordu.

✳✳✳

K ilisede tekerlekli sandalye girişi yoktu ve tırmanılması gerekenbirsürü merdiven vardı.

Sam, "Sen büyük meşe ağacının gölgesine git, ben de gidip Peder Hopper'ı bulayım," diye önerdi.

"Gerçek adı bu mu?" E-Z güldü.

"Bildiğim kadarıyla öyle. Sen burada kal, ben hemen döneceğim."

"Olur."

Genç adam telefonunu çıkardı. Ağacın sağladığı gölge hoşuna gitse de ekranını görmesini imkânsız hale getiriyordu. Sandalyesini yeniden konumlandırdı ve havadaki alışılmadık uğultuyu fark etti. Ağacın kendisinden geliyor gibi görünen bir ses.

Bir kuş olup olmadığını anlamaya çalışarak başını kaldırdığında sesin tonu yükseldi ve şiddeti arttı. Telefonunun sesini kıstı. Ses sona erdi ve yeni bir ses başladı. Bu melodikti; büyüleyiciydi ve rüya gibi bir duruma d üştü.

Başını öne eğdi, ta ki yeni bir ses onu sarsıp uyandırana kadar. Başının üstünden gelen fısıltılar. Ağacın yapraklarından akan sesler. İçinden bir ürperti geçerken kollarını kavuşturdu ve kanatlarının serbest kalmasına neden oldu. Ne olduğunu anlamadan sandalyesi yerden kalktı. Büyük meşe ağacının kalbine doğru yükselirken d allardan eğildi.

"İndirin beni!" diye emretti.

Yükselmeye devam etti. Uzuvları ağaca değdiğinde, ön kollarından ve başından kan damladı.

"Dur! Seni aptal..."

"Bu hiç hoş değil, bip-bip," dedi tiz bir ses.

"Uyanıkken çok sevimli olduğunu söylediğini sanıyordum, zoom-zoom," dedi ikinci bir ses.

"Oha!" E-Z kendini toparlamaya çalışarak ve tamamen sersemlemekten kaçınarak "Oha!" dedi. Birkaç derin nefes aldı. Kendini sakinleştirdi. "Kim, ne ve neredesiniz?"

"Biz aslında kimiz, bip-bip."

Bir kez daha aynı ışıklar, yeşil ve bir sarı gözlerinin önünde dans etti.

Merakla, "Merhaba." dedi.

Sarı ışık kayboldu.

Bir çığlık.

Sonra yeşil olan kayboldu.

"Bu da ne? Siz ikiniz, her ne iseniz, kesin şunu. Bana bir açıklama borçlusunuz. Beni takip ettiğinizi biliyorum. Dışarı çıkın ve benimle yüzleşin!"

POP.

Minik yeşil meleğe benzer bir şey burnunun üzerine kondu. Garip bir şekilde zevksiz, neredeyse limburgerimsi bir koku ona doğru yayıldı. Burnunu kapattı.

"İyi günler, E-Z, bip-bip," dedi şey başıyla selam vererek.

Adını söylediğinde kanatlarının kontrolünü kaybetti. Uçmayı öğrenen bir kuş gibi havada sallanıp durdu.

Kanatlarının tekrar çıkmasını diledi ama kanatları onu görmezden geldi. Düşerken sandalyesinin kollarına t utundu.

POP!

Şimdi onlardan iki tane vardı. Her biri bir kulağından tutup onu ve sandalyesini güvenli bir şekilde yere indirdi.

Rahip ve amcası köşeden dönerken E-Z kulaklarını ovuşturarak "Ah," dedi. "Uh, teşekkürler, sanırım."

POP.

POP.

İki yaratık ortadan kayboldu.

"E-Z, bu Peder Bradley Hopper ve yardım etmeye hevesli."

Hopper elini uzattı, E-Z de aynısını yaptı. Etleri birleşince genç ortadan kayboldu.

Hopper ve Sam gözleri donuk bir şekilde yan yana kaldılar. İkisi de vitrindeki iki manken gibi hiçliğe bakıyordu.

BÖLÜM 7

E-Z'nin ayakları yere değdi ve ilk başta beyazdan gözleri kamaştı. Bir ayağını diğerinin önüne atarak önce yürüdü, sonra olduğu yerde koşmaya başladı, sonra da tam bir koşuya geçti. Kendini duvara attı, sanki zıplayan bir kaledeymiş gibi zıpladı.

POP

POP

Artık yalnız değildi. Önünde çiçekler içinde çok kanatlı iki şey vardı. Biri yeşil, diğeri sarıydı. O yaklaştıkça, kanatları altın gözlerinin etrafında bir kaleydoskop gibi dönüyordu.

Önce yeşil çiçeğin taç yapraklı kanatlarına dokundu. Bırakın gözleri olanı, daha önce hiç tamamen yeşil bir çiçek görmemişti. Daha önceki karşılaşmalarından tanıdığı gözleri. Kanatlar parmağını gıdıkladı ve yeşil çiçek güldü. Burnuyla çok yaklaşmaktan kaçındı, sevimsiz bir kokunun yayılmasını bekledi - ama öyle olmadı.

İkinci çiçek, sarı, diğerinden daha fazla taç yapraklı kanatlara sahipti. Yapraklar, okyanusta hareket eden mercanlar gibi dokunuşuna tepki veriyordu. Bu çiçeğin altın rengi gözlerinde belirgin kirpikler vardı. Daha yakından bakmak için eğildi.

İkisini gözlemlemeye devam ederken, bir PFFT havayı doldurdu. Bununla birlikte güçlü ve mide bulandırıcı derecede tatlı bir koku yayıldı ve midesi bulandı. Geri çekildi, burnunu kapattı ve gözlerindeki acıyı sildi.

Sarı çiçek konuştu. "Benim adım Reiki ve seni buraya bip bip diye getirdik."

"Burası tam olarak neresi? Ve neden bacaklarım çalışıyor?"

"Nerede olduğun önemli değil, E-Z Dickens, neden olduğun da bip-bip."

Odanın karşısına geçti ve sağ eliyle sarı çiçeği, sol eliyle de yeşil çiçeği aldı. WHOOSH! Bu kez keskin bir sis çarptı üzerine ve hapşırmaya başladı ve hapşırmaya devam etti.

"Lütfen bizi düşürmeden önce yere bırak, bip-bip."

"Şurada bir kutu mendil var, zoom-zoom."

"Ah, pardon." Onları yere bıraktı, bir mendil aldı - ama artık ona ihtiyacı yoktu. Aradaki mesafeyi koruyarak sırtını beyaz bir duvara yasladı.

"Seni şimdi buraya getirdik, bip-bip."

"Ben Hadz, bu arada zoom-zoom."

"Çünkü bilmen gerekiyordu bip-bip."

"Kanatların hakkında rahiple konuşmamalısın, zoom-zoom."

"Aslında, kimseyle hiçbir şey hakkında konuşmamalısın bip-bip."

Elini duvara koyarak yürüdü, bir yandan da düşünüyordu. "Öncelikle, neden bip-bip ve zoom-zoom diyorsun?"

Reiki ve Hadz gözlerini devirdi. "Onomatopoeia diye bir şey duymadınız mı?"

"Tabii ki duydum."

"O zaman bilmen gerekir, bip-bip."

"Heyecan, aksiyon ve ilgi katar, zoom-zoom."

"Okuyucunun duymasını ve hatırlamasını sağlamak için, bip-bip."

"Bilmelerini istediğin şeyi, zoom-zoom."

Güldü. "Bir şey okuyorsanız bu doğru, ama konuşurken gerekli değil. Reiki'nin ne söylediğini hatırlıyorum çünkü o söylüyor ve Hadz'in ne söylediğini hatırlıyorum çünkü o söylüyor. Birinizin kız, diğerinizin erkek olduğunu varsayıyorum - bu doğru mu?"

"Evet," diye onayladı Hadz. "Ben bir kızım. Sürekli zoom-zoom demek zorunda kalmadığıma sevindim."

"Ve ben bir erkeğim. Bip-bip demeyi özleyeceğim."

"İstersen söyleyebilirsin ama biraz can sıkıcı ve konuşma sırasında tekrarlar sıkıcı olabilir."

"Sıkıcı olmak istemiyoruz!"

"Bu sizi buraya getirme amacımızı boşa çıkarır."

"Tamam," dedi E-Z. "Öyleyse, şimdi edebi bir araç hakkında konuşmaya başlamadan önce söylediklerinize geri dönelim." Başlarını salladılar. "Eğer bana olanları kimseye anlatamazsam, o zaman bu şeyde yalnız kalırım - her ne ise. Küçük bir kızı kurtardım. Bunun seninle bir ilgisi olduğunu varsayıyorum?"

"Evet, bu varsayımda haklısınız bip, oops, üzgünüm."

"Bunun ne olduğunu ve neden bana olduğunu bilmek istiyorum?"

"Gözlerini kapat," dedi Hadz.

"Kapatacağım ama komiklik yapmak yok."

Çiçekler kıkırdadı.

Ayakları yerden kesildi ve farklı bir odaya indi. Bu odada da daha önce olduğu gibi ilk başta beyazdan gözleri kamaştı. Gözleri çevresine alıştıkça kitapları fark etti. Raflar ve raflar gökyüzüne kadar ciltlerle yığılmıştı.

"Korkma," dedi Hadz.

O korkmuyordu. Aslında kendinden geçmişti. Çünkü bu odada sadece bacaklarını kullanmakla kalmıyor, aynı zamanda bacaklarında dolaşan kanı da hissedebiliyordu. Duyuları arttı; eski kitap kokusu ona doğru yayıldı. Tatlı prunus dulcis (tatlı badem) parfümünü kokladı. Planifolia (vanilya) ile harmanlandığında mükemmel bir anizol oluşturuyordu. Kalbi atıyor, kanı pompalanıyordu - kendini hiç bu kadar canlı hissetmemişti. Sonsuza kadar k almak istiyordu.

Ayakkabılarının içinde, her bir parmağının hareketi ona zevk veriyordu. Küçük bir çocukken oynadığı bir oyunu hatırladı. Ayakkabılarını ve çoraplarını çıkardı ve "Bu küçük domuzcuk pazara gitti" tekerlemesini söyleyerek her bir parmağına dokundu.

E-Z, "Wee!" diye bağırırken Reiki, "Aklını kaçırmış," dedi.

"Ona biraz zaman ver. Burası oldukça şaşırtıcı bir yer."

E-Z çoraplarını tekrar giydi. Buz tabakası gibi parlak olan beyaz zemin üzerinde kayarak odanın içinde dolaştı. Önce birinci, sonra ikinci duvara çarpıp zıplayarak yere düşerken gülüyordu. Üstündeki kitaplarda garip bir şeyler olduğunu fark edene kadar gülmeyi bırakamadı. Kitaplardan biri raftan eline doğru uçtuğunda başını salladı. Atası Charles Dickens'ın bir kitabıydı bu. Kitap kendi kendine açılmış, baştan sona gözden geçirilmiş, sonra da geldiği yere geri çmuştu.

"Melek kütüphanesine hoş geldiniz," dedi Reiki.

"Vay canına! Sadece vay canına! Demek siz ikiniz meleksiniz, öyle mi?"

"Haklısınız," dedi Hadz. "Ve siz buradasınız, çünkü biz sizin akıl hocalarınız olarak atandık."

"Atandım mı? Kim tarafından atandınız? Tanrı mı?" diye alay etti.

Hadz ve Reiki birbirlerine bakıp çiçekli başlarını salladılar.

"Bizim amacımız."

"Görevinizi size açıklamak."

"Ayrıca size yol göstermek. Size yardımcı olmak," dediler birlikte.

"Görev mi? Ne görevi?" Zihni dalıp gitti. Kafasının içinde Görevimiz Tehlike filminin müziğini duydu. Tom Cruise'un bir bilgisayar odasına kablo ile indirildiğini gördü. "Hey. Bekle bir dakika! Siz ikiniz benim odamdaydınız, değil mi? Ve kazadan beri beni takip ediyorsunuz."

"Kendimizi tanıtmak için doğru zamanı bekliyorduk," dedi Reiki. "Bunu daha az resmi bir şekilde yapmayı umuyorduk, ama siz...."

"...Rahiple konuşacaktık, acele etmek zorunda kaldık."

"Çok zamanınızı aldı. Halüsinasyon gördüğümü sandım," dedi istediğinden daha yüksek sesle.

POP.

Reiki ortadan kayboldu.

"Şimdi ne yaptığına bir bak!" dedi Hadz.

POP.

Gitmişlerdi ve nereye, ne zaman ya da geri dönüp dönmeyeceklerine dair hiçbir fikri yoktu. Yine de bir dakikasını bile boşa harcamayacaktı. Yere çöktü ve yirmi şınav çekti, ardından aynı sayıda zıplama hareketi yaptı. Gözleri parıltıdan yanıyordu ve keşke güneş gözlüğüm olsaydı diye düşündü.

TICK-TOCK.

Havada bir çift güneş gözlüğü belirdi. Midesi guruldarken gözlüğü taktı. Bir selfie çekti, sonra saati kontrol etti. Saatte garip bir şeyler oluyordu. Çıldırıyordu. Ve sayılar hiç durmadan değişiyordu. Midesi tekrar guruldadı.

TICK-TOCK.

Bir çizburger ve patates kızartması göründü, şimdi elleri doluydu. Üstünde maraschino kirazı olan kalın çikolatalı bir shake düşündü.

TICK-TOCK.

Daha önce orada olmayan beyaz bir masaya, üzerinde vişne olan ekstra büyük bir shake geldi. Yoksa gelmiş miydi? Belki de ikisi de beyaz olduğu için fark etmemişti.

Yemeye başlamadan önce kokusunun, sonra da her ısırıkta tadının tadını çıkardı. Sanki daha önce hiç çizburger ya da patates kızartması yememiş gibiydi. Vişnenin tadı çok tatlıydı, onu çikolatalı çikolata izledi. Yemeğini ayakta yedi. Yemekler ayakta yendiğinde her zaman daha lezzetli olurdu. Bu siparişin tadı o kadar güzeldi ki; gülünçtü.

Yemeğini bitirdiğinde, yemek için kimseye teşekkür etmedi. Sonra dikkatini kütüphaneye ve daha önce fark etmediği beyaz bir merdivene çevirdi. Sadece bunu düşünmek bile merdivenin ona yaklaşması için yeterliydi, sanki bir işe yaramak istiyor gibiydi. Merdivene tırmandı ve Ouija tahtasındaki bir disk gibi hareket ederek raf raf kitapların yanından geçti. Sonra durdu.

Tırmanırken kitapların sırtlarındaki başlıkları okudu. Tam önündekiler Charles Dickens'a aitti ve her cildin kendine ait bir çift kanadı vardı.

Bir tanesi ona doğru uçtu, Bir Noel Şarkısı. Birkaç sayfayı çevirerek ona bunun 19 Aralık 1843'te basılmış bir Birinci Baskı olduğunu gösterdi. Sayfaları çevirmeye devam ederken, resimlere hayret etti. Ne kadar da ayrıntılı ve renkli çizilmişlerdi. Ve arka planda, çizimlerden birinde Minik Tim ve ailesinin arkasında bir şey hareket etti. Gözler. İki çift. Hadz ve Reiki! Neredeyse kitabı düşürüyordu. Kanatları olduğu için raftaki yerine geri döndü. Bu sırada dengesini kaybetti, merdivenden aşağı düştü ve can havliyle asılı kaldı. Tekrar dengesini sağladığında yavaş yavaş aşağı indi ve ayaklarını yere sağlamca bastı. Kanatlarının ona yardım etmek için neden ortaya çıkmadığını merak etti. Burada her şeyin çalışan kanatları vardı, hatta meleklerin birden fazla çift kanadı vardı. Dışarıdaki dünyada bacakları çalışmıyordu ve çalışan kanatları vardı. Burada, her nerede olursa olsun, bacakları çalışıyordu ama kanatları artık çalışmıyordu.

Başını kaşıdı. Keşke Sam Amca burada olsaydı. Yine de onunla konuşamazdı. Bu yasaktı. Ama neden? Ona ne yapabilirlerdi ki? Melekler kazadan beri onu takip ediyordu. Ona zarar vermedikleri için onların iyi melekler olduğunu varsayıyordu - henüz. Memleket hasreti dev bir dalga gibi üzerine hücum etmiş, onu altına almakla tehdit ediyordu.

Telefonu titrerken "Eve gitmek istiyorum!" diye bağırdı. Kilidini açmaya fırsat bulamadan...

POP.

Reiki onu yakaladı ve fırlattı.

POP.

Hadz onu en uzaktaki beyaz duvara fırlattı. Zıpladı, yere çarptı ve paramparça oldu.

"Yeni bir telefon için bana dört yüz dolar borçlusun! Umarım siz meleklerin nakit parası vardır."

Hadz uzandı ve kanadıyla E-Z'nin suratına bir tokat attı. Tüyler canını yakmak yerine gıdıkladı. "Şimdi sen, E-Z

Dickens, buraya otur." Beyaz bir sandalye bacaklarının arkasına bastırarak onu oturmaya zorladı.

"Ve bir pislik gibi davranmayı bırak," dedi Reiki.

"Vay canına! Melekler bunu söyleyebilir mi? Ne tür meleklersiniz siz? Eğitimdeki melekler mi? Kanatlarınızı kazanmanıza yardım edecek adam ben miyim?"

Onların zaten kanatları olduğunu fark etti. Aslında birkaç çift kanatları vardı. Bu yüzden, onlar üzerinde süzülürken anlatmaya çalıştığı şey tartışmalı görünüyordu.

"Sana yardım edecek olan ben miyim, yoksa senin bana yardım etmen mi gerekiyor? Çünkü eğer öyleysen, ki öyle olduğunu söylemiştin, o zaman berbat bir iş yapıyorsun demektir. Yakın zamanda ikiniz için de iyi şeyler söylemeyeceğim."

"Bir özür bekliyoruz."

"Uzun bir süre bekleyeceksiniz. Çünkü susadım."

TICK-TOCK.

Buzlu bardakta bir kupa kök birası belirdi. Bir yudumda içti. "Çünkü beni buraya rızam olmadan getirdin. Ve..."

"KES SESİNİ!" dedi gür bir ses, beyaz duvarların birinden çıkarken.

Tavan kadar uzundu. Aslında daha da uzundu. Eğri büğrüydü ama yine de muazzam büyüklükte ve boydaydı. Kanatları duvarlara ve tavana sürtünüyordu. "DİLİNİ TUT!" diye bağırdı iri melek, kanatlarını bir SWOOSH ile E-Z'ye doğru çekerek tam yüzüne gelene kadar.

✳✳✳

"E-Z Dickens, buraya benim huzuruma çağrıldın," dedi devasa melek. "Ben Ophaniel, ayın ve yıldızların hükümdarıyım. Ve bunlar da benim astlarım. Onlara küstahça davranmamalısın. Onlara nezaketle ve saygıyla davranmalısın çünkü onlar senin için GÖZLERİM ve KULAKLARIM. Onlar olmadan siz bir HİÇSİNİZ."

Kaçma dürtüsüyle savaşarak anlaşılmaz bir cümle kekeledi.

"Ben konuşmamı bitirene kadar araya girme," diye emretti Ophaniel.

Başını salladı, vücudu titriyordu, tek kelime edemeyecek kadar korkmuştu.

"E-Z," diye gürledi sesi. "Sen kurtarıldın. Seni bir amaç uğruna kurtardık."

Reiki ve Hadz uçarak yaklaştılar ve Ophaniel'in omuzlarına oturdular.

"Kıpırdamayın," diye emretti Ophaniel.

Kanatlarını katladılar ve tek bir kelimeyi bile kaçırmamak için eğildiler.

E-Z kendi kanatlarını da onlar kadar etkili bir şekilde nasıl katlayacağını sormak için aklına bir not aldı. Tabii kanatlarını geri alabilirse.

Ophaniel devam etti. "Ailen öldüğünde E-Z Dickens, senin de ölmen gerekirdi. Bu senin kaderindi. Amacımız doğrultusunda değiştirdiğimiz bir kader. Davanı başarıyla savunduk. Olağanüstü şeyler yapacağına söz verdik. Başkalarına yardım edeceğine. Seni kurtardık ve bir borcumuz vardı. Çoğunu bacaklarını teslim ederek ö dediğin bir borç."

Teslim olarak mı? Seçme şansı varmış gibi geldi. Bir daha asla yürümemeye karar vermişti ki bu bir yalandı. Konuşmak için ağzını açtı ama Ophaniel'in sesi gürleyerek devam etti.

"Hâlâ bize olan bir borcun var, bize olan bir borcun."

E-Z büyük bir nefes aldı. Konuşmak istedi ama yapamadı. Dudakları kıpırdadı ama hiç ses çıkmadı. Bu melek, onun adına karar vermeye ve ona borçlu olduğunu söylemeye nasıl cüret ederdi?

"Sana aletler verdik - güçlü bir sandalye. Bu sana yardım etmek için. Böylece bir gün burada ailenle birlikte olabilir ve sonsuzlukta bizimle, onlarla birlikte yürüyebilirsin." Ophaniel birkaç saniye duraksadı, bunu iyice sindirebilmek için. "Bugün bana bir soru sorabilirsin, ama sadece bir tane. İyi olsun."

E-Z sorusunu düşünmek yerine ağzından kaçırdı: "Ailemi bir daha ne zaman görebileceğim?"

"Borcunun tamamını ödediğin zaman."

"Bir soru daha lütfen."

"Sorular için de cevaplar için de zaman olacak. Şimdilik, benim yardımcılarımın gözetimindesin. Onlara soru sorabilirsiniz ve onlar da cevap vermeyi seçebilirler. Ya da cevap vermemeyi seçebilirler. Evet ya da hayır cevabını vermek onların tercihi olacak. Aynı şekilde, size soru sorduklarında onlara cevap verip vermemek de sizin seçiminiz olacaktır. Size nasıl davranılmasını istiyorsanız siz de onlara öyle davranın ve bu yerle ya da toplantımızla ilgili ayrıntıları ifşa etmeyin. Bu konu hakkında hiçbir insanla konuşmayın. Tekrar ediyorum, bu konuları sadece k endinize saklayın."

Hâlâ konuşamıyordu. Ophaniel bunu sormadan bir sonraki sorusunu yanıtlamaya başladı.

"Eğer bu sözü tutmazsan, kanatların makarna gibi zayıflayacak ve borcunu asla ödeyemeyeceksin."

Aklına başka bir soru geldi.

"Evet, o küçük kızı kurtardığında -yanma- sürecin bir parçasıydı. Kanatlarının yanması, güçlenmesi, sana bağlanması gerekiyor, böylece bir sonraki mücadelene hazır olacaksın."

Ya istemezsem diye düşündü.

Ophaniel güldü ve odanın en yüksek yerine uçtu. Sonra tavanda gözden kayboldu.

BÖLÜM 8

Bir de baktıkitekerlekli sandalyesinde Rahip'e doğru dönüyor.

"Sam Amca, gitmemiz gerek. ŞİMDİ."

"Ah," dedi Sam, yeğeninin uzaklaşmasını izlerken. "Vaktinizi aldığım için özür dilerim, onun eve gitmesi gerekiyor." Sam aceleyle ilerlerken Hopper da arkasından geliyordu. Hızını artırdı, yeğenine yetişti ve kolların kontrolünü ele alarak tekerlekli sandalyeyi itti. Hopper koştu ve nefes nefese de olsa kısa sürede yanlarında yürümeye başladı.

"Anlıyorum, o zaman gerçekten kanatların yok E-Z."

Omzunun üstünden baktı, sahte bir kadehi dudaklarına götürdü, sonra gözlerini devirdi.

Sam meydan okurcasına, "Benim içki sorunum yok," dedi.

Otoparka yaklaştıklarında genç adam yine gözlerini devirdi. Rahip onu takip etmedi.

Arabaya ulaştıklarında, Sam nefes almaya çalışırken, "Bu da neydi böyle?" dedi ve kapıyı açıp yeğeninin binmesine yardım etti.

"Önce buradan çıkalım." Zaman kazanmak için oyalanıyordu çünkü ona ne olduğunu söyleyemiyordu.

İnandırıcı bir yalan bulması gerekiyordu - ve hiçbir zaman iyi bir yalancı olmamıştı. Annesi onu hep yakalardı çünkü yalan söylediğinde kulakları hep kızarırdı.

Sam direksiyonu sıkıca kavrayarak, "Bir açıklama bekliyorum," dedi.

Arabanın hoparlörlerinden Boston'ın Don't Look Back şarkısı çalıyordu.

"Üzgünüm, gitmem gerekiyordu. Hopper'ın yardım edebileceğini sanmıyorum ve senin ona anlattığından daha fazlasını bilmesini istemedim."

"İçki sorunum olduğunu neden ima ettiğini hâlâ açıklamadın."

"Ah, şu. Birden aklıma geldi ve düşünmeden söyledim. Özür dilerim."

"Alkol kullanmadığım için kendimle gurur duyuyorum. Elbette, arada sırada bir bira içerim. Bir iş etkinliğinde sosyal olmak için. Ama ben diğer BT ayyaşları gibi değilim. Ve asla da olmayacağım."

E-Z, Sam Amca'nın söylediklerini düşünmüyordu. Onun yerine, Ophaniel'in kendisine söylediği bilgileri gözden geçiriyordu. Kendisini kurtardıkları için meleklere borçluydu ve hayatı karşılığında bacaklarını takas etmişti. Meleklerin yaptığı pazarlık kendi amaçları içindi - ve şimdi ondan borcunu ödemesini bekliyorlardı - ama nasıl?

Kesin olarak bildiği tek şey, kazanmak zorunda olduğuydu. Yoluna hangi görevi çıkarırlarsa çıkarsınlar, üstesinden gelmek zorundaydı. Reiki ve Hadz'in yardımıyla - ne kadar küçük olsalar da - borcunu ödeyecekti. Sonra, hiç değilse ailesini tekrar görebilecekti. Bunun öleceği ve eğer böyle bir yer varsa cennette buluşacakları anlamına geldiğini tahmin ediyordu. Bunu yakında öğrenecekti.

BÖLÜM 9

Tekrar eve dönen genç adam doğruca odasına gitti.

Sam'in yeğeni kapıyı çarpmadan önce söyleyebildiği tek şey "Yardımıma ihtiyacın olursa," oldu.

E-Z elleriyle yüzünü kapattı. Bacaklarına yeniden kavuşmak çok iyi gelmişti. Kanatları çıkıp onu yatağa doğru uçururken yumruklarını kolçaklara indirdi. "Teşekkürler," dedi onlara, sanki ayrılarmış ve onun bir parçası değillermiş g ibi.

"Dikkat et," dedi yastığının üzerinde dinlenmekte olan Hadz. Melek ışık fikstürüne doğru uçtu ve "Uyan, o geldi," de di.

E-Z şimdi yatağında rahatça uzanmış, gözleri kapalı, neredeyse uyuyordu.

"Bu gece uçuyorsun," diye şarkı söyledi melekler.

"Bak, bildiğin gibi yorucu bir gün geçirdim ve tek yapmak istediğim uyumak."

"Beş dakika kestirebilirsin," dedi Reiki.

"Sonra, kalkıp onlara saldıracağız!"

Sam içeri daldığında neredeyse yeniden uyuyordu. "Rahatsız ettiğim için üzgünüm ama PJ ve Arden bütün gün sana ulaşmaya çalıştıklarını söylüyorlar. Şarjın mı bitti?"

"Ah, hayır, telefonumu kaybettim," dedi iki yardımcısına kızgın kızgın bakarak.

"Yalancı, yalancı, pantolonun yanıyor," diye takıldılar. Sam tepki vermediği için onların tiz seslerini duymamıştı. E-Z onları kovaladı.

"İşte bu yüzden her zaman planımla birlikte sigorta da satın alıyorum. Merak etmeyin, yarın size yenisini getireceğiz. Zaten yükseltme zamanın gelmişti. Aynı telefon numarasını kullanabilirsin. Çocuklara seninle temasa geçeceklerini haber veririm."

"Teşekkürler Sam Amca. İyi geceler."

"İyi geceler E-Z."

BÖLÜM 10

Rüyasında ailesiyle birlikte bir kayak gezisindeydi. Aslında bu bir anıydı ama o bunu bir rüya olarak yeniden yaşıyordu.

E-Z altı yaşındaydı. O ve annesi bir kayak eğitmeni tarafından tüm hareketleri öğreniyorlardı. Bu sırada, onlar gibi acemi olmayan babası da karla dolu tepeden aşağı iniyordu.

Bebek tepesinde kayak yapmayı öğrendiler - test tepelerine böyle hitap ediyorlardı.

"Hazır mısınız?" dedi eğitmen, "büyük tepelerden birine çıkmaya?"

Hazır olduklarını söylediler. Hazır olduklarını düşünüyorlardı. Ama söylemek ve yapmak iki farklı şeydir.

İlk denemede, içlerinden biri düşmeden önce fazla ilerleyemediler. Bu annesiydi ve düştüğünde soğuk karın üzerine oturup gülmeye başladı. Adam kalkmasına yardım etti ve tekrar yola koyuldular.

Bu kez düşen E-Z oldu ve yüzünü soğuk beyaz şeylere gömdü. Kendini toparladı, eğitmen ona yardım etti ve bu sırada annesi kar püskürterek yoluna devam etti. Bunu bir meydan okuma olarak algıladı ve sırıtarak yanından geçerek hızla ilerledi.

Sonra bir de bakmış ki annesi arkasından geliyor. Kadın tozlu bir zemine girdi ve onu toz içinde bıraktı. Adam yine de varını yoğunu ortaya koydu ve ona yetişti. Aşağıya doğru sürüklendiler, yan yana, sonra ayrıldılar, sonra tekrar bir araya geldiler. Tüm bunlar olurken iki küçük çocuk gibi g ülüyorlardı.

Tepenin dibinde, tepeden tırnağa gök mavisi giysileriyle babası duruyordu. Göze çarpıyordu; ellerinde bir tekerlekli sandalye ile bakir karla çevrili bir mavi şerit.

"Kar," dedi E-Z, içine bir lokum daha çekerek. Erimiş haliyle tadı daha da güzeldi. Sonra dondurucu bir soğuk hissetti ve küvette buzla çevrili bir şekilde uyandı. Sam Amca oradaydı, yanında oturuyordu.

"E-Z, bu sefer beni gerçekten korkuttun."

"Ne? Ne oldu?

"Bazı sesler duydum ve seni kontrol etmek için içeri girdim. Pencel sonuna kadar açıktı, perdeler dalgalanıyordu. Alnına dokundum, yanıyordun. Nöbet geçireceğinden korktum. Kanatların bile solmuş g örünüyordu.

"911'i aramayı düşündüm ama sonra vazgeçtim. O kanatlarla seni acil servise götüremezdim. Seni tekerlekli sandalyene oturtmak, küveti buzla doldurmak ve ateşini düşürmeye çalışmak zorundaydım. Dışarı çıkıp buz alıyordum, mahalledeki arkadaşlarımdan bağış istiyordum. Son derece yardımcı oldular."

"Şimdi daha iyi hissediyorum, teşekkürler," dedi ayağa kalkmaya çalışarak. Tekrar yere düşmeden önce fazla ilerleyemedi.

"Bana neler olduğunu anlatmalısın."

"Yapamam Sam Amca. Bana güvenmelisin."

Genç tekrar ayağa kalkmaya çalıştı. Sam banyodan çıkıp tekerlekli sandalyeyle geri dönerken, "Burada bekle," dedi. "İşte," diyerek termometreyi yeğeninin ağzına soktu. "Eğer normalse sandalyeye binebilirsin."

Normaldi, bu yüzden etrafına sarılan bir bornozla E-Z banyodan çıkarıldı ve sandalyeye oturtuldu. Kanatları önce genişledi, sonra gevşeyerek yerine oturdu ve artık yanıyormuş gibi hissetmiyordu.

Oturma odasının önünden geçerken haberlere bir göz attı.

"Dün gece düşen bir uçağın yönü değiştirildi," dedi sözcü. "Buna mucize iniş diyorlar, ama işte izleyicilerimizden biri tarafından olay anında çekilen bazı ham görüntüler."

Uçağın inişini gösteren klibi izledi ama başka hiçbir şey yoktu - kendisinin görüntüsü yoktu. Rahatlamış hissetti ve odasına döndü.

"Giyinmene yardım etmek için hemen döneceğim."

Amcasına her şeyi anlatabilmeyi çok isterdi ama yapamazdı. Giyindikten sonra "Teşekkürler," dedi.

"Her zaman arkandayım."

"Ben de senin," dedi genç adam. "Sanırım bir şeyler yazmak için ofisime gideceğim."

"İyi fikir, yapılacaklar listemde bugün bitirmek istediğim ev işleri var." Gitmeye başladı, sonra geri döndü. "Biliyor musun ufaklık, hemen bir roman taslağı hazırlamak zorunda değilsin. Bir günlük tutabilirsin, ya da bir günlük. Bir gün unutabileceğin şeyleri yaz. Değerli anılar gibi."

"Bir şeyler yazarım ve adını da Dövme Melek koyarım diye düşündüm."

"Bunu sevdim."

Ofisine girdiğinde bir süre oturup uçağı düşündü - kendisinden istenen şeyi nasıl yapabildiğini merak etti. Kuğu ve kuş arkadaşlarının yardımı olmadan ya da koltuğunun yardımı olmadan bunu başaramazdı. O iki melek adayı bile arka planda ona tezahürat yaparak kendi yöntemleriyle yardımcı olmuşlardı.

Yazmaya odaklandı ve başlığı yazdı: Dövmeli Melek.

Parmakları daha fazla yazmak istiyordu ama zihni dolaşmak istiyordu. Sandalyesinde arkasına yaslandı ve boş ekrana baktı. Atası Charles Dickens'ın yazdığı gibi fantastik bir ilk cümleye ihtiyacı vardı - 'Ben doğdum'.

Bir süre sonra beyaz ekranın görüntüsüne daha fazla dayanamayınca şunu yazdı

Keşke hiç doğmasaydım.

Ve yazmaya devam etti.

Artık yürüyemiyorum.

Asla profesyonel beyzbol ya da hokey oynayamayacağım ya da spor bursu alamayacağım.

Koşamıyorum.

Zıplayamıyorum.

Yapamadığım o kadar çok şey var ki.

Asla yapamayacağım.

Yazmayı bıraktı, ekranın sağ üst köşesinde aşağı doğru hareket eden bir şey gördü. Akıyordu.

Gözyaşları. Ufacık tefecik gözyaşları.

Birleşiyor. Gittikçe büyüyorlardı.

Ekrandan aşağı akıyordu.

Bir şey duyduğunu sandı - sesi açtı.

"WAH! WAH! WAH!" diye tiz bir ses şarkı söyledi.

İkinci bir ses daha katıldı.

"WAH-WAH!
WAH-WAH!
WAH-WAH!"
E-Z bilgisayarı kapattı.
Bu sadece bir atıp tutmaydı ve bunun için kendini daha iyi hissediyordu. Herkesin ara sıra acıma partisine ihtiyacı olurdu. Bu onun sisteminden çıkmıştı.

Kesin olarak bildiği bir şey vardı - bir yazar olarak Charles Dickens değildi.

Charles Dickens uçamazdı ama.

✳✳✳

"**K**alk, gitme vakti!" Reiki pencereye doğru uçtu.

Hadz açık pencerenin önünde bekliyordu. "Hazır mısın?"

Demek evinin üçüncü katından atlamasını bekliyorlardı. "Oraya çıkmayacağım! Bak ne kadar yüksekteyiz."

"Unutuyorsun, kanatların var."

"Ve eğer düşersen, bir yolunu bulursun."

Onu tekerlekli sandalyesine bıraktıklarında en azından hâlâ kıyafetlerinin içindeydi. Titreyerek yere baktı ve kanatlarının hem kendisini hem de sandalyesini nasıl havada tutacağını merak etti.

"Tekerlekli sandalyem ne olacak?"

"Ophaniel'in ne dediğini hatırlıyor musun? Şimdi - dışarı çık!"

Dışarı çıktığında kanatları tamamen açılmıştı. Omuzlarının üzerinden kanatların çalıştığını görebiliyordu.

Küçük ama güçlü yaratıklar onu yukarı, daha da yükseğe kaldırıyor, parlak yıldızlı gözler ona bakarken genci gece gökyüzünde gezdiriyorlardı. Hazır olduğunu düşündüklerinde onu bıraktılar.

"Uçabilirim," dedi. "Gerçekten uçabilirim!"

"Gösteriş yapmayı bırak," dedi Reiki, "ve programa uy."

"Ne olduğunu bilseydim yapardım," diye kıs kıs güldü.

Hadz önden uçtu. E-Z ve Reiki okulun üzerinden, beyzbol sahasının yanından havalandılar. Şehrin merkezine doğru. Havaalanının yakınındaki pistin ışıkları, üzerindeki yıldızlarla doğrudan rekabet halindeydi.

"Çok iyi gidiyorsun," dedi Reiki.

"Teşekkür ederim."

Önlerindeki bir jumbo jetten gelen motor arızası sesi dikkatini çekti.

"Şuraya bak, uçağın başı dertte. Keşke telefonum olsaydı da yardım çağırabilseydim." Motor tekledi ve uçak biraz alçaldıktan sonra düzleşti.

"Telefona ihtiyacın yok. İkinci denemene hoş geldin."

"Benden ne yapmamı bekliyorsun? Uçağı sırtımda taşımamı mı? Bir uçağı kurtaramam; yeterli gücüm yok. Bunu yapamam."

"Tamam o zaman," dedi Hadz, artık onlara yetişmiş olan.

"Ama bilmen gereken bir şey var, eğer onları kurtarmazsan uçaktaki herkes ölecek."

"293 yolcunun tamamı. Erkekler, kadınlar ve çocuklar."

"Artı, iki köpek ve bir kedi," diye ekledi Reiki.

Kafası uçağın içindeki insanların çığlıklarıyla doldu. Kalın metal duvarların arasından onları nasıl duyabiliyordu? Köpekler havlıyor ve bir kedi miyavlıyordu. Bir bebek a ğlıyordu.

"Kes şunu, kapat şunu, ben yaparım."

"Kapatmayacağız."

"Ama uçağı şuradaki havaalanına güvenli bir şekilde indirdiğinizde sona erecek."

"Sana inanıyoruz," dedi Hadz.

"Ama beni görmeyecekler mi? Beni görürlerse oyun biter, yani Ophaniel'in şartlarına göre - ailemi asla göremem."

"Seni görmek mi?"

"Bu senin endişelerinin en küçüğü!"

"Şimdi git bakalım," dedi Hadz. "Oh, buna ihtiyacın olabilir."

Artık gökyüzünde alçalan uçağa doğru hızla ilerlerken onu tekerlekli sandalyesinde tutacak bir emniyet kemeri v ardı.

"İzliyor olacağız," diye seslendiler.

"İhtiyacım olursa bana yardım edecek misiniz?"

"Bunlar senin sınavların, sana ve sadece sana atfedilmiş. Seni desteklemek için buradayız. İyi şanslar."

"Bir dakika, bana doğru dürüst ders vermeyecek misiniz? Ne yapmam gerektiğini göstermeyecek misiniz?"

POP.

POP.

"Hiçbir şey için teşekkürler!" diye bağırdı.

$$* * *$$

Havaalanında, Hava Trafik Kontrol Kulesi'ndebirKontrolör uçağın sorun yaşadığını fark etti. Pilotla temas kuramayınca radarında tanımlanamayan bir uçan cisim fark etti.

Süpermen ve Mighty Mouse'tan ilham alan E-Z kollarını kaldırdı. Kendini güçlü metal canavarın gövdesinin altına yerleştirdi ve tüm gücünü topladı.

"Biraz yardıma ihtiyacın olabileceğini düşündüm," dedi normalden daha büyük bir kuğu. Başını salladı ve birçok yönden kuşlar uçmaya başladı. Jumbo jet onunla bağlantı kurduğunda, gerçek kuşlar kendilerini hizaladılar. Uçağı sabit tutmasına yardım ettiler. Onu dengelemek için, böylece kendisi ve koltuğu tüm ağırlığını taşıyabilecekti.

İçerideki şeyler misket gibi yuvarlanıyordu. Acele etmesi gerekiyordu ve keşke başka kanatları ya da daha güçlü kanatları olsaydı. Keşke beyaz odada olsaydı. Elindeki göreve odaklandı ve kendini zihinsel olarak inişe hazırladı. Aşağı bakınca sandalyesinin de kanatları olduğunu fark etti, ayak dayama yerlerinde ve tekerleklerinde. "Teşekkür ederim," diye fısıldadı kimseye. Sonra kuşlara, "Bunu şimdi hallediyorum, yardımınız için teşekkür ederim."

Artık hazırdı, jumbo'yu sabit ve düz tutarak aşağı indirdi. Uçağın ön kısmını piste indirdi. Sonra, iniş takımları henüz inmediği için yoldan çekilmesi gerekiyordu. Sağ kolunu uzanabildiği kadar uzattı ve sandalyesini uçağın ortasından uzağa yerleştirdi. Önce uçağın ortasını, sonra da kuyruğunu indirdi. Başardı! Evet! İtfaiye araçları, Ambulanslar ve Polis Arabaları şeklinde her yönden yaklaşan çığlık sirenlerinin korkutucu sesleriyle uzaklaştı.

Onlar onu fark etmeden önce uçup gitti. İçerideki minnettar yolcular onu alkışladı, fotoğraflarını çekti ve telefonlarına kaydetti. Kısa süre sonra Hadz ve Reiki'nin yanına döndü.

"Çok iyi iş çıkardın. Seninle gurur duyuyoruz, çırağım."

Kanatlarını biri ateşe vermiş gibi hissedene kadar gülümsedi. Sonra bir de baktı ki yanıyor ve canı o kadar çok yanıyor ki ölmek istiyor. Ölümü diledi. Ölümü arzuladı. Şimdi serbest düşüşteydi, sandalyesi aşağı bakıyordu, gözlerini tamamen açık tuttu ve dudaklarının yeri öpmesini bekledi. Sonra onu eve götüren ve yatağına yatıran iki melek tarafından taşındı.

Acısı azalmamıştı ama E-Z bugün ölmeyeceğini biliyordu. Başka bir gün için güvende olacaktı. Başka bir deneme için. Tek yapması gereken bu sefer hayatta kalmaktı.

"Elmas tozunezaman çalışmaya başlayacak?" Hadz sordu. "Hâlâ çok büyük bir acı içinde."

"Bu yeni bir tedaviydi, o yüzden ne zaman başlayacağını söyleyemem - ama eninde sonunda etkisini gösterecek."

"Umarım o kadar uzun süre dayanabilir!"

"Sam Amca'nın yardımıyla bunu atlatacaktır. Etkisini gösterdiğinde işaretler göreceğiz. Bazı fiziksel değişiklikler."

E-Z horlamaya devam etti

POP.

POP.

Ve bir kez daha gitmişlerdi.

BÖLÜM 11

Bir gün sonra, E-Z gününü planlamıştı. Önce, Cumartesi günü parka yapacağı gezi için sırt çantasını hazırlaması gerekiyordu. Kahvaltı edecek, biraz yazı yazdıktan sonra yola çıkacaktı. Sırt çantasını hazırlarken Hadz ve Reiki'nin tiz seslerini daha onları görmeden duydu.

"Sizi duyabiliyorum," dedi.

POP.

Önce Hadz ortaya çıktı.

POP.

Sonra Reiki - ikisi de tamamen dönüşmüş meleksi ihtişamlarıyla.

"Günaydın," diye şarkı söylediler hastalıklı bir tatlılıkla.

E-Z sırt çantasına bir not defteri ve onları görmezden gelen birkaç kalem doldurdu. Parkta yazacak ilham verici bir şeyler bulmayı umuyordu. Sırt çantasının fermuarını çekmek için uzandığında iki meleğin fermuarın üzerinde oturduğunu fark etti.

"Ah, özür dilerim. Neredeyse seni görmüyordum."

"Vay canına, çok yakındı," dedi Reiki.

Hadz tek bir kelime bile edemeyecek kadar titriyordu.

Sandalyesini kapalı kapıya doğru çevirirken omuzlarına uçtular.

"Seninle konuşmamız gerek," dedi Hadz.

"Bu... önemli. Bir şey yaptık..."

"Bana mı?"

Gözlerinin önünde geziniyorlardı.

"Evet. Birkaç hafta önce sen uyurken."

"Birkaç hafta önce! Tamam, dinliyorum..." Aslında, kendini kaybetmemeye çalışıyordu. Ona bir şey yapacakları düşüncesi. O uyurken. Onun izni olmadan. Bu korkunç bir güven ihlaliydi. Yumruklarını sıktı. Sessizlik. Kollarını kavuşturdu. Bunu onlar için kolaylaştırmayacaktı.

Sam kapıyı çaldı, "Kahvaltı E-Z, yardıma ihtiyacın var mı?"

"Hayır, böyle iyiyim. Birkaç dakika içinde orada olurum." Dışarıdaki sessizlik Sam'in mutfağa dönmesiyle bozuldu.

"Her şeyden önce," dedi Hadz, "ne yaptıysak sana yardım etmek için yaptık."

"Denemeler konusunda. Hedeflerine ulaşmana yardımcı olmak için bir şeyler yaptık."

"Yani uçak konusunda bana yardım edebilir miydiniz? Yardımınızı kullanabilirdim. Neyse ki o kuğu ve kuşlar sayesinde bunu başardık."

"Ah, evet, o konuda, ne arkadaşlardan ne de kuşlardan yardıma izin verilmiyor. Söz konusu olayı yetkili makamlara bildirdik."

E-Z başını salladı, duyduklarına inanamıyordu. "Sakın bana birinin kuğuya ya da kuşlara zarar verdiğini söylemeyin. Bana bunu söylemeseniz iyi olur... Ayrıca o kuğu benimle tam olarak neden İngilizce konuştu? Bilirsin i şte."

"Bu konu gizlidir," dedi Hadz, elleri kalçalarında yüzüne doğru yaklaşarak. Reiki de aynı duruşu aldı ve kanatları onun göz kapaklarına dokundu.

"Hey, kes şunu," dedi, niyetlendiğinden daha yüksek esle.

"Orada her şey yolunda mı?" Sam kapalı kapının ardından sordu.

"Ben iyiyim," dedi ve elini yüzünün önünde sallayarak yaratıkları odanın diğer tarafına fırlattı. Reiki duvara çarptı ve aşağı kaydı. Hadz zaten aşağıda olan Reiki'yi yakalamaya çalıştı ama çok geçti. Her iki melek de yere çakıldı ve yere düştü.

"Özür dilerim," dedi genç adam. Tekerlekli sandalyesini onlara doğru yaklaştırdı. Eski zaman çizgi film karakterleri gibi kafalarının içinde yıldızların dolaşıp dolaşmadığını merak etti. Wile E. Coyote'nin başına geldiğinde buna bayılırdı. Biraz sendelediler, o da onları yatağa yatırdı. Melekler toparlanınca, "Tekrar özür dilerim. Size vurmak istememiştim. Kanatlarınız gözlerimi gıdıkladı."

"Evet, öyle oldu!" Reiki dedi ki.

"Ve biz bunu unutmayacağız."

Kendini kötü hissetti. O kadar küçüklerdi ki; sadece bir fiskenin onları böyle uçurabileceğini fark etmemişti. Sanki onları parkın dışına fırlatmış gibiydi ve onlara neredeyse hiç dokunmamıştı.

"Bu konuda..." Reiki söyledi.

Hadz, "Sen uyurken senin üzerinde bir ayin gerçekleştirdik," diye söze karıştı.

E-Z yine soğukkanlılığını korudu ama zar zor. "Bir ayin mi dediniz?" Ona baktılar, günahkâr gibi suçluydular. "İnsan olsaydınız, iznim olmadan bana bir şey yaptığınız için sizi içeri atarlardı. Reşit olmayan birine saldırı bu. Hapiste o lurdun..."

Melekler titredi ve birbirlerine tutundular.

"Başka seçeneğimiz yoktu."

"Bunu sizin iyiliğiniz için yaptık."

"Bunu anlıyorum ama şu anda özrünüz kabul edilmiyor."

"Yeterince adil," dedi melekler. "Şimdilik." "Güçleri çağırdık, üstünüzdeki ve etrafınızdaki büyük ve yanıltıcı güçleri. Onlardan gücünü, cesaretini ve bilgeliğini artırarak sana yardım etmelerini istedik. Basitçe söylemek gerekirse, daha fazlasına ihtiyacınız olduğuna inandık ve bu yüzden bunu sizin için yarattık."

"Anlıyorum. Özür hala kabul edilmedi."

Hadz, "Bunu seni en az rahatsız edecek şekilde yaptık," dedi.

E-Z bu son bilgiyi düşündü. Bir yandan da tekerlekli sandalyesine bakıyordu. Kolçakların bariz renk değişiminin yanı sıra artık farklı görünüyordu.

"Son zamanlarda sandalyemin nesi var?" diye sordu. "Sanki kendi aklı varmış gibi."

Melekler yine titriyordu.

"Ne yaptın sen? Tam olarak ne yaptın? Çünkü sadece bana değil, sandalyeme de saldırdığınızdan şüpheleniyorum."

Sonunda melekler elmas tozu ve kanla ilgili her şeyi açıkladılar. Kendisine ve sandalyeye bahşedilen güçler hakkında. "Görevin zorlukları arttıkça, güçlerini artırman gerekecek."

"Zaten biliyorum, bu yüzden kanatlarım yanıyor. Her görevden sonra sıcaklık artıyor. Ama kendime ailemi tekrar gördüğümde her şeye değeceğini söyleyip duruyorum."

"Denemeleri size ayrılan süre içinde tamamlarsanız. Ve yönergelere harfiyen uyarsan," dedi Hadz.

"Dur bir dakika," dedi E-Z kollarını kolçaklara vurarak. "Kimse bir son tarih olduğunu söylemedi. Beyaz Oda'da değil. Hiçbir zaman. Ve eğer uymam gereken bir kural kitabı varsa, onu bana verin ki okuyabileyim. Ayrıca, iki taraftan da herhangi bir taahhüt gelmedi. Kimse anlaşmayı imzalamak için kaç tane tamamlanmış deneme gerektiğini söylemedi. Her şeyi yazılı hale getirmemiz mi gerekiyor? Melek Avukat ya da daha iyisi Melek Hukuki Yardım diye bir ş ey var mı?"

Hadz güldü. "Elbette, Melek Avukatlarımız var, ancak bir avukata sahip olabilmek için Melek olmanız gerekiyor."

Reiki, "İlk görevi kimseden yardım almadan tamamladın. O küçük kızın hayatını sandalyenizin inisiyatifi, iradeniz ve şansınızla kurtardınız. Bu üç şey seni ancak bir yere kadar götürebilir, bu yüzden sana daha fazla ateş gücü verdik. İsteyebileceğimizin en fazlası."

"Sana verebileceğimizin en fazlası."

"Risk derken neyi kastediyorsun? Bu ritüelin bana zarar verebileceğini mi söylüyorsunuz?"

"Sana bir iyilik yaptık. Sana yardım etmek için kendimizi riske attık. Eğer bizi şimdi affedemezsen, bir gün affedeceksin."

"Sorumdan kaçmaktan bahsediyorsun! Melek politikasına girmeyi hiç düşündünüz mü - eğer böyle bir şey varsa?"

Hadz dedi ki. "Etrafınızdaki insanlar fiziksel görünüşünüzdeki bazı değişiklikleri fark edebilirler."

Reiki sırıtarak, "Evet, fark edebilirler," dedi.

"Ne demek fiziksel değişiklikler?" diye bağırdı.

POP.

POP.

Ve gittiler.

E-Z yine yapayalnız kalmıştı. Kapıya doğru ilerlerken, ne demek istediklerini merak etti. Her ne ise, yakında öğrenecekti. Bu arada, sandalyesinin artık nasıl onun kanını taşıdığını düşündü. Sandalyenin nasıl da kendisinin bir uzantısı olduğunu. Sam Amca'nın beklediği mutfağa d oğru ilerledi.

"İşler pek de planladığımız gibigitmedi," dedi Reiki. "Bize çok kızdı. Bize bir daha güveneceğini sanmıyorum."

"Onun bize, bizim ona olduğumuzdan daha çok ihtiyacı var."

"Diğerlerine yaptığımız gibi onun da zihnini silebiliriz."

"Bizi affetmezse, bu konuda yapabileceğimiz hiçbir şey yok. Zihnini silmek bir seçenek değil. Onun rızası olmadan ve eğer öğrenirse, hayır öğrendiğinde, onu sonsuza dek kendimizden uzaklaştırmış oluruz. Ve bundan kimin hoşlanmayacağını biliyorsun."

"Her zamanki gibi haklısın," dedi Hadz.

"Sence bugün görünüşündeki değişiklikleri kimse fark edecek mi?"

"Biz fark ettik, değil mi!"

"Belki de ona söylemeliydik, en azından saçları hakkında. Bu onu bize sevdirebilirdi. Eğer açıklarsak."

"Bence değişiklikler bizden başka birinden gelseydi daha iyi olurdu."

"İnsanlar çok tuhaf," dedi Reiki.

"Öyleler. Ama gerçek melekler olarak terfi edebilmemizin tek yolu onlarla çalışmak."

"Şansımıza, o oldukça iyi biri."

BÖLÜM 12

E-Z çatalını krep dolu tabağa sapladı. Açlıktan ölüyordu, sanki günlerdir bir şey yememiş gibiydi. Ve susamıştı. Bardak bardak portakal suyu içti. Tabağını kreplerle doldurdu ve hepsi bitene kadar yemeye devam etti.

Sam yeğenini görünce güldü, sonra bir dilim tereyağlı tostu kahvesine batırmaya devam etti.

"Bu kadar komik olan ne?" E-Z sordu.

"Hiçbir şey sanırım."

Mutfaktaki tek ses höpürdetme, kesme ve çiğneme sesleriydi. Bir de arkalarındaki duvarda saatin tik takları v ardı.

"Ne?" diye sordu. E-Z, amcasının sırıttığını ve bunu elinin arkasına sakladığını fark ederek sordu.

"Seninle ilgili farklı bir şey var, bilirsin işte, bu sabah. Bana söylemek istediğin bir şey var mı? Mesela neden?"

İki yaratık içeri girdi ve her biri E-Z'nin omuzlarından birine oturdu. Kulak misafiri oluyorlardı ve E-Z davetsiz misafirliklerinden hiç hoşlanmamıştı, bu yüzden onları uzaklaştırdı.

POP.

POP.

Ortadan kayboldular.

"Ne demek istediğinden emin değilim."

Sam kendine bir fincan kahve daha doldurdu. "Bir kız için mi? Çünkü herhangi bir kız seni olduğun gibi kabul etmeli."

E-Z güldü. "Kız falan yok. Çok yanlış düşünüyorsun."

İkisi de birkaç dakika daha sessiz kaldı ve saatin ilerlemesini bekledi.

"Bir çanta hazırladım ve bu sabah biraz yazı yazdıktan sonra parka gideceğim. Park bana ilham verirse diye bir not defteri ve birkaç kalem alıyorum."

"İyi bir plana benziyor ama önce ortalığı toplamama yardım et," dedi Sam masadan kalkarak.

Genç adam sandalyesini geriye itti ve birlikte çabucak ortalığı toparladılar. E-Z ofisine gitti ve ön kapı zili çalarken kapıyı arkasından kapattı.

Sam, Arden ve PJ'i içeri aldı. "Ofisinde çalışıyor. Sizi bekliyor muydu? Eğer öyleyse, bana bu konuda hiçbir şey söylemedi."

"Ona mesaj attım ama cevap vermedi," dedi PJ.

"Biz de bugün uğrayıp onu dışarı çıkarırız diye düşündük. Biraz eğlendiğinden emin olalım. O adam çok çalışıyor. Annem bizi oraya götüreceğini söyledi. Sadece E-Z'yi kontrol edip onu aramamız gerekiyor."

"Yeğenim yazdığı kitap konusunda çok hevesli. İtiraz edebilir."

"Öyle ya da böyle onu bugün buradan götüreceğiz," dedi P J.

"Biraz yazı yazdıktan sonra parka gitmeyi planlıyordu. Ama siz aşağı inin, sonra sizinle orada buluşabilir?" Sam mutfağa döndü ve dondurucudan biraz kıyma çıkardı. Dolapta sos, spagetti, yumurta, soğan, galeta unu ve ıspanak olup olmadığını kontrol etti. Daha sonra spagetti ve köfte yapmak için gereken her şeye sahipti.

İki çocuk paltolarını astıktan sonra koridor boyunca ilerlediler.

Sam ceketini silkti. Bir süredir çimleri kesmeyi erteliyordu. Bugün onunla ilgileneceği gündü.

E-Z yazmaya çalışıyordu ama yaratıcılığı akmıyordu. Arkadaşları geldiğinde - araya girdikleri için mutluydu. Facebook'u açtı ve güncellemeleri kontrol ediyormuş gibi yaptı. "Merhaba çocuklar." Sandalyesini onlara doğru çevirdi.

"Vay be, saçına ne oldu böyle? Güzellik salonuna bizsiz mi gittiniz?"

"Onlara bir fotoğraf gösterip Pepe Le Pew görünümünün tersine çevrilmesini mi istedin?"

"Ve kaşların da! Onları boyayabildiklerini bile bilmiyordum."

E-Z ne konuştukları hakkında hiçbir fikri olmadan parmaklarını saçlarında gezdirdi. Bir dakika - Sam'in bahsettiği şey bu muydu?

"Ve gözleri de farklı."

Arden eğildi, "Evet, gözlerinde altın benekler var. Müthiş!"

"Hey dostum, geri çekilir misin?" dedi E-Z. "Siz ikiniz beni korkutuyorsunuz. Benim alanımı işgal etmeniz hiç hoş değil."

"En azından Pepe gibi kokmuyor," dedi Arden geri çekilerek. PJ odanın diğer tarafında ona katıldı ve kendi aralarında fısıldaştılar.

"Fotoğraf çekmemizin bir sakıncası var mı?"

E-Z gülümsedi ve "Mozzarella." dedi.

PJ çektiği fotoğrafı Arden'a gösterdi. "Gördün mü!" diyerek büyük gösteriyi yaptılar.

E-Z gördüklerine inanamıyordu. Sarı saçlarının ortasında siyah bir çizgi ve şakaklarında gri benekler vardı. Gri! Yakınlaştırdı, haklıydılar, gözlerinde altın benekler vardı. Zihni elmas tozuna geri döndü, elmas tozu böyle mi görünüyordu? Bunu o iki aptal melek yaptı! Ve bunu nasıl düzelteceklerini bilseler iyi olur! Onları bir daha gördüğünde, bunu onlara ödetecekti. Bu arada durumu y atıştırmaya çalıştı.

"Önemli değil. Zor bir gece geçirdim."

Arden, "Bize söylemediğin şey ne?" diye sordu.

PJ ekledi, "Saçların ağarıyor ve sen hâlâ lisedesin. Sence bu normal mi?"

"Bence o haklı; hiçbir şeyi büyütmüyoruz. Amcan bu konuda ne dedi?"

"Fark etmedi - ya da fark ettiyse bile bir şey söylemedi."

"Ne? Sam'in fark etmediğini mi söylüyorsun?"

"Gözleri açık mıydı?"

E-Z hatırlamaya çalıştı. Önce Sam Amca ona söyleyecek bir şeyi olup olmadığını sormuştu. Demek istediği bu m uydu?

"Bir saniye," dedi E-Z banyoya doğru ilerlerken. Daha yakından bakmak için aynanın on kat büyütme özelliğini kullandı. Nefes nefese kaldı. Gözlerindeki yıldızlar ya da benekler farklıydı. Zararlı değillerdi, hatta onu havalı gösteriyorlardı. Şakaklarındaki gri saçları inceledi.

Ne olmuş yani? Anne babasının ölümüyle çok şey yaşamıştı. Ayrıca, lisenin günlük baskıları. Ve tekerlekli sandalyeye alışmak. Baş meleklerle ve duruşmalarla uğraşmaktan bahsetmiyorum bile.

Saçlarının erken ağarması bir sorun değildi. Aynayı hareket ettirerek parmaklarını saçlarında gezdirdi. Siyah şeride dokunduğunda dokusu farklıydı. Kaba, kıl gibi hissettiriyordu. Sorun değildi, üzerine biraz jöle sürerdi ve...

Dışarıda çim biçme makinesi çalışmaya başladı. Sam sonunda o korkunç işi yapıyordu. Kazadan önce çimleri biçmek E-Z'nin en nefret ettiği işti.

"YEOW!" Çim biçme makinesi öksürerek durduğunda Sam bağırdı.

E-Z'nin sandalyesi kendiliğinden açılan ön kapıya doğru savruldu. Havalandı, basamakları ıskaladı ve Sam'in arkasındaki çimenliğe düştü.

"Lanet olsun!" Sam haykırdı. Çim biçme makinesiyle bir taşa çarpmıştı ve taş havalanıp gözünün yakınına isabet etmişti. Kan damlacıkları yanağından aşağı süzüldü ve çimlerin üzerinde birikti.

Tekerlekli sandalye kanın olduğu yere doğru hareket etti ve tekerlekleriyle kanı höpürdetti.

"İyi misin?"

"İyiyim," dedi Sam. Cebini karıştırdı, bir mendil çıkardı ve yarasına tuttu.

Arden ve PJ geldi. "Çığlığı duyduk."

"Ben iyiyim, gerçekten," dedi Sam. "Küçük bir kaza. Endişelenmeye ya da kaygılanmaya gerek yok. Hadi içeri dönelim."

Tekerlekli sandalyenin kollarını tuttu ve itti. Çimlerin üzerinde manevra yapmak son derece zordu.

Bu arada Arden çim biçme makinesini getirdi ve kulübeye yerleştirdi.

"Kilo mu aldın?" PJ Sam'in yaşadığı zorluğu fark ederek sordu.

"Bu sabah yirmi kadar krep yedim."

"Belki de siyah çizgi normal saçından daha ağırdır?" Arden sırıtarak onlara katıldı.

"Oh, fark etmişler," dedi Sam.

"Evet, geldiklerinden beri bu konuda benimle dalga geçiyorlar. Neden bir şey söylemedin?"

Şimdi içeride olan E-Z bir yara bandı çıkardı ve amcasının yarasının üzerine koydu.

"Bu ince bir değişiklikti," dedi Sam. "Değil!" diye gülümsedi. "Ah, hiç hemşirelik mesleğine girmeyi düşündün mü? Hassas bir dokunuşun var."

PJ ve Arden alay ettiler.

BÖLÜM 13

E-Z ve arkadaşları ofisine döndüler. Sam'in ona ihtiyaç duyma ihtimaline karşı eve yakın kalmaya karar verdi. Sam akşam yemeğini hazırlamakla o kadar meşguldü ki çim biçme makinesine ne olmuş olabileceğini düşünemedi.

Birkaç saat sonra "Yemek hazır," diye seslendi. "Gel de al."

E-Z önden gitti, "Nefis kokuyor!"

Oturdular ve yiyeceklerle çeşnileri elden ele dolaştırdılar.

Arden Sam'e, "Şimdiden gözlerin parlamış," dedi.

O ana kadar görünür bir yarası olduğunu bilmeyen Sam şimdi bunu gururla taşıyordu. Bir köfte daha sapladı ve tabağına koydu.

"Orada ne oldu ki?" diye sordu PJ.

"Bir taştı. Biçme makinesine takıldı ve bana çarptı." Yemeğini tabağın üzerinde gezdirmeye devam etti. "Yazı nasıl gidiyor?" diye sordu yeğenine, dikkatleri kendisinden uzaklaştırarak.

"Bu sabah ilgilenecek zamanım olmadı."

Sam konuyu değiştirdi ve okulda ya da takımda bir şeyler olup olmadığını sordu.

"Bu akşam bir antrenmanımız var," dedi PJ.

"Ve E-Z'nin yarınki maçta oynamasını umuyoruz."

E-Z kesin bir hayır anlamında başını salladı ve yemeye devam etti.

"Sadece bir devre ve eğer oynamaya devam etmek istemiyorsan, bizim için sorun değil," dedi Arden.

"Harika fikir," dedi Sam Amca. "Ayak parmağını daldır. Eğer doğru hissetmiyorsan, çık. Kaybedecek neyiniz var ki ?"

PJ bir şey söylemek için ağzını açtı ama söylememeye karar verdi. Ağzına bir köfte attı. Çiğnedi, bir içki içti. "Sen oradayken E-Z, herkesin moralini yükseltiyorsun. Çocuklar seni çok düşünüyor. Hep öyle oldu, hep öyle olacak."

"Tamam," dedi E-Z. "Eğer yardımcı olacağını düşünüyorsan yedek kulübesinde otururum. Yemekten sonra parka gidip biraz antrenman yapalım. İşlerin nasıl gittiğini görürüz."

"Yeterince makul," dedi PJ.

Sam'e müthiş akşam yemeği için teşekkür ettiler.

Arden, "Yemekleri sen yaptın, biz de temizleriz," diye teklif etti.

E-Z ve PJ karşılıklı bakıştılar.

Sam'in duyamayacağı bir yere geldiklerinde PJ, "Sen tam bir yalakasın," dedi.

Arden PJ'e doğru biraz su sıçrattı ama E-Z suyun çoğunu yüzüne aldı.

PJ'in sıçrattığı su mutfak zeminine sıçradı ve Sam'in ayakkabılarına isabet etti.

"Paspas ve kova dolapta," dedi ve çıkarken ceketini aldı.

Temizliği bitirdiler, o zamana kadar gömleğini değiştiren E-Z dışında çoğunlukla kuruydular. Sonunda beyzbol sahasına vardılar ve saha çoktan dolmuştu.

"Harika," dedi E-Z. "Hadi gidelim."

Kenarda, rakip takımın amigo takımından birkaç kız vardı. Bir tanesi, kızıl saçlı bir kız, E-Z'ye doğru baktı. Bir takla attı ve kolaylıkla yere indi.

"Sanırım biraz daha kalabiliriz," dedi E-Z.

Alan boyunca banklara doğru ilerlediler. En azından merhaba demeleri gerekiyordu, aksi takdirde aptal gibi görüneceklerdi.

Küçük kızıl saçlı kız arkadaşına bir şeyler fısıldadı ve kıkırdadılar.

E-Z kendisine güldüklerinden emindi.

"Misafirimiz var," dedi kızıl saçlı kız.

"Evet, zebra saçlı tekerlekli sandalyeli bir adam ve iki inek," diye bağırdı üçüncü kaleci. Herkesin bu saçma şakaya gülmesini bekliyordu ama kimse gülmedi.

"Ona aldırmayın," dedi kızıl saçlı kızın arkadaşı. "Acınacak halde."

"Defol git," diye bağırdı sol saha oyuncusu. "Burada bir sakata yer yok."

E-Z tüm yorumları görmezden geldi. Ama sandalyesi görmezden gelmedi. Ağıldan çıkmaya çalışan bir boğa gibi itip kakıyordu. "Oha!" dedi, sandalye vahşi bir at gibi şahlanırken.

Arden sandalyenin kollarından tuttu ve sandalye normal işlevine geri döndü.

Kalenin arkasında, yakalayıcı bir sineği düşürdü ve bir atışı beceremedi. "Görüyorum ki iyi bir yakalayıcıya ihtiyacınız var," dedi E-Z.

Amigo kızlar kıkırdadı.

"Bana kale arkasında beş dakika verin, sadece beş dakika. Eğer bana doğru gönderdiğiniz her atışı yakalayabilirsem, o zaman size bir iyilik yapar ve kalırız."

"Ya yakalayamazsan?" diye sordu atıcı.

Yakalayıcı maskesini çıkardı. "Bize hamburger ve patates kızartması ısmarlarsın."

"Ve shake," diye ekledi birinci kaleci.

"Anlaştık," dedi E-Z sandalyesini öne iterken.

Arden dizliklerini takarken o da sabırla oturdu. PJ göğüs koruyucusunu kafasına geçirdi ve yakalayıcı maskesini yüzüne taktı. E-Z yumruğunu yakalayıcı eldiveninin içine oktu.

"Tamam, topu bana at," diye emretti E-Z.

"Umarım ne yaptığını biliyorsundur dostum," dedi Arden ve PJ.

"Güven bana," dedi E-Z. Kendini kalenin arkasındaki pozisyona getirdi. "Vuruş başlasın!"

Atıcı Arden'e vurmasını işaret etti. Arden bir sopa seçti ve kaleye doğru ilerledi.

E-Z atıcıya yüksek hızlı bir top atmasını işaret etti. Atıcı bunun yerine falsolu bir top attı ve top tam bölgedeydi. Arden vuruşu kaçırdı ama tam olarak değil, çünkü topa hafifçe dokundu ve top geri tepti. E-Z sandalyesinde doğruldu ve topu yakaladı.

"Vay canına!" diye bağırdı atıcı. "İyi kurtardın."

"Şanslısın," dedi birinci kaleci.

Amigo kızlar daha da yaklaştı.

Arden'e atılan ikinci atışta, Arden sağ sahaya fırladı.

PJ vuruş için öne çıktı ve dışarı attı. E-Z bütün topları kolayca yakaladı, ama son atışta topu elinden kaçırmak üzeydi. PJ birinci kaleye yöneldi ama E-Z topu yere attı ve PJ dışarıda kaldı.

Hava artık topu göremeyecekleri kadar kararana kadar oynadılar.

Maçtan sonra berabere kaldıklarına karar verdiler. Yakınlardaki bir lokantaya gittiler ve herkes kendi yemeğinin parasını ödedi.

Takım kaptanı Brad Whipper, "Yarınki maçta sizi öldüreceğiz çocuklar," diye böbürlendi.

"E-Z mi oynuyorsunuz?" Birinci kaleci Larry Fox sordu.

Arden ve PJ, "Kesinlikle oynayacak," dediler.

"Kesinlikle."

Kızıl saçlı kız Sally Swoon'du ve Arden'a bir şeyler fısıldadı, o da başını salladı. "Ona kendin sor," dedi.

"Neyi soracakmışım?"

Kızın yanakları kızardı.

"Ne olduğunu bilmek istiyorsun, değil mi?"

Başını salladı. "Kuaförünüzden bunu yapmasını istediniz mi, yoksa onlar..."

"Bir hata mı yaptın?" dedi.

Kadın başını salladı.

"Bu sabah uyandım ve her şey böyleydi. Hikayenin sonu."

"Diğerini çek," dedi bir oyuncu. "Şimdi bize neden tekerlekli sandalyede olduğunu anlat."

E-Z hikayesini anlattı. O anlatırken herkes sessiz kaldı. Kimse bir şey yemedi ya da içmedi. Bitirdiğinde herkesin ona farklı davranacağından endişeleniyordu ama öyle o lmadı.

Yaklaşmakta olan Dünya Serisi ve sporla ilgili diğer sohbetler hakkında konuştular.

Daha sonra arkadaşları onu eve bıraktığında hepsi sessizdi. Çocuklara iyi geceler diledi ve odasına döndü. Televizyon izlemeye, biraz yazmaya çalıştı ama ne yaparsa yapsın kaybettiği her şeyi düşünmeye devam etti. Yatağa uzanıp tavana baktı ve sonunda uykuya daldı.

BÖLÜM 14

E-Z uyuyordu, rüya görüyordu.

"Uyan E-Z! Uyan!" Reiki göğsünün üzerinde zıplayıp duruyordu.

"Kes şunu!" diye bağırdı.

Hadz yüzüne biraz su püskürttü.

O da silkeledi. "İkinizin yapması gereken bazı açıklamalar ve düzeltmeler var. Saçımı eski haline getirin. Ve gözlerimi de!"

"Vakit yok!" dediler, sandalyesi devrildi, onu içine düşürdü ve sonra zaten açık olan pencereden dışarı uçtu.

"Giyinik bile değilim!" E-Z haykırdı.

Reiki ve Hadz kıkırdadılar ve E-Z'ye ne giymek istiyorsa onu dilemesini söylediler. Tekrar aşağı baktığında üzerinde kot pantolon, kemer ve bir tişört vardı. Koşu ayakkabılarının kendi bağcıklarını bağladığı ayaklarına baktı. Gökyüzünde süzülürken E-Z onlara teşekkür etti.

"Yani, bizi affediyor musun?" Hadz sordu.

"Biraz zaman verin," dedi Reiki.

E-Z sandalyesi yükseldikçe yükselirken başını salladı. Bir uçağın üzerinde, uçağın yanından geçiyorlardı. Belli ki varacakları yer orası değildi. Tekerlekli sandalyesi duruncaya kadar uçtular, sonra kendini aşağıya doğru çevirdi.

"İşte orada," dedi Reiki.

Aşağıda, bir grup insan yüksek bir ofis binasının dışında kümelenmiş duruyordu.

"Bunu hissediyor musun?" E-Z olayı çevreleyen havanın farklı olduğunu fark ederek sordu. Enerji ile titreşiyordu.

"Evet," dedi Hadz.

"Bu sefer fark etmen iyi oldu," dedi Reiki.

"Yani diğer seferlerde de titreşimler var mıydı?"

"Evet, ama güçlerin arttıkça titreşimlerin yerlerini daha iyi belirleyebileceksin."

"Ve sadece sen değil, sandalyen de onları algılayabilir."

"Yani benim süper zeki bir sandalyem mi var? Modifiye edildiğini biliyordum ama bu harika!"

Melekler güldü.

Sandalye hızla ilerlerken altlarından silah sesleri geliyordu. Koşan, çığlık atan, düşen insanlar gördüler.

E-Z ve sandalyesi kargaşaya doğru, yaklaşmakta olan mermi yağmuruna doğru uçtu. Tekerlekli sandalye kurşunları saptırırken irkildi. Sandalye bir tanesini ıskalarsa ne olacağını merak etti.

Reiki o sormadan, "Kurşun geçirmez olduğundan oldukça eminiz," dedi. "Bu ayinin bir parçasıydı."

"Ve elmas tozu işe yaramalı."

"Oldukça emin misiniz?" dedi, haklı olduklarını umarak. "Eğer işe yararsa, o zaman saç durumum için iyi bir takas olur!"

Melek özentileri güldü.

BÖLÜM 15

His tekerlekli sandalyesi aşağıya doğru ilerledi ve binanın çatısındaki bir adama odaklandı. Aşağıdaki kalabalığa ve kendisine yaklaştıkça onlara ateş ediyordu. Tekerlekli sandalye ileri atıldı, E-Z garip bir ses duydu, sanki bir uçağın iniş takımlarını indirmesi gibi. Ses tekerlekli sandalyeden geliyordu, metal bir kasa aşağıya düşmüş ve adamın üzerine inmişti. Silah adamın elinden fırladı ve mekanizma onu yakalamadan önce çatının diğer tarafına uçtu. Adam E-Z'yi ve tekerlekli sandalyeyi sırtından atmaya çalıştı ama hiçbiri işe yaramadı.

Uzaklardan bir siren sesi duyuldu, sonra siren sesi aradaki mesafeyi kapattıkça daha da yükseldi.

"Eğer seni bırakırsam," diye sordu E-Z, "uslu duracak m ısın?"

Adam başıyla onaylasa da tekerlekli sandalye hareket etmeyi reddetti.

E-Z'nin silahı etkisiz hale getirmesi ve polis gelmeden oradan uzaklaşması gerekiyordu. Aşağıda yaralanan biri olup olmadığını merak etti. Ambulansların yolda olduğunu tahmin ediyordu. Ancak, kendisi ve koltuğu ağır yaralıları çok daha hızlı bir şekilde hastaneye götürebilirdi.

Çatının diğer tarafındaki silaha baktı. Konsantre oldu, sonra elini uzattı. Eli sanki bir mıknatısmış gibi silahın içine doğru uçtu ve silahı bir düğümle bağlayarak etkisiz hale getirdi. E-Z kemerini çıkardı ve tetikçinin ellerini arkadan bağlamak için kullandı.

Çatıdaki kapılar açılırken sandalye havalandı ve bir roket gibi uçup gitti. Modifiye edilmiş mekanizma yükselip havada asılı kalırken, E-Z bir SWAT ekibinin tetikçiye doğru ilerleyip onu gözaltına almasını izledi. Silahı düğümlenmiş halde bulan memurun yüzündeki ifade paha biçilemezdi.

Bir iki saniye için görevini düşünürken tereddüt etti ama aşağıda yaralı insanlar vardı ve onlara herkesten daha hızlı yardım edebilirdi ve öyle de yaptı. Sonuçları hakkında daha sonra endişelenecek ve anlayış göstereceklerini umacaktı.

E-Z kalabalığın yakınına indi. En ağır yaralı olan dört kişiyi topladı ve bilinçsiz oldukları için, gökyüzünde uçarken onları sandalyesinde güvenli bir şekilde tutmak için kanadının bir kısmını kullandı.

Sandalye, yaralı yolcuların yaralarından damlayan kanı emdi. Onların kanı E-Z ve Sam Dickens'ın kanıyla birleşti. Bu birleşme kurşunları vücutlarından dışarı itti ve yaraları iyileşmeye başladı.

Hastaneye ulaşmaları birkaç dakika sürdü. Oraya vardıklarında tüm hastalar iyileşmiş, sanki yaraları hiç olmamış gibiydi. Kollarını E-Z'ye doladılar ve ona teşekkür ettiler.

Hastanenin otoparkında her biri tekerlekli sandalyeden atladı.

Görevliler ellerinde sedyelerle girişte hazır bekliyorlardı.

E-Z onlara doğru baktı. El salladı, sonra gökyüzüne doğru uçtu. Altında, kurtardığı kişiler el sallamasına karşılık verdiler. Bekleyen görevlilerin kendilerine ihtiyaç duyulmadığı için çok sinirleneceklerini umuyordu.

"Teşekkür ederim," diye bağırdı genç bir adam el sallayarak.

"Umarım sizi tekrar görürüm," diye haykırdı orta yaşlı bir kadın.

"Siz gerçek bir kahramansınız!" dedi ona Sam Amca'yı hatırlatan bir adam.

"Bana torunumu hatırlatıyorsunuz - saçınızdaki garip çizgi hariç!" dedi yaşlı bir kadın.

Görevliler dördüne doğru gelerek "Yardıma ihtiyacı olan var mı?" diye sordular.

Genç adam, "İnanmayacaksınız ama kısa bir süre önce iki kez vuruldum. Sanırım bayılmışım. Uyandığımda," diyerek kan lekeli gömleğinin önünü kaldırdı, "yaralar gitmişti."

Elbisesi kana bulanmış olan yaşlı kadın, kalbine yakın bir yerden nasıl vurulduğunu anlattı.

"Tekerlekli sandalyedeki o delikanlı hayatımı kurtarmasaydı ölmüş olacaktım."

Diğer iki hastanın da anlatacak benzer hikâyeleri vardı. E-Z'yi övdüler ve ona tekrar teşekkür ettiler. Artık yanlarında olmasa bile.

İlk görevli, "Bence hepiniz hâlâ hastaneye gelmelisiniz," dedi.

İkinci görevli, "Evet, travmatik bir deneyim yaşadınız. Bir doktora görünmeli ve aklanmalısınız" dedi.

Dört eski yaralı vatandaş da görevlilerin kendilerine içeride yardım etmesine izin verdi. Dört kişiden en yaşlısını sedyeye bindirmeye çalıştılar.

"Sapasağlamım!" diye haykırdı yaşlı kadın.

Onu hastaneye kadar takip ettiler.

***

"B unu şimdiyapsakiyi olur," dedi Reiki.

"Yine de üzücü. O kadar olağanüstü şeyler yaptı ki artık kimse hatırlamayacak."

Etraftaki herkesin zihnini sildiler.

"Harika bir iş çıkardı."

Hadz, "Evet, iyi seçilmişti," dedi.

E-Z olabildiğince hızlı uçarak evine döndü. Acının geleceğini biliyordu ama bu sefer ne kadar kötü olacağını bilmiyordu. Omuzları tutuşup bayılmasına neden olmadan önce pencereden geçip yatağa zorlukla ulaşabildi.

Melekler geri döndü, uykusunda ağladığında yatıştırıcı sözler fısıldadılar. Acı çok büyük hale geldiğinde, onu kendi üzerlerine alarak hafiflettiler.

"Üç numaralı deneme tamamlandı," dedi Reiki. "Bunları kolaylıkla atlatıyor."

"Doğru, ama kimliğinin tespit edilmediğinden emin olmalıyız. Görülebilir ama anılarını silmeliyiz. Yine de endişeliyim, birini kaçırabiliriz."

"Etraftaki herkesin zihnini silersek, her şey yoluna girecektir."

BÖLÜM 16

Next sabahı, Sam mutfağa girdiğinde E-Z mısır gevreği yiyordu.

"Kahve çok güzel kokuyor," dedi Sam.

Genç adam amcasına bir fincan dolusu kahve doldurdu. "Ne?" diye sordu, deja vu hissiyle.

"Ne, ne?" Sam fincana biraz krema eklerken sordu.

"Bana bakıyorsun," dedi E-Z. Sam başını salladı. Groundhog Day'de miydi? Hani Bill Murray'nin oynadığı, bir günün kendini tekrar edip durmasını anlatan filmde mi?

"Ah, şu. Bana söylemek istediğin bir şey var mı?" Kahvesine bir parça şeker attı.

Amcasını görmezden gelerek mısır gevreğini kaşıkla ağzına attı. "Ne demek istediğinden emin değilim."

Sam yeğeninin kahvaltısını bitirmesini bekledi. "Dün gece sana baktığımda yatağın boştu ve pencere açıktı. Sandalyeni alıp nasıl dışarı çıktın, bilmiyorum. Her halükarda, eğer dışarı çıkacaksan bana söylemelisin. Senden ve nerede olduğundan ben sorumluyum. Bir dahaki sefere nereye gittiğinizi ve ne zaman döneceğinizi bana bildireceğinize söz verin. Bu genel bir nezakettir."

"I..."

POP.

POP.

Hadz ve Reiki ortaya çıktı. Reiki Sam'in üzerine uçtu ve gözlerinin önünde çırpındı. Sam birkaç saniyeliğine zombileşmiş gibiydi. Sonra kahvesini yudumlamaya devam etti. Bardağı kaldırdı, yudumladı, yere koydu. Tekrarladı.

E-Z'nin aklına bir kuş oyuncağı geldi - kuşun kafasını bardağa daldırıp içtiği oyuncak. O şeyin adı neydi ki?

"Dippy bird," dedi Sam. Saatine baktı.

Bu da neydi böyle? Amcası artık aklını okuyabiliyor muydu?

"Kim onun aklını okuyamaz ki?" Hadz sırıtarak cevap verdi.

Sam ayağa kalktı, donuk gözlerle ve robot gibi hareketlerle lavaboya gitti, fincanını duruladı ve bulaşık makinesine koydu. Sonra arabasının anahtarlarını aldı ve tek kelime etmeden oradan ayrıldı.

E-Z'nin ağzı bir karış açık kalmıştı, sonra da "Pekâlâ, siz ikiniz. Sam Amca'ma ne yaptınız? Her ne yaptıysanız... yapmaya hakkınız yoktu." O kadar sinirlenmişti ki yüzü kıpkırmızı olmuş ve yumrukları sıkılmıştı.

POP.

POP.

Bundan nefret ederdi. Ne zaman yanlış bir şey yapsalar ortadan kayboluyorlardı ve yanlış bir şey yapmadığı halde geri gelmelerini sağlamak için onlardan özür dilemesi gerekiyordu.

"Özür dilerim," dedi. "Lütfen geri gel."

POP

POP.

"Olan oldu," dedi sakince. "Gerçekten zihnimi mi okudu?"

Reiki, "Okudu ama bu münferit bir olaydı," dedi.

"Bu iyi bir şey. Yaptığım hiçbir şey yanıma kâr kalmazdı."

"Denemeler sırasında biz senin yedeğiniz. Seni ve Sam Amca dahil arkadaşlarını korumak bize bağlı."

"Ona ne yaptın?" diye tekrar sordu, kapı zili çaldığında. Hareket etmedi, sorusuna cevap vermelerini bekledi. Zil tekrar çaldı. "Bir saniye," dedi. "Ona ne yaptığınızı söyleyin. Ş İMDİ!"

"Zihnini sildim," diye fısıldadı Reiki.

"Ne yaptın!"

Hadz, "Seni ve görevini korumak için bunu yapmak zorundaydık," diye ekledi.

PJ ve Arden mutfağa geldiler. "Kapı kilitli değildi," dedi Arden.

"Evet, dün Sam'e sizi bu sabah alacağımızı söylemiştik."

"Size de günaydın." Kendini masadan dışarı itti.

"Konuşmamız gerek dostum. Ama acelemiz var."

Sırt çantasını ve öğle yemeğini aldı. Ön kapıya doğru gittiler. Merdivenlerin tepesinde sandalye öne doğru fırladı - sanki aşağı uçmak istiyordu. Arkadaşlarından rampadan inmesine yardım etmelerini istedi. Arden ve PJ arabanın arka koltuğuna binmesine yardım ettiler. Arden tekerlekli sandalyeyi bagaja yerleştirdi.

Üç çocuk arabanın arka koltuğuna otururken E-Z, "Merhaba Bayan Lester," dedi.

"Günaydın," dedi ve sonra radyonun sesini açtı. Spiker yeni bir yemek tarifinden bahsediyordu.

"Onlar yola çıktıktan sonra," diye fısıldadı PJ, "Dün gece ne yaptın?"

"Pek bir şey yapmadım. Yemek yedim. Uyudum. Her zamanki şeyler."

"Göster ona."

PJ telefonunu uzattı ve oynat tuşuna bastı.

Bir YouTube videosuydu. Tekerlekli sandalyesiyle gökyüzünde uçuyor, yaralı insanları taşıyordu. Sandalyesi kan kırmızısıydı ve alev almış bir bulanıklık gibi çok hızlı hareket ediyordu. Beyaz kanatları görünüyordu. Sarı saçlarındaki siyah şeritlerin oluşturduğu kontrast da görünüşünü vurguluyordu.

"Aklım almıyor," dedi E-Z, paylaşılabilir hiçbir açıklama yapmadan başını kaşırken. Meleklerin gelmesini ve arkadaşlarının zihinlerini silmelerini bekledi - gelmediler. Dünyanın tamamen durmasını bekledi - durmadı. Ailesini bir daha görüp göremeyeceğini merak etti. Bu bir sınav mıydı? Telefonu çevirip kapattı ve geri v erdi.

"Dostum," dedi Arden, annesi park yerine geri geri girerken.

"Acele et yoksa geç kalacaksın," dedi annesi bagajı açarken.

Annesi uzaklaşırken Arden "Sonra görüşürüz," dedi.

Üç arkadaş hiç konuşmadan okula doğru ilerlediler. Son uyarı zili her an çalabilirdi.

E-Z koridor boyunca kendi kendine gülümseyerek ilerlerken bir yandan da klibi başka kimlerin görebileceği konusunda endişeleniyordu. Yine de kendisini iş başında görmek inanılmazdı. Daha havalı bir Süpermen gibi. Gerçek bir kahraman. İnsanları kurtarmıştı. Hayat kurtarmıştı. O ve tekerlekli sandalyesi yenilmezdi. Dinamik bir ikiliydiler. İki melek özentisinin yardımına ihtiyaçları olup olmadığını merak ediyordu. İyi hissettirmişti. Her anı. Kurtarmak. Kurtarmak. Başka bir denemenin başarıyla tamamlanması. Muhteşemdi. Keşke en iyi arkadaşlarının sırrını öğrenmesine izin verebilseydi.

"E-Z Dickens!" Öğretmeni Bayan Klaus seslendi.

E-Z dersi okumak için sayfayı çevirirken, "Evet efendim," dedi. Okulda neden zaman kaybettiğini merak ediyordu. Artık buna ihtiyacı yoktu.

D ers sırasında uyuklamamaya çalıştı. Bayan Klaus'un gözü her zamankinden daha fazla onun üzerindeydi. Ne zaman dalıp gitse, fark etmiş gibi sesini y ükseltiyordu.

Zil çaldıktan ve ders bittikten sonra, öğrenciler kapıdan ilk çıkanın o olması için yolu ayırdı. Teşekkür etmek için sınıf arkadaşlarından birkaçına baktı. Çok azı göz teması kurdu. Çoğu başka tarafa baktı. Onun yeni statüsüne alışkın değillerdi - henüz.

Koridorda öğrenci arkadaşları ve hayranlarından oluşan bir kalabalık bekliyordu. Fotoğraf makineleri ve kameralı telefonlarla fotoğraflar çekilirken flaşlar patladı. Okul gazetesinin de orada olmasını umuyordu. Onun hakkında bir makale bile yazabilirlerdi. Bir dakika bekleyin. Ailesini bir daha asla göremeyecekti - eğer herkes öğrenirse! Bu nasıl oldu!? Yolunu zorladı. Alkışlamaya devam ettiler, zaman geçtikçe sesleri daha da yükseliyordu. Birkaçı "Konuşma!" diye seslendi.

PJ yanaştı ve "Son zamanlarda Facebook'u gördün mü?" diye sordu.

E-Z omuz silkti.

PJ arkadaşına manşetleri göstererek, "En son çıkanlara bir göz at," dedi.

"Tekerlekli Sandalyedeki Yerel Kahraman." Hareket etmeyi bıraktı ve klibe tıkladı. Yerel kahramanın Hartford Connecticut'taki Lincoln Lisesi'ne gittiği yazıyordu. E-Z çok geçmeden öğrencilerin onun kahraman olduğunu düşündüklerini fark etti - öyleydi - ama bunu bilemezlerdi. Hiçbirini bilmemeleri gerekiyordu. Sam Amca'ya yaptıkları gibi zihinlerini silmiş olmaları gerekiyordu. Ama fark etmezdi - Hartford Connecticut'ta yaşamıyordu. Yanlış anlamışlardı. O zaman sınıf arkadaşları neden alkışlıyordu?

O ilerledi, onlar yoldan çekildi. Doğruca sağanak yağmura çıktı. E-Z sandalyesinin yeni keşfettiği güçlerini kendi kişisel çıkarları için kullanıp kullanamayacağını merak etti. Bir kriz ya da duruşma olmamasına rağmen, büyü yapabilir ya da ritüel olarak kendini eve döndürebilir miydi? Kaldırımda yuvarlanmaya devam ederken bunu düşündü. Sandalyesi daha özel güçleri bile yokken bir keresinde küçük bir kızı kurtarmasına yardım etmişti.

Bibbidi-bobbidi-boo ve expelliarmus gibi büyülü sözcükleri düşündü. Her ikisini de tekerlekli sandalyesinde denedi ama hiçbiri bir işe yaramadı. Arkasından gelen ayak seslerini duyarak omzunun üzerinden baktı. Arkadaşlarından birini bekliyordu - onun yerine, "Kanatların nerede?" diye soran daha genç bir öğrenciydi.

E-Z güldü, "Kanatlarım yok." Tam bu sırada kanatları çıktı ve onu gökyüzüne taşıdı. İlk başta hayır diye düşündü ama devam etmeye karar verdi ve kaldırımdaki çocuğa el salladı. Çocuk o kadar heyecanlıydı ki, anı yakalamak için telefonunu çıkarmayı bile düşünmemişti. "Eve!" diye emretti. Kırmızı bir ışık parıltısı onu gökyüzüne taşıdı, tam evinin yanından geçti çünkü sandalyenin onlar için başka bir yeri vardı.

Bir alışveriş merkezinin tam üzerine gelene kadar uçmaya devam ettiler. Artık havanın titreştiğini ve onu ihtiyaç duyduğu yere doğru çektiğini hissedebiliyordu. Sandalye aşağıya doğru işaret ederek onu bir bankın içine düşürdü ve sonra havada durdu. Aşağıdaki müşteriler etrafta dolanmaya devam ediyordu - görüş alanlarının dışındaydı. Neden burada olduğuna dair hâlâ hiçbir fikri yo ktu.

Bu da başka bir duruşma mı? diye sordu. Bekledi ama cevap gelmedi. Eğer bu başka bir duruşmaysa, aralarındaki zaman gittikçe azalıyordu. O iki melek neredeydi - onun arkasını kollamaları gerekmiyor muydu? Diğer denemeleri düşündü. Çoğu gece vakti gerçekleşmişti. Karanlıkta. Ya melek özentileri vampirler gibi ışığa çıkamıyorsa? Bu tuhaf bağlantıya güldü ve bunun doğru olmasını umdu. Her nasılsa, bu sefer sadece kendisi ve sandalyesi olmasına aldırmadı. E-Z o ana geri döndü. Müşteriler alışveriş merkezinin içinde çığlık atıyordu. İleri doğru uçtu, bankadan çıktı ve yakındaki bir mağazaya girdi. Mağaza b oştu.

Yere indiğinde tekerlekler kendiliğinden dönerek onu ileriye doğru götürdü. E-Z kontrolü ele almaya çalıştı. Ama tekerlekli sandalyesi de kontrol istiyordu. Hızlandı, daha hızlı ve daha hızlı. Sonunda, parmaklarının ezilmesinden korkarak ona hükmetmesine izin verdi.

Sandalye tam durduğunda, yaklaşık 3 metre önlerinde yere yayılmış müşteriler vardı. Çoğu iki yana açılmış ve yüzükoyun yere yatmıştı. Bazılarının elleri başlarının arkasındaydı, bazılarının ise elleri arkalarındaydı.

Çeşitli pozisyonlarda, sadece durağan görüntü veren güvenlik kameraları gördü. Bu iyiye işaret değildi.

Tekerlekli sandalye tekrar öne, genç bir kadına doğru sarsıldı. Kamuflaj kıyafetleri giymiş, şapkasını gözlerinin üzerine indirmişti. Açık tenli, muhtemelen doğuştan sarışın ve mavi gözlü, manken tipli bir kadındı. Bir elinde bir tüfek, diğerinde bir av bıçağı sallıyordu. Silahları kullanırkenki hareketsizliği onu rahatsız ediyordu. Bu ve elma şekeri kırmızısı rujunu aşırı kullanması. Ruj bulaşmış, ürkütücü bir gülümsemeyi tehditkâr bir yüz buruşturmaya dö nüştürmüştü.

E-Z yerde tehlikede olanları düşündü. Ne kadar zamandır oradaydılar? Ne için bekliyordu? Para mı istemişti? Kameralar çalışmadığı için bu rehine sahnesinin oynandığını mağazanın dışında kim biliyordu?

Yerdeki adamlardan biri gözüne çarptı. E-Z parmağını dudaklarına götürdü. Adam diğer tarafa döndü, işte o zaman yerde kırmızı ışığı yanıp sönen bir telefon gördü. Sesi kaydediyordu. Kızın fark etmemesini umdu - her an kendini kaybedecekmiş gibi görünüyordu.

E-Z'nin sandalyesi bir top patlaması gibi havalandı ve kısa sürede kızın üzerine düştü. Silahı bir yöne, bıçağı ise diğer yöne uçtu. Sandalyenin metal muhafazası aşağı düştü.

"911'i arayın," diye bağırdı E-Z. Yerdeki müşterilere de "Çıkın buradan!" dedi. Arkalarına bakmadan kaçtılar. Şimdi deli kızla baş başa kalmıştı. "Bunu neden yaptın?" diye sordu.

Kız daha önce duyduğu bir şarkının sözlerini mırıldandı, "Pazartesileri sevmiyorum", sonra sırıttı, gözlerini devirdi ve "Ayrıca, bu sadece bir oyun" dedi. Birkaç saniye boyunca gözleri kapalı bir şekilde şarkıyı mırıldanmaya devam etti.

Sonra gözlerini açtı ve vahşi gözlerle ve kahkahalarla, "Oh, eğer saçını düzgün boyayacak bir profesyonele ihtiyacın olursa, tanıdığım biri var," dedi.

"Ah, teşekkürler," dedi parmaklarını saçlarında gezdirerek.

Annesinin söylediği bir şarkıyı hatırladı. Gerçek bir hikâye, bir vurulma olayı hakkında. Grubun adı farelerden ya da sıçanlardan geliyordu.

Başını iki yana salladı. Karşısındaki kız, birkaç kez oynadığı bir oyundan bir karaktere benziyordu. Sürülmüş rujuna kadar. Hangisi olduğunu hatırlayamıyordu ama kızın bir oyuncuyu taklit ettiğinden emindi. "Oyun oynamak başka bir şey - kimse incinmiyor. Bu gerçek hayat. Eğer bir şeyden hoşlanmıyorsanız, onu yapmayı bırakın! Başkalarına zarar verme."

"Defol git," diye cevap verdi, "sanki başka seçeneğim varmış gibi."

Polis içeri daldı ve adam gitmek zorunda kaldı.

Kızı bir oyun konsolunun güvenlik koridorunda silahları düğümlenmiş halde buldular.

Eve doğru yola koyuldu, kanatlarının korkunç yanmasının onu vurmasını bekliyordu. Oraya kadar gelmeyi başarmıştı, buraya kadar her şey yolundaydı. Ama o kadar acıkmıştı ki, eline geçen her şeyi yemek için sabırsızlanıyordu.

Buzdolabında hazır duran yarım tavuğu tavada peynirin erimesini beklerken yedi. Kızarmış peyniri mideye indirdi. Sonra bir elma yerken bir tane daha yaptı. Elmayı bitirdiğinde küvetten kaşıkla dondurma aldı. Ağrısı hiç geçmedi ama böyle yemeye devam ederse ciddi bir kilo sorunu yaşayacaktı.

"Sam Amca?" diye seslendi, evin herhangi bir yerinde olup olmadığını kontrol etti - yoktu. Ofisine gidip biraz ev ödevi yaptı, sonra da birkaç oyun oynadı. Sam'den hâlâ bir iz yoktu. SMS yok. Ne arama ne de sesli mesaj. Sam eve geç geleceğini ona her zaman haber verirdi. Garipti. Sam ne redeydi?

BÖLÜM 17

Gece yarısını geçmiştiveSam Amca'dan hâlâ bir iz yoktu. E-Z'ye nerede olduğunu söylememek bir yana, ilk kez akşam yemeği hazırlamayı bile atlamıştı. İşler kontrolünden çıktığında yeğeninin ne kadar endişelendiğini biliyordu. Böyle zamanlarda gencin derisi kaşınırdı, sanki kanı yüzeyin altında kaynıyordu.

Tekerlekli sandalyesinde oturarak volta atmaya eşdeğer bir hareket yaptı. Sandalyesini koridorda bir yukarı bir aşağı yuvarlıyordu. İşin zor kısmı geri dönmekti, bunu da ofisinde yaptı. Mutfağa doğru geri dönerken, biraz beyaz gürültü yaratmak için televizyonu açtı. Koridora geri dönmeden önce izlemek için durdu ve beden dışı bir deneyim onu ele ge çirdi.

Oturma odasındaydı ve tekerlekli sandalyesinde televizyonda kendisini izliyordu. E-Z başını salladı ve olanları anlamlandırmaya çalıştı. Hadz ve Reiki neden anılarını silmemişlerdi? Sonra olan oldu - muhabir adını ve banliyö dahil gerçek adresini söyledi. Bu sefer her şeyi doğru söylemişti - ve bununla da kalmadı.

"On üç yaşındaki E-Z Dickens, profesyonel bir beyzbol oyuncusu olmak istiyordu. Ve yetenekleri de vardı.

Sonra bir kaza, ailesini ve bacaklarını ondan aldı. Süper kahramana dönüşen yetim, şimdi tek akrabası Samuel Dickens ile birlikte yaşıyor."

Televizyon ekranını tekmelemek istedi. Aynen böyle söylediler. Sanki tüm süper kahramanlar yetim olmak zorundaymış gibi. Sanki bu bir ön koşulmuş gibi. Telefonu çaldığında Sam olduğunu umdu - arayan Arden'dı.

"İzliyor musun?" diye sordu. "Herkese nerede yaşadığını söylediler!"

"Biliyorum," dedi E-Z. "Daha da kötüsü Sam Amca asker kaçağı. Ne olursa olsun beni hep arar."

Arden babasıyla konuştu. "Orada kal, baban ve ben hemen geliyoruz. Sen ve Sam ne yapacağınıza karar verene kadar bizimle kalabilirsin. Ona bir not bırak."

"Teşekkürler, ama burada iyi olacağım."

"Babam diyor ki, eğer, ve ya ama yok. Gazetecilerin senin peşini bırakmayacağını söylüyor - bu ne demekse artık."

"Gazetecilerin buraya geleceğini düşünmemiştim. Tamam, hazırlanayım."

Odasına gitti, gece çantasını hazırladı, sonra mutfağa gidip bir not yazdı ve buzdolabına koydu. Dışarıda bir araç lastiklerini gıcırdatarak aniden durdu. Bir kapı çarpıldı, ardından cam parçaları pencerelerden dışarı fırlarken silah sesleri duyuldu. Ön kapı menteşelerinden fırladı, sandalyesi yaklaştıkça ateş eden kişiye doğru havalandı.

"O sadece bir çocuk," dedi E-Z, onun tereddüt etmesinden yararlanarak. Silahı aldı, düğümledi ve çimlerin üzerine fırlattı.

E-Z'den daha genç olan çocuk, silahı fırlattığı saniyeleri onu yere düşürmek için kullandı.

"Hiç hoş değil," dedi E-Z, sandalyesi onu iterken ve metal kafesi ağlayarak annesini isteyen çocuğun üzerine düşürürken. E-Z sandalyeye "Geri çekil," dedi.

Çocuk cenin pozisyonunda yuvarlanmıştı, titriyor ve ağlıyordu. Sandalye kafesi geri çekti: çocuk hareket e tmedi.

E-Z tekerlekli sandalyesine geri dönerek sordu: "Seni buraya kim getirdi? Ve neden ateş ettiniz?"

"Kişisel bir şey değil," diye açıkladı çocuk. "Bunu yapmak zorundaydım. Kafamın içindeki bir ses bana bunu yapmam gerektiğini söyledi. Yoksa beni ve ailemi öldüreceklerdi. Bu yüzden babamın anahtarlarını çaldım ve araba kullanmayı öğrendim - hızlıca."

"Daha önce hiç araba kullanmadın mı?"

"Sadece oyunlarda."

Yine oyunlar. "Kimlerden bahsediyorsun? İsimleri ne?"

"Bilmiyorum. İnternette birkaç oyun oynadım. Bir kadın oyuna girip kız kardeşimi öldüreceğini söylüyordu. Başka bir oyuna geçiyorum; başka bir kadın ailemi öldüreceğini söylüyor. Bugün oynadığım oyunda ise üçüncü bir kadın bana bu adreste yaşayan bir çocuğu öldürmezsem bunun korkunç sonuçları olacağını söyledi." Çocuk E-Z'ye doğru bir hamle yaptı ama fazla uzaklaşamadı. Sandalye onu itti ve bomu indirdi.

"Çıkarın beni buradan!" diye bağırdı çocuk.

E-Z güldü; çocuk taşaklıydı. Sandalyesine "Yerde kal," dedi ve çocuğun ayağa kalkmasına yardım etti. Çocuk yüzüne tükürerek ona teşekkür etti. Yumruklarını sıktı ve çocuğun kafasını koparmayı düşündü ama yapmadı. Bunun yerine ona sarıldı. Çocuk tekrar ağlamaya başladı, gözyaşları E-Z'nin omuzlarına ve kanatlarına düşüyordu.

"Teşekkür ederim, dostum," dedi çocuk. Geri çekildi, elini kalbinin üzerine koydu ve gözden kayboldu.

Polis nihayet geldiğinde, E-Z kaldırım kenarındaki sandalyesinde oturuyordu. Sonra oturmadı. Yine silonun içindeydi ve zifiri karanlıkta klostrofobik hissediyordu.

✳✳✳

Daha önce metal konteynerin içindeyken hareket edebiliyordu. Şimdi tekerlekli sandalyesindeydi ve zar zor hareket edebiliyordu. Ayak parmaklarını ayakkabılarının içinde oynatmaya çalıştı ama hissedemedi. Eğer bacakları burada çalışmıyorsa, o zaman tekerlekli sandalyede olmaktan memnundu. Onlar bir takımdı: Batman ve Batmobil gibi. Düşüncelerine yanıt olarak tekerlekli sandalye kurşuna dizilmiş bir çoban köpeği gibi i leri atıldı.

"Çıkar bizi buradan," diye emretti E-Z.

Üstünde bir hareketlilik hissetti. Gökyüzünde ilerleyen bir bulut gibi bir ışık kayması. Keşke uçup çatıdan kaçabilseydi ama kanatlarında genişleyecek yer yoktu.

Derisi kabarmaya ve kaşınmaya başladı. O rahatlatıcı lavanta spreyi neredeydi şimdi?

PFFT.

"Ah, teşekkür ederim," dedi. Bu şey bile artık onun aklını okuyabiliyordu.

Bir talep listesi oluştururken omuzları gevşedi:

Bir numara. Sam Amca'ya her şeyi anlatmak istiyordu. Ve her şeyi kastetmişti. Hiçbir şey atlanmayacaktı.

İkincisi. PJ ve Arden'ın bilmesini istiyordu. Sam Amca gibi her şeyi değil. Ama üzerindeki baskıyı anlamalarına yetecek kadarını. Onu destekleyebilecekleri ve cesaretlendirebilecekleri kadar. Onlara yalan söylemekten nefret ediyordu. Denemeleri bilmelerine ihtiyacı vardı. Bunları neden yaptığını. Sanki bu konuda başka seçeneği varmış gibi.

Üç numara. Onu kaçırmadan önce iznini almalarını istiyordu. Böylece bir sonraki adımda ne olacağını bilecekti. Bu şeyin içine bırakılmaktan nefret ediyordu.

Dört numara. Nerede olduğunu bilmek istiyordu. Neden hep aynı konteynırın içine bırakıldığını. Neden bazen bacakları çalışıyor, bazen çalışmıyordu. Neden bazen sandalyesi yanındayken bazen yanında değildi.

"Bekleme süresi on iki dakika," dedi bir kadın sesi. "İçecek bir şey ister misiniz?"

"Su," dedi, sağ tarafındaki metal, üzerinde bir bardak su bulunan bir rafı tükürürken. "Teşekkürler." Bardağı geri fırlattı. Bardak tekrar ağzına kadar doldu. Daha sonra içmek üzere yerine koydu.

Şimdi daha rahattı, aklına bir şarkı geldi. Babası bu şarkıyı çok severdi. O şarkı sözlerini söylerken tekerlekli sandalye ileri geri sallanıyordu. Sandalye ivme kazanıyordu - sanki kurtulmaya çalışıyordu.

Saniyeler sonra evine dönmüştü, yatak odasındaydı ve her yer cam kırıklarıyla doluydu. Duvarlarda mavi ve kırmızı ışıklar titreşiyordu. Şimdi kırık pencereden dışarı bakıyordu.

"Yukarıda!" diye bağırdı bir muhabir.

$$* * *$$

"Yine mi!" diye bağırdı, şimdi metal konteynere geri dönmüştü. "Çıkarın beni buradan!" Ayağını silonun duvarına vurdu. "Ah!" diye bağırdı. Sonra bacaklarını yeniden hissettiği için mutlu bir şekilde gülümsedi ve ayağa kalktı. Yumruğunu havaya kaldırdı, "Kim olduğunu sanıyorsun da beni buraya getiriyorsun, her istediğinde!"

"Bekleme süresi altı dakikadır, lütfen oturun."

Önündeki, arkasındaki ve iki yanındaki duvarlardan kayışlar çıktı. Yerine bağlanmıştı. Kurtulmak için mücadele etti ama deri kayışlar daha da sıkılaştı. Kısa süre sonra tek hareket ettirebildiği başı ve boynu oldu.

PFFT.

"Ah, lavanta," dedi. Altındaki tekerlekli sandalye sallanmaya ve titremeye başladı. "Her şey yoluna girecek." "Siz korkaklar buraya gelip benimle yüzleşemeyecek kadar korkak mısınız?"

PFFT.

PFFT.

Kendinden geçti.

S ilonun çatısı Houston Astrodome gibi açılana kadar mışıl mışıl uyudu. Ve bir şey ışığı yuttu. Onu görmeden önce hissedebiliyordu. Işığı dünyasından alıp götürüyordu. Üstündeki şey serbest düşüşe geçerken altındaki tekerlekli sandalye titredi.

İpinin ucuna gelmiş bir örümcek gibi durdu.

Lucifer?

Şeytan mı?

Konuşamayacak kadar korkarak bekledi.

"Merhaba - o - o - o," diye kükredi kanatlı yaratık, sesi duvarlarda yankılanıyordu.

Kulaklarını kapatabilmeyi o kadar çok isterdi ki.

Yaratık sırıttı, jilet gibi dişlerini ortaya çıkarırken pis kokulu bir koku yaydı.

Boğuldu, öksürdü ve burnunu da kapatabilmeyi diledi.

Canavar kükreyerek güldü ve sanki patlamış mısır patlatıyormuş gibi metal hapishanesinde bir aşağı bir yukarı gürledi. Gencin yüzüne doğru eğildi ve "Dilinizi konuşamıyor muyum efendim?" diye kükredi.

E-Z cevap vermedi. Veremezdi de. Kendini hiç de kahraman gibi hissetmiyordu. Tekerlekli sandalyesinin altında titriyor olması da kendine güvenini artırmıyordu.

"BENİ ANLAMIYOR MUSUN?" diye böğürdü şey, metal hapishaneyi temellerine kadar sarsarak. Şey daha da yaklaştı, "SEN. SEN. DEĞİL. DUYMUYOR. DUYMUYOR MUSUN?"

Ortasında bir kafa olan konuşan bir bulut gibiydi, gök gürültüsü ve şimşeklerle üzerine yağmaya hazırlanıyordu. Tırnaklarını kolçaklara geçirerek "Evet" diyecek cesareti buldu. Kafasında talep listesini gözden g eçirdi.

Canavar kükredi ve ağzından ateş fışkırdı. Neyse ki E-Z için, ısı yükselir. Birdenbire çok acıktığını hissetti, domuz pastırması için.

"Pastırmayı severim," diye itiraf etti yaratık.

E-Z pastırmayla ilgili şeyi yüksek sesle söyleyip söylemediğini merak etti. Hızla artan korku seviyesine rağmen söylemediğini biliyordu. Bu tek bir anlama geliyordu, herkes onun zihnini okuyabiliyordu! Kendini düzeltti ve zihnini kapatarak kendini korumaya çalıştı. Aklına yiyecekler, Ann's Café'deki krepler, koyu çikolatalı bir shake, tereyağlı şurup geldi. Korkuyu uzakta tutacak ve endişeyi azaltacak herhangi bir şey. Bu bir işkenceydi, bu şey düşüncelerini okuyabilir ve onu sonsuza dek hapsedebilirdi. Katılabileceği bir Süper Kahramanlar B irliği var mıydı?

"Bah, ha, ha!" diye kahkahalarla kükredi o şey.

E-Z onun kulaklarına ulaşabilmeyi çok isterdi ama bunu yapamadığı için en azından bir espri anlayışı olduğunu düşünerek teselli buldu. "Ben neden buradayım?"

Şey hemen cevap vermedi, bu yüzden bakışlarıyla onu etkilemeye çalıştı. Sandalye sürekli onu sandalyeden atmaya çalıştığından göz hizasını korumak özellikle zordu. Yumruklarını havaya kaldırdı ve kan çekti.

Yaratık yılana benzer bir çeviklikle hareket ediyor, köpüklü dili E-Z'nin yumruklarını yalarken ileri geri fışkırıyordu.

"Ewww!" diye bağırdı. "Bu çok iğrenç!"

Dilindeki kan yağmur damlaları gibi parıldarken, "Daha fazla lütfen!" diye talep etti.

E-Z daha önce de korkmuştu ama şimdi korkmanın çok ötesindeydi. Daha çok taş kesilmiş gibiydi - ama o bir süper kahramandı. Bir yerlerden güç toplaması gerekiyordu - sandalye işe yaramaz olsa bile.

"Nah, nah, nah, nah, nah," diye şarkı söyleyen şey yaklaştı, sonra uzaklaştı, sonra tekrar yaklaştı. Duvarlardan sekiyordu.

Birkaç dakika sonra yaratık yerine yerleşti. Havada bacak bacak üstüne attı. Sonra uzun kemikli parmağını yanağına koydu. Sanki dostça bir sohbet bekliyor gibiydi.

"Hadz ve Reiki dosyanızdan çıkarıldı," diye fısıldadı yaratık. "O ikisi embesildi. İşe yaramazdan da öte. Ben senin yeni akıl hocanım."

Karanlık yaratık haçını çıkardı. Yukarı doğru kanat çırptı, yarım bir eğilme hareketi yaptı ve konteynırın içinde daha da yükseldi.

E-Z cevap vermeden önce birkaç saniye düşündü. Bu iki yaratık ona sadıktı. Ona yardım etmişler ve onu kollamışlardı - ve en önemlisi, insan kanı içmiyorlardı.

"Bunu tartışabilir miyiz?" E-Z sordu. Gülümsemeye çalıştı. Diğer tarafta nasıl göründüğünü bilmiyordu.

"HAYIR!" dedi şey, kendini çıkışa doğru yaklaştırarak.

E-Z onun yukarı doğru sürüklenişini izledi. Çaresiz. U mutsuz.

"Bekle!" diye bağırdı, şey konteynerin yarı içinde yarı dışındaydı. "Sana beklemeni emrediyorum!" Çatı kapanmaya başladığında E-Z "Beklemeni emrediyorum!" dedi, sonra şey bir anda yüzünde belirdi.

"Y-E-S?" diye sordu.

"Reiki ve Hadz'i geri almak için patronunuzla konuşmak istiyorum. Onlar benim denemelerim için daha uygunlar. Denemelerin başarısı için."

"Benden hoşlanmıyor musun?" diye bağırdı yaratık, kara tahtaya çizilmiş tırnaklar gibi bir sesle.

"Dur! Lütfen!"

"O iki salağı geri getirmek söz konusu bile olamaz." Yaratık çarkın içindeki bir hamster gibi döndü.

"Kesin şunu! Başımı döndürüyorsun! Çıkarın beni buradan!"

"Tamam," dedi, kollarını kavuşturdu ve eski televizyon dizisi I Dream of Jeannie'deki kadın gibi gözlerini kırpıştırdı.

Silo gözden kaybolurken, E-Z ve sandalyesi yere çakılmak üzere kaldı.

"Ahhhh!" diye bağırdı.

Sonra tekerlekli sandalyesi kayboldu.

Ve düşmeye devam ederken, üstündeki yaratığa yumruklarını salladı. Düşüş için kendini hazırladı.

"Bu arada, benim adım Eriel."

"Arrgggghhhh!" diye bağırdı.

Tekrar tekerlekli sandalyesine dönmüştü ve hayata tutunmaya çalışıyordu. Hâlâ düşüyorlardı.

BÖLÜM 18

CRASH!

Evinin çatısına doğru. Tekerlekli sandalyesi öne doğru eğildi ve onu yatağa düşürdü. Sonra da yere yuvarlanmış. İkisi de iyiydi. Daha kötü durumda değillerdi.

Üstünde açtıkları delik kendini onarıyordu.

"Oh, işte buradasın!" Sam dedi ki. "Eve hoş geldin."

E-Z onu fark etmemişti bile. Köşedeki sandalyede mışıl mışıl uyuyordu.

Sam gerindi ve esnedi. Sonra sendeleyerek bir sürahi suyun beklediği odaya geçti. Bir bardak dolusu su içti, sonra da yeğenine bir fincan uzattı.

"Peki ya o kötü yaratık Eriel!" dedi Sam.

Ez neredeyse suyu tükürüyordu.

"Kim? Ne?"

Sam devam etti. "O Eriel, karşılaşmayı asla ummayacağım en iğrenç, en iğrenç, aşırı büyümüş uçan yaratık!" Yumruklarını sıktı. "Umarım beni duyabiliyorsundur, her neredeysen! Senden k orkmuyorum!"

E-Z'nin çenesi neredeyse yere düşecekti.

Sam devam etti. "O şey beni metal bir kabın içine hapsetti. Şimdi neden kötü bir rüya gördüğünü anlıyorum. Gerçekten bir silo gibiydi. Bana senin vesayetini ona devretmem gerektiğini, aksi takdirde vurulacağını söyledi."

"Ah, şu," dedi E-Z. "Sanırım kırık camları görmüşsündür. Bir çocuktu, beni öldürmeye çalıştı."

"Her şeyi biliyorum. Her şeyi silonun içinden izledim. Orada büyük ekran bir televizyon olduğunu biliyor muydun? Ve iyi bir ses sistemi."

"Ne? Az önce oradaydım ve Eriel bana seninle ya da vasiliği devralmakla ilgili hiçbir şey söylemedi." Odayı geçti, tavana baktı, "Bu bir test mi Eriel? Eğer bir şey söylersem, teklifi geri mi çekeceksin? Bana bir işaret ver."

"Kiminle konuşuyorsun sen? Eriel burada değil. Olsaydı, kokusunu bir mil öteden alırdık. Hayır, yalnızız - yumruklarımı ona doğru kaldırmış olmama rağmen. Beni duymasını beklemiyordum."

"Muhtemelen her yerde gözleri ve kulakları vardır."

"Tanrı'nın her yerde gözleri ve kulakları olduğunu söylerler. Eğer varsa."

"Sana başka ne söyledi, benim hakkımda?"

"Bana senin de ailenle birlikte ölmen gerektiğini söyledi. O ve meslektaşları seni kurtardı - ve şimdi bir dizi sınavı tamamlaman gerekiyor."

"Bu doğru. Gizlilik yemini etmiştim, bu yüzden bu bilgiyi size neden açıkladığını merak ediyorum."

"İlk başta bana zorbalık etmeye çalıştı ama sen çocukla birlikte o beladan kurtuldun. Beni buraya, eve bıraktı ve seni hiçbir yerde bulamadım."

"Evet, çünkü beni konteynırda tutuyordu."

"Beni birkaç kez içeri sokup çıkardı ama vesayetinden vazgeçmeyi reddettim. İkinci ya da üçüncü seferden sonra, bana her şeyin anlatılmasını istediğini söyledi ve..."

"Ona bunu sormak için bir plan yaptım. Ona ne olduğunu söylemedim - ama o da son zamanlarda diğer herkes gibi aklımı okuyabiliyor."

"Diğer herkes derken neyi kastediyorsun?"

"Eriel'den önce Hadz ve Reiki adında iki melek özentisi vardı."

"Oh, iki embesilden bahsetti. Elmas madenlerinde çalışmak için rütbelerinin düşürüldüğünü söyledi."

"Cennette maden mi var?"

"O şeyin cennetten geldiğinden şüpheliyim - eğer öyle bir şey varsa."

"Bir şeyler atıştırmak için mutfağa gidebilir miyiz?" E-Z sordu. Koridor boyunca ilerlediler, Sam ızgarayı yaktı, peynir ve tereyağlı ekmek hazırladı. "Sen uyurken Eriel hakkında biraz araştırma yaptım. Onu bulmak biraz zaman aldı ama araştırmayı daraltınca altın buldum." Sandviçleri tabaklara yerleştirdi ve masaya taşıdı.

"Teşekkürler, her şeyi duymak için sabırsızlanıyorum. Hemen konuya girmemin sakıncası var mı?"

"Hayır, buyur." Sam yeğeninin dört ısırık almasını ve ardından sandviçin bitmesini izledi. Aç hissetmediği için kendi sandviçini uzattı. "Eriel'i tuşlayarak aramaya başladım. Hiçbir şey çıkmadı. Ben de Başmelekler yazdım ve Uriel ismi sayfanın en üstündeydi."

"Aynı olduklarını mı düşünüyorsun?" Bir ısırık daha aldı.

"İlk başta ben de öyle düşünmüştüm. Sonra Başmeleklerin bir listesini ve Yahudi Mitolojisindeki

Radueriel ismini buldum. Tanımına baktığımda, sadece bir sözle daha küçük melekler yaratabildiği yazıyordu."

"Hadz ve Reiki gibi mi demek istiyorsun? Bir dakika, eğer onları yarattıysa, muhtemelen bu yüzden onları madenlere gönderebildi."

"Aynen benim düşüncelerim. Sanırım bu bilgilere dayanarak Eriel'in, nam-ı diğer Radueriel'in bir başmelek olduğunu biliyoruz."

E-Z başını salladı.

"Ben de araştırmaya devam ettim ve bunu buldum. "Gizli yerlere ve gizli gizemlere bakan bir prens. Ayrıca, büyük ve kutsal bir ışık ve ihtişam meleği."

"Vay canına, tam bir baş belası!

"Ayrıca yoktan bir şey yaratabilir, onu havadan tezahür ettirebilir."

"Yani buradan anladığım kadarıyla kendi görünüşünü ve başkalarının görünüşünü değiştirebiliyor."

"Bu doğru. Ve bazı kelimeler yazdım." Kâğıt parçasını masanın diğer tarafına itti. "Yine de onları yüksek sesle söyleme. Söylersen onu çağırırsın." Kâğıttaki kelimeler ş unlardı:

Rosh-Ah-Or.A.Ra-Du,EE,El.

"Bu kâğıttaki kelimeleri ezberleyin, olur da onu çağırmanız gerekirse diye."

"İşe yarayacaklarını nereden bileceğiz?"

"Sadece mecbur kalırsanız kullanın. Son çare olmadıkça onu buraya çağırmaya değmez."

"Anlaştık." Bunları zihninde defalarca tekrarlarken, baş meleğin sürekli zihnini okumadığını bilmek onu rahatlattı.

"Eriel duruşmalarda sana yardım etmem gerektiğini söyledi. Sanırım o küçük kızı kurtarmak yapman gereken ilk şeydi?"

"Şimdiye kadar birkaç tane yaptım. İlki, evet, küçük kız. İkincisinde bir uçağı düşmekten kurtardım."

"Vay canına! Bunu nasıl yaptığın hakkında daha fazla bilgi edinmek isterim. Haberlere çıkmadığına şaşırdım."

"Çıktım ama ben olduğum anlaşılmıyordu. Üçüncüsü, şehir merkezinde bir binanın çatısında bir tetikçiyi durdurdum. Dördüncüsü, bir alışveriş merkezinde rehineleri olan başka bir tetikçi ve beşincisi, dışarıda beni öldürmeye çalışan çocuk."

Sam tabakları aldı ve bulaşık makinesine götürdü. "Seninle ne kadar gurur duyduğumu anlatamam. Bütün bunlar oluyor ve benim hiçbir fikrim yok."

"Gizlilik yemini ettim. Eğer birine söyleseydim, onlar..."

"Ailenizi bir daha görmediğinizden emin olun - evet, dedi bana. Bu bana biraz şüpheli geliyor. Eriel duygusal bir tip değildir; hedefini bekleyen büyük bir öfke yumağı gibiydi."

"Ondan hoşlanmadığımı düşündüğünde duygularını incittim."

Sam alay etti. "O şeyin duyguları olduğunu düşünsene." Ayağa kalktı. "Kahve ister misin?"

"Kakaoyu tercih ederim." Esnedi. "Gerçekten uzun bir gün oldu."

"Bu konuda sabah daha fazla konuşabiliriz ama son teslim tarihi hakkında ne hissediyorsun? Beş denemeyi kaç günde tamamladın?"

"Rastgele oldular. Kesin bir son tarih hakkında hiçbir şey bilmiyorum."

"Eriel bana otuz gün içinde on iki denemeyi tamamlaman gerektiğini söyledi. Eğer şimdiden iki haftayı doldurduysan, o zaman işi hızlandırmak zorunda kalacaklar - hem de çok."

"Bunu ilk kez duyuyorum."

"Eğer zamanında tamamlayamazsan öleceğini söyledi."

"Ne?"

"Ayrıca kurtardığın herkes de yok olacakmış. Sam daha yeni başlamışken onu kaybetme düşüncesiyle durakladı. Hayatı yine boş olacaktı, sadece iş, ev, iş, ev. E-Z ona bakıyor, bekliyordu. "Üzgünüm, sadece benim için ne kadar önemli olduğunu düşünüyordum ufaklık. Ama bana başka bir şey daha söyledi; senin ailenle birlikte öleceğini söyledi. Bu, yaptığımız her şeyin, birlikte geçirdiğimiz tüm zamanın yok olacağı anlamına geliyor. Ailenin yerini alabileceğimi ya da alacağımı söylemiyorum ama ne dediğimi anlıyorsun, değil mi? Seni seviyorum ufaklık!"

"Ben de seni," dedi E-Z. Sam'e sarılmak istiyordu ve Sam de ona sarılmak istiyordu, bunu anlayabiliyordu ama yine de hareket ettiler. Derin bir nefes aldı, "Bu çok sert. Kulağa daha çok Eriel gibi geliyor."

"Bir şey daha var, her denemeyi tamamladığında ruhunun arttığını söyledi. On ikiye ulaştığında, en uygun değerde olacak. Anne babanı tekrar görmek ve onlarla konuşmak için kullanabileceğin ruh parası."

Ön kapı menteşelerinden fırlayıp gökyüzüne doğru fırlarken E-Z'nin sandalyesi masadan geri çekildi.

"Arrgghhhhh!" Sam arkasından çığlık attı. Sandalyeye ve yeğeninin kanatlarına asi bir uçurtma gibi yapışmıştı.

"Dayan!" E-Z dedi. "Sanırım Eriel çağırıyor."

Uçmaya devam ettiler.

BÖLÜM 19

"Hadi, inişe geçiyoruz." Tekerlekli sandalyesi aşağı yöneldi.

"Keşke benim de bir emniyet kemerim olsaydı!" Sam kollarını yeğeninin boynuna dolayarak haykırdı.

"Merak etme, güvenli bir iniş olacak."

"Eğer ondan önce bırakmazsam! Arrgghhh!"

Aşağıya doğru ilerlerken, E-Z bir heykel çemberi gördü. Yapacak başka bir şeyi olmadığından onları saydı - ortada bir şeyle birlikte yüz tane vardı. Garipti, şehir merkezine pek çok kez gelmişti ama bu beton blok grubunu hatırlamıyordu. Sandalyenin tekerlekleri yere değdi ama Sam hâlâ hayata tutunmaya çalışıyordu.

"Artık geçti," dedi E-Z. "Gözlerini açabilirsin."

Açtı da. "O Eriel'i bir daha gördüğümde öldüreceğim!"

"Shhhh. Düşündüğünden daha erken olabilir." Heykellerin ortasında gördüğü şey insan formundaki Eriel'di, fiziksel özellikleri vardı ama cüssesi yoktu. Dahası, sihirli bir taht gibi havada asılı duran bir tekerlekli sandalyede oturuyordu.

Saçları simsiyahtı ve omuzlarının üzerinden beline kadar iniyordu. Gözleri kömür gibi, teni kaymaktaşı gibiydi.

Çenesi kirli sakalla kaplıydı, öğlene yakın olmasına rağmen saat altı gölgesi gibiydi. Dudakları kıpkırmızıydı, sanki yeni ruj sürmüş gibiydi. Burnu ise birden fazla kez kırılmış bir futbolcunun burnuna benziyordu. Kıyafet olarak beyaz bir tişört, siyah bir kot pantolon ve ayağında bir çift İsa sandaleti vardı.

E-Z bir daire çizerek döndü ve yüz on adama tekrar baktı. Hepsi modern kıyafetler giymişti. Çoğu gözlük takıyor ve takım elbise giyiyordu. O zaman gerçeği anladı: Eriel yüz on yaşayan, nefes alan adamı heykellere dönüştürmüştü.

Ve hepsi bu değildi. Merkezi iş bölgesinde olmalarına rağmen, her zamanki seslerden hiçbirinin olmadığını fark etti. Normal bir günde, trafikte sıkışmış arabalar korna çalıyor ve egzoz havayı dolduruyor olurdu.

Sessizlik rahatsız ediciydi ama temiz hava daha derin nefes almasını sağladı. Bu onu sakinleştirdi. Bunun fırtına öncesi sessizlik olduğunu biliyordu.

Gökyüzüne baktı. Bir yolcu uçağı havada durmuştu. Yanında uçmayı bırakmış kuşlar vardı. Fonda ise bulutlar. Hareketsiz. Sabit.

Sonra üzerindeki her şey maviden siyaha dönüştü.

Ve bir zamanların ürkütücü sessizliği yırtıldı.

Yerini iniltiler aldı. İniltiler. Ağaç kökleri topraktan sökülürken. Hava kalınlaştı ve boğazlarına dolandı. Nefeslerini çalıyordu.

Ve ayaklarının altında, yer titremeye başladı. Yer yarıldı. Bir deprem. Yırtıldı. Yırtıldı.

Ve güneş, ay ve yıldızlar hep birlikte parladılar, ama sadece bir saniyeliğine. Sonra parçalandılar ve milyonlarca parçaya ayrıldılar.

"Neden insanları heykellere dönüştürdünüz? Ve neden dünyayı yok etmeye çalışıyorsun?" E-Z sordu. "Ve neden orada tekerlekli sandalyede yüzüyorsun?"

Sam yumruklarını havaya kaldırarak, "Olamaz," diye bağırdı.

Eriel güldü, "Buraya gelmenin zamanı gelmişti, çırak. Benimle konuşmaya, bana soru sormaya nasıl cüret edersin? Ben yüce ve güçlüyüm ama gerçeğim, OZ Büyücüsü gibi sahte değilim. Sen sadece seni kurtarmayı seçtiğim için varsın."

"Ophaniel Melek Kütüphanesi'nde benimle konuştuğunda senden bahsetmedi bile."

Eriel güldü ve kemikli bir parmağını aşağı doğru uzatarak E-Z'nin burnuna dokundurdu. "O iki salak Hadz ve Reiki görevlerinde başarısız olduktan sonra senin davan bana v erildi."

"Dokunma bana!" Parmak geri çekildi. "Sana tekrar soruyorum, benim bölgemde ne işin var ve neden tekerlekli sandalyedesin?"

"Her şey açıklığa kavuşacak," dedi Eriel. Ayaklarını yukarı kaldırdı ve onlara gülümsedi. "Bu ayakkabıları sevdim; çok rahatlar."

"Onlar ayakkabı değil, sandalet," dedi Sam, havada asılı duran sandalyeye yaklaşarak.

"Bekle Sam Amca, arkama geç."

Eriel başını geriye attı ve güldü. "'Gerçek bir köpeğin kulübesi olmalı' - bu Shakespeare'den bir alıntı, yani amcanız evcilleştirilmeli."

"Neden sen!" Sam yumruğunu havaya kaldırarak bağırdı.

" Asla pes etmeyen bir insanı yenmek zordur' - bu, gelmiş geçmiş en ünlü beyzbol oyuncularından biri olan Babe

Ruth'un bir sözüdür." E-Z'nin sandalyesi yerden kalktı ve Eriel'e doğru yaklaştı.

"'Beyzbol bir denge oyunudur'," dedi Eriel. "Bu yazar Stephen King'den bir alıntı." Tereddüt etti, sonra yanakları çökecek kadar büyük bir sırıtışla E-Z'nin sandalyesi kurşundan yapılmış gibi yere düştü. "Tüh," dedi Eriel kahkahalarla kükrerken.

E-Z'nin sandalyesinin kontrolünü ele geçirmesi uzun sürmedi ve bir asansör gibi yükseldi. Kanatlarıyla durumu kontrol altına almaya çalıştı. Ama zaman yoktu çünkü bir topaça dönüşmüştü ve döndükçe dönüyordu.

"Arrgghhhhh!" diye bağırdı, tırnaklarını sandalyenin kolçaklarına geçirerek. Dönme durdu, sandalye kurşun bir balon gibi tekrar düştü, sonra durdu.

Tekrar kanatlarını çalıştırmaya çalıştı. İşbirliği yapmadılar ve bir de baktı ki yine dönüyor. Ama bu sefer saat yönünün tersine dönüyordu.

"Hhhhggggrrraaa!" diye bağırdı.

Eriel o kadar yüksek sesle güldü ki yeryüzü sarsıldı.

Aşağıda, Sam kaldırımdan taşlar topladı ve çoğundan kaçıp kurtulan Eriel'e fırlattı. Yine de büyük bir taş yaratığın burnuna isabet etti. "Kendi yaşına yakın birini seç!" Sam bağırdı.

Yüzünden kanlar akarken, Eriel E-Z'nin amcasını yerine oturttu.

"Nooooooo!" E-Z dönmeye devam ederken bağırdı. Tam olarak durduğunda, baş aşağı aşağıda gördüğü şey yanlış olamazdı. Sam Amca şimdi bir çemberin içindeki heykellerden biriydi: yüz on bir adam duruyordu. Başı o kadar dönüyordu ki, yine de aklına bir söz geldi ve sahip olduğu tek şey olduğu için olabildiğince yüksek sesle bağırdı, "'Bitene kadar bitmez!

POP.

POP.

Hadz gencin omuzlarından birine, Reiki de diğerine oturdu.

"Bu Yogi Berra'dan bir alıntı ve bu da benden ve Sam Amca'dan!"

Şimdi elinde dünyanın en büyük sopasını tutuyordu, Babe Ruth'un 54 numaralı sopasının bir kopyasıydı ve elmas tozuyla göz kamaştırıyordu. Tekerlekli sandalye tahtındaki Eriel'e bir yumruk atıp onu bir uçtan bir uca uçururken bunun ne kadar ağır olduğunu bilmiyordu. "Aydaki adamla karşılaştığında ona selam söyle!" diye b ağırdı.

Uzaktan Eriel'in yankılanan sesi "Deneme tamamlandı!" dedi.

Hadz ve Reiki alkışladı. Sam Amca da dahil olmak üzere insan formlarına geri dönen yüz on bir adam da alkışladı.

Hadz, "Elbette geri döneceğini biliyorsunuz," dedi. "Ve çok kızacak!"

"Yardımlarınız için teşekkürler!" E-Z, Sam'le birlikte eve uçarken, "Yardımınız için teşekkürler!" dedi.

Reiki ve Hadz yüz on kişinin zihinlerini sildikten sonra madenlerde çalışmaya devam ettiler ve kimsenin nasıl kaçacaklarını bulduklarını fark etmemesini umdular.

Eriel intikam için bir plan hazırlarken kontrolden çıkmaya devam etti.

EPİLOG

Yoğun geçen birkaç günün ardından E-Z nihayet iyibiruyku çekti. Rüyasında beyzbol oynadığını gördü ve ertesi gün Arden ve PJ onu maça götürmek için geldiler. "Bugün oynamak istemiyorum ama moral olsun diye geleceğim," dedi.

"Elbette," diye cevap verdi arkadaşları.

E-Z'yi sahaya çıkardıklarında oynaması için ısrar ettiler. Yakalaması için ona ihtiyaçları vardı ve o da kabul etti. İlk kez vuruş sırası ona geldiğinde, kendisi için vurmak istedi. En sevdiği sopasını kaptı ve kendini sahaya attı. İlk atış yüksekti ve o kaçırdı. Oturduğu için atış alanı gerçekten daralmıştı.

"Birinci atış," diye seslendi hakem.

E-Z kendini kaleden uzaklaştırdı. Birkaç deneme vuruşu daha yaptı, sonra tekrar geri döndü. Bir sonraki atışta topla buluştu ve top faul yaptı.

"İkinci vuruş," dedi hakem.

Sahadaki çocuklar "Vurucu yok, vurucu yok," diye konuştular.

Atıcı falsolu bir top attı ve E-Z topa doğru eğilerek vurdu. Top uçtu, sahanın dışına çıktı. Çitlerin üzerinden. Parkın dışına.

"Kaleleri al," dedi hakem. "Bunu hak ettin evlat."

E-Z, sandalyesinin uçmasını engelleyerek kendini kalelerin etrafında döndürdü. Sandalyesi kale ile buluştuğunda, takım arkadaşları tezahürat yaparak etrafında toplandı. Devam ettiği sürece bundan keyif aldı.

Ta ki tekrar metal konteynerin içine düşene kadar - ama bu sefer bir topun içine sarılmıştı - ve sandalyesizdi. Yeni doğmuş bir bebek gibi derin nefes aldı çünkü yapabileceği tek şey buydu. Bekle. Bebekler kendilerini ters çevirebilir. Tek yapması gereken konsantre olmak, odaklanmaktı.

Evet, başardı. Tek sorun, daha iyi durumda olmamasıydı. Hâlâ karanlıkta yuvarlanıyordu. Işığın ya da neredeyse hiç hareket etme fırsatının olmadığı bir alana hapsedilmişti. Aslında metal kabın şekli bu kez farklıydı. Bir ucu daha inceydi ve mermi şeklindeydi.

Bunu bilmek klostrofobisi ve endişesi tavan yaparken ona yardımcı olmadı. Bu dar alanda ne kadar süre nefes almaya devam edebileceğini merak ediyordu. Fazla değil. Kısa sürede havası tükenecek ve ölecekti. Derin derin nefes alarak endişe seviyesini düşük tutmaya çalıştı.

Kesin olan bir şey vardı ki, Eriel'in onunla birlikte bu şeyin içine sığmasının imkânı yoktu. Duvarları patlatıp açmadığı sürece - ki bu o kadar da kötü bir fikir olmayabilirdi.

E-Z duvarlara ve tavana vurdu. Bağırdı. Çığlık attı. Telefonunu hatırladı. Ona ulaşabilir miydi? Orada değildi. Sahada telefon yasak kuralına uymak için onu spor çantasına koymuştu.

Konteynerin dışından rahatsız edici sesler geliyordu. Tırmalama. Fare mi? Hayır, sıçan değil. Birçok şeyle başa çıkabilirdi ama farelerle değil. "Çıkarın beni!" diye bağırdı.

Bir motor çalıştı. Kamyon gibi eski bir araçtı. Mermi ileri doğru yuvarlanıp sekerken altındaki zemin sallanmaya ve takırdamaya başladı.

Dışarıdaki konteyner duvarlardan sekiyordu. İçeride o kadar dar bir alandaydı ki fazla hareket yoktu. Bir merminin içinde sıkışıp kalmanın bir avantajı da buydu.

Araç bir şeye çarptı ve E-Z'nin kafası o şeyin tepesine değdi. Bağırdı ama sesi kesildi. Metal konteyner tekrar hareket etti, yana doğru. Bir şeye çarptı, sonra eski konumuna geri döndü. Çarpmanın etkisiyle omzu a ğrıyordu.

E-Z bunun bir Eriel görevi olup olmadığını merak etti ama olamayacağına karar verdi. Kaçırıldığı ve esir tutulduğu sonucuna varmaya başladı. Ama neden şimdi?

"Hey!" diye bağırdı metal nesne yuvarlanıp düz tabana indiğinde - poposunun olduğu yere. Şimdi ağırlık daha eşit bir şekilde dağılmıştı. Rahattı. Ya da bu şartlar altında olabileceği kadar rahattı. Bu yüzden, araç tamamen durana ve kendisi uçtan uca devrilene kadar hareketsiz kaldı.

Derin bir nefes aldı, kendini sakinleştirdi ve kelimeleri yüksek sesle söyledi,

"Roch-Ah-Or, A, Ra-Du, EE, El."

Beklerken sordu, "Neredesin, Eriel?

Roch-Ah-Or, A, Ra-Du, EE, El?"

"Beni sen mi çağırdın?" Eriel söyledi. Sesi net ve berraktı ama görünmüyordu.

"Evet Eriel, sanırım kaçırıldım. Bir konteynırın içindeyim. Bana yardım edebilir misin?"

"Her zaman nerede olduğunu biliyorum," dedi Eriel. "Sorman gereken soru sana yardım edip edemeyeceğim."

"Beni 7/24 gözetim altında tuttuğunuzu bilmiyordum!" E-Z her geçen dakika daha da sinirlenerek haykırdı. Birkaç derin nefes aldı ve kendini sakinleştirdi. Eriel'in yardımına ihtiyacı vardı ve başmelek bunu onun için kolaylaştırmayacaktı. "Bu şeyin sürücüsünü göremiyorum ve kanatlarımı uzatamıyorum. Ve sandalyem nerede? Burada havam tükeniyor. Senin için o denemeleri bitirmemi istiyorsan, beni buradan hemen çıkarsan iyi e dersin."

"Önce melek olup olmadığımı sorgulayarak bana hakaret ediyorsun, sonra da sana yardım etmem için yalvarıyorsun. İnsanlar gerçekten de çok vefasız yaratıklar."

"Biliyorum. Özür dilerim. Lütfen bana yardım edin."

"Hiç düşündün mü," diye önerdi Eriel. "Bunun bir imtihan olduğunu? Kendi başına üstesinden gelmen gereken bir ş ey?"

"Bana bunun kesinlikle bir imtihan olduğunu mu söylüyorsun?"

"Öyle olduğunu söylemiyorum. Ben de değil demiyorum," dedi Eriel kıs kıs gülerek.

E-Z öfkeden kuduruyordu. Hadz ve Reiki'yi çok özlemişti.

"Hâlâ o iki salağı düşünüyor olman çok üzücü. Şimdi E-Z, eğer bu bir deneme olsaydı, o zaman kendini bundan nasıl kurtarırdın?"

"Öncelikle, sen neredeyse dünyayı öldürüyorken onlar benim için geldiler. İkincisi, bu bir duruşma olamaz çünkü yardım edebileceğim kimse yok."

Eriel güldü. "Kendini hiç kimse olarak mı görüyorsun?" Eriel durakladı. "Bugün kendini ve sadece kendini kurtarıyorsun. Elindeki araçları kullan." Tereddüt etti ve sonra tekrar güldü. "Metal kabın dışında düşün." Kahkahası metal merminin içinde o kadar yüksekti ki E-Z'nin kulaklarını acıttı. Kulaklarını kapattı. Sonra Eriel'i bir d aha duymadı.

E-Z gözlerini kapadı ve konsantre oldu. Yumruklarını sıkmaya ve duvarları birbirinden ayırmaya karar verdi. Ne kadar uğraşırsa uğraşsın duvarlar kımıldamıyordu. B planı sandalyesini çağırmaktı, o da bunu yaptı. Çok uzakta olmadığını hayal etti. Acaba yukarıda asılı duruyor ve E-Z'nin onu çağırmasını mı bekliyordu? Sandalyesini çağırmaya o kadar konsantre olmuştu ki, dışarıda birinin yürüdüğünü fark etmedi. Kaldırımdaki ayak sesleri. Bir adam, botlarını vuruyordu. Adam aracın arkasına doğru ilerliyordu. Bir anahtar içeri girdi. Kapı açıldı.

"Burada yuvarlanıp duruyor," dedi adam.

Bir kahkaha. Eriel'in kahkahası değildi. Başka bir adamın kahkahası.

Sonra bir çığlık.

Sonra daha fazla çığlık.

Sonra kaçış. Kaçış.

Daha fazla çığlık.

Sonra hareket. Konteyner hareket ediyor. Tekerlekli sandalyesine kaldırılıyor.

Sonra yukarı, daha yukarı, daha yukarı. Güvenli bir yere doğru.

"Teşekkür ederim," dedi E-Z sandalyesine. "Şimdi beni eve, Sam Amca'ya götür."

E-Z, Sam Amca'nın onu konteynırdan çıkarabileceğini biliyordu. Dev bir konserve açacağına ihtiyacı vardı ama eğer varsa, Sam Amca onu bulabilirdi.

Yine de tekerlekli sandalyesi ters yönde hızla uzaklaştı.

İKİNCİ KİTAP:

ÜÇ

BÖLÜM 1

E-Z Dickens'ın yaşadığı yerden çok uzakta, küçük bir kız dans ediyordu. Bale dersleri Hollanda'nın merkezi iş bölgesindeki küçük bir stüdyodaydı.

Altın sarısı saçları, burnu ve yanakları boyunca uzanan çilleri ile güzel bir çocuktu. En akılda kalıcı özelliği ela yeşili gözleriydi. Rengi büyükannesininkiyle aynıydı. Hayali bir gün Hollanda'nın en ünlü balerini olmaktı.

Pembe tütüsü tülden yapılmıştı. Tasarımcılar tarafından profesyonel dansçılar için kullanılan ağ benzeri, hafif bir kumaştı. Tütüsü dadısı tarafından onun için tasarlanmış ve dikilmişti. Kostüm başlı başına bir sanat eseriydi; öyle ki sınıftaki her çocuk bir tane istiyordu.

Lia'nın dadısı Hannah, diğer ebeveynlerden kızlarına da aynı tütüden yapmaları için pek çok talep aldı. Çocuklara, ebeveynlerine, öğretmenlerine ve diğer pek çok kişiye, fazladan iş yapacak zamanı olmadığını kesin bir dille söyledi. Yine de parayı kullanabilirdi.

Hannah yaptığı her şeyi vasisi Lia'yı sevdiği için yapıyordu. Lia, ona kleintje diyordu, yani küçük olan.

Bale dersi bitmek üzereyken Lia ayakkabılarını topladı. Ağrıyan ayaklarını ovuşturdu.

Tüm bale dansçılarının - Lia gibi yedi yaşındaki çocukların bile - haftada en az yirmi saat antrenman yapması gerekiyordu.

Tam bir okul müfredatının üzerine eklenen bu çalışma, özveri ve bağlılık gerektiriyordu. Ayak uydurabilen çocuklara derhal kapı gösteriliyordu. Aileleri onları programda tutmak için ne kadar para ödemeyi teklif ederse etsin.

Lia bir gün idolü, tüm zamanların en ünlü Hollandalı balet Igone de Jongh ile tanışmayı umuyordu. İdolü emekli olduğundan beri Lia onun gösterilerini televizyondan izliyordu.

Hafta içi Lia'ya Hannah bakıyordu. Lia'nın annesi Samantha hafta içinde iş için seyahat ediyordu.

Dans stüdyosunun dışında Hannah ve Lia Volkswagen Golf'e bindiler. Yakında evde olacaklardı.

"Ev ödevin var mı?" diye sordu Hannah.

Lia başıyla onayladı.

"Goed," iyi olarak tercüme edildi. "Ben akşam yemeğini hazırlarken git ve başla," dedi Hannah.

Lia, "Tamam," diye cevap verdi.

Lia hemen odasına gitti ve bale kıyafetini astıktan sonra masasının başına geçip çalışmaya başladı.

Okulda Cadı Ağacı efsanesini öğreniyorlardı. Görevleri ağacı çizmek ve onunla ilgili büyülü bir şey yaratmaktı. Tebeşirle bir taslak çizmeye niyetlendi. Sonra kökler için boru temizleyicileri ve sihirli unsur için yapraklarda sim kullanacaktı.

Sanat için doğal bir yeteneği olmasına rağmen, onu yaratmaktan hoşlanmıyordu. Onun tercihi danstan yanaydı. Şikayet etmez ya da özellikle sevmediği görevleri reddetmezdi. İtaatsiz ya da yıkıcı olmak onun doğasında yoktu.

Lia Hollanda'nın Zumbert kentinde yaşamasına rağmen uluslararası bir okula devam ediyordu. İngilizcesi mükemmeldi. Zumbert, Vincent Van Gogh'un doğum yeri olarak tüm dünyada ün salmıştı. Lia Van Gogh hakkında her şeyi biliyordu çünkü onunla damarlarında aynı kan dolaşıyordu.

Ödevini tamamladıktan sonra bilgisayarını açtı. Açtı ve bir oyun oynadı. Bir sonraki seviyeye ulaşmak sadece birkaç dakika alacaktı. Hannah birazdan onu avondeten (akşam yemeği) için aşağı çağıracaktı.

Kimsenin bilmesine gerek yok, dedi zihninin gerisindeki küçük bir ses. Lia bu sesi dinledi ama kimsenin öğrenmediğinden emin olmak için yatak odasının kapısını kapattı.

Parmakları klavyeyi tıklarken masasının üzerindeki ampul bir patlamayla söndü. Dizüstü bilgisayarını kapattı ve kapısını tekrar açtı. Koridordan aşağıya, yedek halojen ampullerin olduğu yere baktı. Dadı merdivenlerin başındaki keten dolapta bir miktar bulunduruyordu. Lia'nın tek yapması gereken dışarı çıkıp bir tane almak, geri dönüp ampulü kendisi değiştirmekti. O zaman oyununu oynamak için daha fazla zamanı olacaktı.

Odasına döndüğünde durumu değerlendirdi. Tekerlekli olan masa sandalyesinin üzerinde durması gerekiyordu. Sabitlemek için yatağa doğru sıkıca itecekti. Evet, bu işe yarayacaktı.

Sandalyeyi aydınlatma armatürünün altına sabitleyerek üzerine tırmandı. Yeni ampulü çenesinin altında tutarak eskisini söktü. Yanmış ampulü yatağın üzerine fırlattı. Diğer ampulü çenesinin altından alıp yerine taktı.

ÇAT!

Yeni ampul patladı.

Çoğunlukla küçük boyutlarda olan cam parçaları etrafa saçıldı. Küçük kızın yüzüne ve gözlerine doğru.

Lia hemen çığlık atmadı, çünkü odayı dolduran mavi bir ışık zamanın durmasına neden oldu. Işık, yüzünün hizasına kadar ilerleyerek onu çevreledi.

ŞİŞ!

Küçük kızın gözlerini inceleyen minik meleksi bir yaratık belirdi. Sonra onarılamayacak kadar hasar gördüklerine karar vererek fısıldadı: "Üç kişiden biri olacak mısın?"

"Ja," evet olarak tercüme edildi, dedi Lia. zaman durduğunda.

Adı Haniel olan melek geldi. Camı çıkarırken Lia'ya sakinleştirici bir ninni söyledi.

İngilizce şarkı sözleri şöyleydi:

"Kederli, üzgün küçük bir kız oturdu

Nehir kıyısında.

Kız kederinden ağlıyordu.

Çünkü anne ve babası ölmüştü."

Hollandaca şarkı sözleri şöyleydi:

"Asn d'oever van de snelle vliet

Eeen treurig meisje zat.

Het meisje huilde van verdriet

Omdat zij geen ouders meer had."

Neyse ki küçük Lia uyuyordu da ninninin sözleri onu korkutmamıştı.

Haniel, Lia'nın yaralarının en kötü kısmıyla ilgilenmeyi bitirdiğinde ellerini kalçalarına koydu ve şarkı söylemeyi bıraktı. Görevi neredeyse tamamlanmıştı, şimdi tek yapması gereken çırağının yeni gözlerinin temellerini atmaktı.

Lia'nın iki küçük eli yumak haline gelmişti. Sıkı küçük yumruklar. Haniel kanatlarının kapalı parmakları nazikçe okşamasına izin vererek onları açmaya ikna etti.

Lia'nın avuç içleri açıldığında, melek Haniel işaret parmağını kullanarak her iki avuç içine bir göz şekli çizdi. Parmakların üzerine, avuç içinden parmağın ucuna kadar uzanan tek bir çizgi çizdi. Görevini tamamlayan melek Haniel, Lia'yı alnından nazikçe öptü ve ardından

SWISH!

kayboldu.

Zaman yeniden başladı ve bizim cesur küçük Lia hâlâ çığlık atmıyordu. Şok, savunma mekanizması olarak vücudunuza bunu yapar ve zamanı durdurarak acı da durdu. Lia nihayet çığlık attığında, duramadı. Ambulans geldiğinde de. Ya da çığlık korosuna siren sesleri de katılarak sedyeyle araca bindirildiğinde. Ya da sedyeyle hastaneye götürüldüğünde. Hissedebildiği ama göremediği yüzüne büyük bir ışık tuttuklarında da.

Onu sakinleştirdiklerinde çığlık atmayı bıraktı. Sonra kalan camı çıkarmak için en son teknolojiyi kullandılar. Ancak camın her parçası çoktan çıkarılmıştı. Cerrahlar devam edip gözlerini bandajladıktan sonra iyileşmesi için odasına götürdüler.

Ameliyattan sonra Lia'nın annesi Samantha geldi. Londra'dan kırmızı göz uçağıyla gelmişti. Kızı uyurken cerrahla görüştü.

"Üzgünüm ama bir daha asla göremeyecek," dedi cerrah.

Lia'nın annesi feryat etme isteğini bastırmak için yumruğunu ağzına bastırdı.

Doktor, "Braille alfabesini öğrenebilir ve görme engelliler için bir okula gidebilir. Öğrenmek için mükemmel bir yaşta ve bilgiyi içine çekecek. Kısa bir süre içinde imza atmak onun için ikinci doğa olacak."

"Ama kızım balet olmak istiyor. Hiç kör bir profesyonel dansçı gördünüz mü ya da duydunuz mu?"

"Alicia Alonso kısmen kördü. Bunun onu engellemesine izin vermedi."

Lia'nın annesi uyuyan kızının elini okşadı. "Teşekkür ederim, internette onunla ilgili ayrıntıları bulacağım. Yedi yaş bir hayalden vazgeçmeye zorlanmak için çok küçük bir yaş."

"Katılıyorum. Şimdi sen de biraz dinlen. Lia yakında uyanacak ve onun için güçlü olmana ihtiyacı olacak. Ona söyleyeceğin zaman için. Benim de burada olmamı istersen, haberim olsun."

"Teşekkür ederim Doktor, önce kendim halletmeye çalışacağım."

Kapı kapanırken Lia'nın annesi kızının yüzündeki izlere dokundu. Bıraktığı izler kızgın yağmur damlalarına benziyordu. Sonra Lia'nın uyuyan dadısı Hannah'ya baktı. Su almak için yanından geçerken, onu uyandırmak için yanlışlıkla sol ayakkabısına tekme atmıştı. "Dışarı!" dedi, Hannah esnerken.

Şimdi koridorda, Lia'nın annesi Samantha duygularını kendini tutmadan serbest bıraktı. "Bunun bebeğimin başına gelmesine nasıl izin verirsin? Nasıl izin verirsin!? Bir dakika önce bir iş toplantısındaydım - sonra iş seyahatimi kısa kesmek ve Londra'dan kalkan ilk uçağa yetişmek zorunda kaldım! Ne oldu? Nasıl oldu bu?"

"Bale dersinden yeni dönmüştük. Ben yemek hazırlıyordum, Lia da ev ödevini bitiriyordu. Ampul yanmış olmalı. Koridordaki dolaptan başka bir tane aldı ve kendisi değiştirmeye çalıştı ve patladı. Çığlık attığında saniyeler içinde oradaydım ve ziekenwagen (ambulans) hemen geldi. Gözlerinin iyi olması ve iyileşmesi için dua ediyordum."

"O zaman uykunda dua ediyorsun, öyle mi?" Samantha cevap beklemeden sordu. "Artsen (doktorlar) bir daha asla göremeyeceğini söylüyor," dedi Samantha, konuşmasında kaba bir zehirle.

$$***$$

BusıradaLia bir rüyadaydı ve bir melekle uçuyordu. Kollarını onun boynuna dolamış, göğsüne sokulmuştu. Tekerlekli sandalyenin havadaki hareketi onu sallıyor ve rahatlatıyordu.

Sonra zihni döndü ve yukarıdan aşağıya metal bir konteynere bakıyordu. Konteyner, kanatları olan bir tekerlekli sandalyenin koltuğunda oturuyordu. Bilmediği bir yere götürülüyordu.

Önce sağ elini, sonra da sol elini kaldırdı ve elleriyle konteynerin içinde bir melek/çocuk olduğunu görebildi. Nazik bir yüzü vardı, gözleri gökyüzünden daha maviydi ve karanlıkta olmasına rağmen onları parıldatan altın lekeleri vardı. Saçları, şakaklarında biraz kırlaşma dışında çoğunlukla sarıydı. Ama en tuhafı ortasından aşağıya doğru inen siyah bir çizgiydi. Bu, çocuğun daha yaşlı görünmesini sağlıyordu.

Tekerlekli sandalyenin koltuğunda oturan konteynırdaki melek/çocuk rüyasındaki küçük kıza yaklaştı. Kız konteynere dokundu ve dokunduğunda içindeki meleğin/çocuğun kalp atışlarını hissedip duyabildi. Sadece bu da değil, aynı zamanda onun düşüncelerini ve duygularını da okuyabiliyordu.

Lia uyandı ve haykırdı: "Anne! Hannah! Çabuk gel!"

"Buradayım hayatım," dedi annesi, kızının başucuna doğru ilerlerken.

Hannah gözlerini sildi ve tekrar odaya girdi.

"Annenin suçu Hannah'ya yüklemesinin zamanı değil. Bu bir kazaydı. Ayrıca, yardımımıza ihtiyaç var. Lütfen bana biraz kâğıt ve kalem bulun - ŞİMDİ."

"Sayıklıyor!" Samantha haykırdı. Kızının alnında ateş olup olmadığını kontrol etti. İyi görünüyordu.

Hannah çantasından istediği malzemeleri çıkardı ve Lia'nın eline tutuşturdu.

Lia hiç tereddüt etmeden çizmeye başladı. İlham almış bir sanatçı gibi kâğıdı karalıyordu. Samantha ve Hannah merakla bakıyorlardı.

Çizdiği ilk resim, mermi şeklindeki metal bir kabın içindeki bir çocuktu. Konteyner bir tekerlekli sandalyenin koltuğunda duruyordu ve tekerlekli sandalyenin kanatları vardı. Melek kanatları. Lia sayfayı çevirdi ve içerideki çocuğun/meleğin tüm açılardan resmedildiği ikinci bir resim çizdi. Her yönden. İlk resimden sonra çılgınca daha birçok resim çizdi ve sonra onları havaya fırlattı.

Resimler, sanki bir rüzgâra kapılmış gibi, odanın içinde dans ediyor, önce yukarı, sonra aşağı, sonra da dört bir yana uçuyorlardı. Sanki sihirli bir büyünün etkisi altındaydılar. Resimlerden biri dadıyı kovalayınca dadı çığlık atarak odadan kaçtı.

Lia yumruklarını sıkıca kapattı, sonra duyulmayan bir şeyler mırıldandı.

"Doktoru çağırayım mı?" diye sordu histerik annesi. "Bebeğim, hayır, zavallı bebeğim!"

Hannah titreyerek geri döndü ve Lia'nın tekrar uykuya dalmasını izledi.

İki kadın çocuğun başucunda oturdu. Sonunda kendileri de uykuya dalana kadar onun huzur içinde uyumasını i zlediler.

Lia doğuştan sahip olduğu ela renkli gözleriyle göremiyordu. Onların yerini avuç içlerindeki gözler almıştı.

Avuç içine yerleştirilen yeni gözleri bir gözün sahip olduğu her normal parçayı içeriyordu. Göz bebeği, iris, sklera, kornea ve gözyaşı kanalı gibi. Her avuç içi gözünün bir göz kapağı vardı. Üst kısım parmakların bittiği yerden başlıyordu. Alt kısım ise bileğin başladığı yerde biterdi.

Kirpiklere gelince, her parmağın üzerinde bir saç çizgisi dövmesi vardı. Göz kapağının üstünden tırnağın başladığı yere kadar, tıpkı başparmakta olduğu gibi.

Bu iyi bir şeydi, çünkü hiçbir genç kız üzerinde kıl biten parmaklar istemezdi.

Özellikle de Lia gibi bir gün büyük bir balet olmayı uman küçük bir kız.

BÖLÜM 2

Uyandığındaavuç içleri çok kaşınıyordu. Aslında, daha önce hiç olmadıkları kadar kaşınıyorlardı. Bu da ona büyükannesinin bir zamanlar söylediği bir şeyi hatırlattı. Büyükannesi, sağ elin kaşındığında bunun bol miktarda para kazanacağın anlamına geldiğini söylerdi. Eğer sol elin kaşınırsa, bu para kaybedeceğin anlamına gelirmiş. İki avucun da aynı anda kaşınırsa ne olacağını hiç söylemedi.

Konteynıra hapsolmuş meleğin/çocuğun bir anlık görüntüsü onu gerçekliğe geri çekti. Avuçlarını açtı, kaşımaya hazırlanıyordu. Bunun yerine, avuçlarında yansıyan kendisini görünce şok oldu. Sanki bir selfie için poz veriyormuş gibi gülümsedi.

Rüya görüp görmediğinden hala yüzde yüz emin değildi, iki avucunu da kendisinden uzağa çevirdi. Niyeti odanın panoramik bir görüntüsünü almaktı.

Sanki bir akvaryumun içinde yüzüyormuş gibi dekore edilmişti. Palyaço balıkları ve Japon balıkları birbirlerinin kuyruklarını kovalamakla meşguldü. Hannah'yı bulana kadar ellerini odada gezdirmeye devam etti. Sonra annesini buldu. Sevinç içinde ciyakladı.

Lia'nın annesi Samantha da Hannah gibi ayağa fırladı.

"Ne oldu bebeğim?"

"Anneciğim? Seni görebiliyorum."

"Elbette görebiliyorsun hayatım."

"Bana inanıyor musun?"

"Evet, tabii ki sana inanıyorum. Ama bana bir şey söyle, daha önce neden kanatlı bir tekerlekli sandalye çizdin? Tekerlekli sandalyelerin kanatları olmaz."

Yeni gözlerimi görmüyor, diye düşündü Lia. "Seni seviyorum anne, ama bazı tekerlekli sandalyelerin kanatları var ve bazı melekler kanatlı tekerlekli sandalyelerle uçuyor."

"Ben de seni seviyorum bebeğim," diye cevap verdi. "Hangi çocuk/melek? Rüya mı gördün?"

"Bir erkek melek var," dedi Lia.

"Erkek melek mi? Nerede bebeğim?"

Lia avuçlarını açtı ve melek çocuğu düşündü. O kadar çok düşündü ki, onu görebiliyor, duyabiliyor, zihninde varlığını hissedebiliyordu. "Melek/çocuk buraya beni görmeye geliyor," dedi.

"Buraya mı canım?" diye sordu annesi, omuzlarını silkmiş olan dadısına doğru bakarak.

"Evet, melek çocuğun yardımıma ihtiyacı var. Ta Kuzey Amerika'dan beni görmeye geliyor."

"Resimleri çizerken," diye sordu Hannah, "melek/çocukla ilgili bir anından mı yola çıktın?"

"Yoksa bir rüyadan mı?" diye sordu annesi.

"Rüya olarak başladı ama şimdi uyanıkken de onu görebiliyorum."

"Eğer beni görebiliyorsan bebeğim, üzerimde ne var?"

"Seni görebiliyorum anneciğim, eski gözlerimle değil. Ama yeni gözlerimle. Kırmızı bir elbise giyiyorsun, boynunda inciler var."

Odasının önünden geçen yaşlı bir hasta, avuçlarını önünde açmış bir çocuk görünce olduğu yerde durdu. Bu o, diye düşündü ve bunu doğrulamak için uzun süre beklemesi gerekmedi. Çünkü Lia başka birinin varlığını hissederek sol avucunu kapıya doğru çevirmişti. Yaşlı adam onun avucunun yanıp söndüğünü gördü, sonra da g örüş alanından çıktı.

Hannah, Lia'nın dikkatini kapıdan başka yöne çevirerek, "Tahmin ediyor," dedi.

Bir hemşire geldi ve onu daha önce hiç görmemiş olan Lia, "Merhaba Hemşire Vinke," dedi.

"Daha önce tanışmış mıydık?" Hemşire Heidi Vinke sordu.

Lia kıkırdadı. "Hayır ama isimliğinizi okuyabiliyorum."

"Yeni gözleriyle görebildiğini söylüyor," dedi Lia'nın annesi.

Hemşire Vinke küçük kız yerine annesiyle ilgilenerek, "İşte, işte," diye cevap verdi. Hemşire Vinke annesiyle özel olarak konuşmak için onu dışarı çıkardığında çocuk buna aldırmadı.

"Bu şartlar altında kızınızın hayal gücünü kullanması normal, görme yetisini kaybetti. Başına korkunç bir şey gelmiş olmasına rağmen o mutlu bir çocuk."

Samantha başını salladı ve ikisi birlikte Lia'nın yanına döndüler.

Hemşire Vinke küçük kızın nabzını tutarak, "Yorgun olmalısın," dedi.

"Yorgun değilim," dedi Lia. "Daha yeni uyandım ve tekrar uyumak istemiyorum. Eğer şimdi uyursam onu kaçırabilirim."

"Kimi özleyebilirsin?" Vinke küçük kızı yatırırken sordu.

"Neden, çocuğu/meleği," dedi Lia. "Şimdi yaklaşıyor. Neredeyse geldi - ve yardımıma ihtiyacı var. Onunla tanışmak için sabırsızlanıyorum. Sırf beni görmek için çok ama çok uzun bir yol kat etti."

"İşte, işte, çocuğum," diye mırıldandı Vinke. Lia'nın koluna uyku getirici ilaçla dolu bir iğne batırdı.

Lia itiraz etti ama sonra hemen uykuya daldı.

"İyi geceler bebeğim," diye mırıldandı annesi.

Yaşlı adam odasına döndüvetelefonu açtı. Sonra bir dış hat istedi.

"O burada," diye fısıldadı telefona. "Onu kendi gözlerimle gördüm - tam burada, odamın koridorunun sonundaki hastanede."

Sessizlik oldu, sonra diğer uçtan bir tık sesi geldi. Yaşlı adam yatağa girdi. Uzaktan kumandayla televizyonu açtı.

En sevdiği programı: Şimdi ya da Neverland (Fear Factor olarak da bilinir) yeni başlıyordu. Bu haftaki bölümde o çılgın aptalların neler yapacağını görmek istiyordu.

BÖLÜM 3

Gümüş merminin içinde sıkışıp kalan E-Z artık kendini o kadar da yalnız hissetmiyordu. Çünkü zihninde küçük bir kızla konuşuyordu.

Kız zihnine bir ışık parlaması ve bir çığlık eşliğinde gelmişti. Kız yaralanmıştı. Melek Haniel'in ona yardım edişini izledi. Haniel camı çıkarırken küçük kıza bir şarkı söylerken onu dinledi.

Ardından gelen şey beklenmedikti. Melek Haniel küçük kızın avucuna ve parmaklarına çizgiler çizdi. Haniel çocuğa yeni bir görme yetisi hediye etti. Ve avuç içi gözleri.

Küçük kızın kaderinin kendi kaderiyle bağlantılı olduğunu hemen anladı.

İlk başta, onu zihninde görebilmesine rağmen, onunla iletişim kuramadı. Sanki zihninde ses olmadan bir televizyon programı izliyormuş gibiydi. Sonra, çocuk rüya gördüğünde, kadın ona geldi ve ellerini içinde sıkışıp kaldığı kurşunun üzerine koydu. O zaman çocuk kadının ne bildiğini, kadın da onun ne bildiğini biliyordu ve birbirlerine b ağlıydılar.

Kızın ona söylediği ilk sözler "Karanlığı sevmiyorum" olmuştu.

E-Z şöyle cevap vermişti: "Korkma. Ben buradayım. Benim adım E-Z. Peki senin adın ne?"

"Benim adım Cecilia," diye yanıtladı çocuk. "Ama arkadaşlarım bana Lia der. Siz de bana Lia diyebilirsiniz. Ben yedi yaşındayım. Sen kaç yaşındasın?"

E-Z çocuğun daha küçük olduğunu düşünmüştü. "On üç yaşındayım," dedi çocuk. "Kuzey Amerika'danım."

"Ben Hollanda'da yaşıyorum," dedi Lia.

Lia avuç içi gözlerini kullanarak çelik merminin içindeki adama bakarken ikisi de sessizdi.

"Orada ne yapıyorsun?" diye sordu.

E-Z cevap vermeden önce düşündü. Bir başmelek tarafından deneme amacıyla kaçırıldığına dair gerçek hikâyeyi anlatarak çocuğu korkutmak istemiyordu. Ona gerçeği söylemek istiyordu ama çok küçük olduğu için gerçeği kaldırabileceğinden emin değildi.

"Buraya neden getirildiğimden tam olarak emin değilim ama sanırım seninle tanışmak için getirildim" dedi. Duraksadı, başını kaşıdı ve "Eriel'i tanıyor musun?" diye sordu.

Lia onun kendisini görmeye gelmesinden gurur duydu ama onun yararına böyle bir şekilde nakledilmesinden endişe etti. "İsteğiniz dışında benimle buluşmak için bu yolu kat etmek zorunda bırakıldıysanız çok üzgünüm. Oh ve hayır, bu isim bana tanıdık gelmiyor."

E-Z Lia'yı çok merak ediyordu. Hollandalı olduğunu söylediğine göre, İngilizcesinin bu kadar mükemmel olması onu son derece etkilemişti.

"Seni hissettim ama gözlerim, yeni gözlerim büyüyene kadar seni göremedim. Ondan önce düşüncelerini okuyabiliyordum. Sen benimkileri okuyabilir misin? Oh, İngilizcem için de teşekkür ederim."

"Sana ne olduğunu gördüm, kazayı. Yaralandığınız için çok üzgünüm. Bu şey yüzünden sana yardım edemedim." Yumruklarını duvarlara vurdu. Gürültü yankılandıkça kulaklarını kapattı. "Rüya gördüğünde benimleydin. Kafamın içinde."

Lia sağ yumruğunu kapattı, sol yumruğunu açık bırakıp dış duvara dokundurdu. Avuç içi göz kırparak açıldı, sonra kapandı, açıldı, sonra kapandı. Hiçbir şey söylemedi ama transa geçmiş biri gibi önüne baktı.

E-Z bu sırada ona hikâyesini anlatmaya karar verdi.

"Ailem bir araba kazasında öldü. Ben de bacaklarımı kullanamaz hale geldim."

Orada durdu. Ona ne kadarını anlatması gerektiğini merak ediyordu.

Bu tereddüt onun için karar vermesini sağladı.

Mışıl mışıl uyuyordu.

BÖLÜM 4

Hastaneyedöndüklerindeyeni bir doktor göreve başlamıştı. Lia'nın dosyasına kısaca baktı. Cecelia'nın hâlâ uyuduğunu görünce annesine fısıldadı.

"Kızınızı başka bir tarama için ikinci kata götürmemiz gerekiyor."

"Bu acil mi?" Lia'nın annesi sordu. "O kadar huzurlu uyuyor ki, onu uyandırmak yazık olur."

İsim etiketi ceketinin yakası tarafından kapatılmış olan doktor gülümsedi. "Onu uyandırmaya gerek yok. Uyurken onu makineye yerleştirebiliriz. Bazı hastalar, özellikle de genç olanlar bu yolu tercih ediyor."

Samantha saatine baktı. "Elbette, onunla birlikte aşağı ineceğim."

"Gerek yok," dedi doktor. "Birazdan asistanlarım gelecek. Kendinize bir sandviç ya da bir fincan papatya çayı almak için zamanı değerlendirin - karım bu şeylere yemin eder. Rahatlamasına ve uyumasına yardımcı oluyor."

İki görevli geldiğinde Samantha "Teşekkür ederim," dedi. Sokak kıyafetleri giymiş iki iri yarı adam Lia'yı yataktan kaldırıp tekerlekli bir sedyeye yerleştirdi. Doktor sedyenin altından bir battaniye çıkardı ve Lia'nın üzerine örttü. "Onu sıcak tutacağız ve kısa sürede geri döneceğiz. Kendinize bir çay ya da kahve ısmarlamak için bu zamandan yararlanmayı unutmayın."

Hannah uyumaya devam ederken Samantha kızını koridor boyunca iten görevlileri ve doktoru izledi. Şimdi asansör beklerken daha yakından izliyordu. Asansör kapıları kapandığında, içini kemiren bir duyguya aldırmadan koridor boyunca ilerledi. Kendi kendine acıktığını söyleyerek bu duyguyu bir kenara itti ve kafeteryaya doğru ilerledi. Çok kalabalıktı. Çoğunlukla önlük giyen personel vardı.

Çayını hazırlayıp yudumlarken, hiçbir personelin sokak kıyafeti giymediği aklına geldi.

"Affedersiniz," dedi doktorlardan birine. "İkinci katta ne var? Röntgenlerin ve vücut taramalarının çekildiği yer orası mı?"

Doktor başını salladı, "İkinci kat doğum koğuşu."

Samantha sandalyesinden kalktı, bunu yaparken sıcak çayını devirdi ve kucağına döktü. Çığlık attığında her yönden yardımcılar geldi.

"Kızım!" diye bağırdı. "Az önce bir doktor iki asistanıyla birlikte kızım Lia'yı sedyeyle götürdü. Bazı testler için onu ikinci kata götüreceklerini söylediler. Eğer ikinci kat doğum içinse, onu neden götürsünler ki?

Patlaması çok fazla dikkat çekiyordu. Bu yüzden, ilk etapta hitap ettiği doktor onu dışarı çıkarmaya ikna etti.

Lia'nın odasına döndüler. Samantha her şeyi daha ayrıntılı olarak anlattı. İyi ki saatine bakmıştı, böylece onlara her şeyin tam olarak ne zaman olduğunu söyleyebilecekti.

"Bu ciddi bir mesele," dedi Doktor Brown. "Bana bırakın. Hastanenin her yerinde güvenlik kameralarımız var. Belki de ikinci kat hakkında yanlış duymuşsunuzdur? Belki de şu anda yedinci katta biz konuşurken tarama yaptırıyordur. Bana bırakın. Burada bekleyin, en kısa zamanda size d öneceğim."

Samantha oturdu ve Hannah'ya her şeyi anlattı. Ton balıklı sandviçi paylaştılar ve endişelenmemek için kendilerini zor tuttular.

✳✳✳

Lia uyumaya devamederken, aslında doktor olmayan adam ve stajyer olmayan stajyerler binadan ayrıldılar. Bekleyen bir arabaya gittiler. Sedyeyi park yerinde bıraktılar.

Doktor Brown yöneticiyi toplantıya çağırdı. Kamera kayıtlarını kullanarak Lia'nın kaçırılışına tanık oldular. Polise haber verdiler ve aracın tarifini verdiler. Ne yazık ki kameralar plaka bilgilerini alamadı.

Hastane Yöneticisi Helen Mitchell, "Biraz bekleyelim," dedi. Birkaç gün içinde emekli olacaktı. "Küçük kızın annesini bilgilendirmeden önce. Onu endişelendirmek istemeyiz."

"Bunu yapamam," dedi Doktor Brown.

"Polis çocuğu kısa süre içinde geri getirebilir."

"Haklı olduğunuzu umuyorum. Yine de bu bir endişe kaynağı. Umarım fazla uzaklaşmazlar."

Telefon çaldı, polisti. Küçük kız için tüm noktalara bülten (APB) gönderdiler. Yakın zamanda çekilmiş bir fotoğrafını istediler.

Helen Mitchell, "Yeni çekilmiş bir fotoğraf istiyorlar," dedi.

"Bir tane bulmanın tek yolu annesine sormak," dedi Doktor Brown.

Brown gitmek için dönerken Helen başıyla onayladı.

"Onlara en kısa zamanda fakslayacağımızı söyle."

Helen, "Travma ekibinden birini göndereceğim," dedi. Sonra telefondaki polise, "Kız kör ve sadece yedi yaşında. Neden bu üç adam onu hastaneden bu şekilde çıkarmak için bu kadar zahmete girsinler ki?"

"Bir şey söyleyemem," dedi diğer uçtaki memur.

BÖLÜM 5

E-Z yeni arkadaşı Lia'da bir şeylerin yolunda gitmediğini hemen anladı. Hastane yatağında uyuması gerekiyordu ama yatağı hareket ediyordu. Bu d a ne?

Onu uyandırmayı düşündü ama uyandırsa bile ne yapabilirdi ki? Hayır, en iyisi onu bulup kurtarana kadar uyumaya devam etmekti. Zaten o da rüyasında bir bale dansı yaptığını görmekle meşguldü. Daha önce baleye pek ilgi göstermemişti ama bu küçük kızın yetenekli olduğu anlaşılıyordu. Ve sahnede hareket ederken ellerindeki gözleri kullanarak dans ediyordu.

E-Z kendini zihninde fazla çaba harcamadan kızın bulunduğu yere götürdü. İşte oradaydı, hareket halindeki bir aracın arka koltuğunda uyuyordu. Çok huzurlu görünüyordu, çünkü zihninde sevdiği bir şeyi yapıyordu - dans ediyordu.

Görüş açısını genişletti ve üç kafa gördü. Arabayı kullanan normal boyutlarda ve boydaydı. Diğer iki adam ise futbolculara benziyordu.

"Hızlan!" E-Z sandalyesine komut verdi ama sandalye çoktan komutu yerine getirmişti.

Kendisi hâlâ gümüş merminin içinde sıkışıp kalmışken ona nasıl yardım edecekti? Onu paramparça etmesi gerekiyordu - hem de bir an önce. Şimdiye kadar onu kırmak için harcadığı hiçbir çaba işe yaramamıştı.

Adamların onu neden kaçırdıklarını merak ediyordu. Onun güçlerini biliyorlar mıydı? Nasıl bilebilirlerdi? Çoğu hastanede güvenlik kamerası vardı, onu izliyor olabilirler miydi? Yine de hiç mantıklı gelmiyordu. O yedi yaşında kör bir kızdı. Ondan ne istiyorlardı?

E-Z gökyüzünde hızla ilerlerken, onu neden kaçırdıklarını merak etmekten kendini alamıyordu. Fidye istemeye mi niyetlenmişlerdi?

Her halükârda, eğer peşinde oldukları şey buysa, bu ona daha mantıklı geliyordu. Gördüğünü bilmelerinden daha iyiydi. Üstelik özel güçleri de vardı. Yine de bir numaralı önceliği kurşundan kurtulmaktı.

Çığlık attı. Daha önce birçok kez yaptığı gibi, "YARDIM!"

POP.

"Merhaba," dedi Hadz, E-Z'nin omzuna otururken. "Burada ne halt ediyorsun? Burası senin için çok küçük." Hadz gözlerini devirdi.

E-Z Hadz'i gördüğü için fazlasıyla heyecanlıydı. Küçük yaratığı yakaladı ve göğsüne sıkıca sarıldı.

"Kanatlara dikkat et," dedi Hadz.

E-Z yaratığın gitmesine izin verdi. "Gelip çağrıma cevap verdiğin için teşekkür ederim. Bu şeyden nasıl kurtulacağımı bulmama yardım etmene kesinlikle ihtiyacım var. Davamdan alındığını biliyorum ama Lia adında küçük bir kız var ve tehlikede ve bana ihtiyacı var. Yardım etmek zorundasın. Eminim Eriel anlayışla karşılayacaktır."

"Oh, o zaman bu işin içinde olmak istemiyorsun?" Hadz ordu.

"Hayır, burada olmak istemiyorum. Çıkmak istiyorum ama nasıl?"

"Sadece yap," dedi Hadz.

"Her şeyi denedim. Kenarlar kımıldamıyor. Bana yardım etmesi için Eriel'i çağırdım ama bu sefer tek başıma olduğumu söyledi."

"Ah, bu onun hoşuna gitmezdi. Yardım etmemem gerekiyor ama sana söyleyebileceğim tek şey şu: etrafını düşün."

"Bunun bir faydası yok," dedi E-Z, kendini tamamen kaybetmemeye çalışarak. "Sandalyeden beni Sam Amca'ya götürmesini istedim. O beni kesinlikle bu şeyden kurtaracaktı. Ama sandalye isteklerimi görmezden geldi. Şimdi küçük bir kızın başı dertte ve yardımıma ihtiyacı var. Eğer buradan çıkamazsam kendime de yardım edemem, kendime yardım edemezsem ona da yardım edemem. Lütfen. Bana buradan nasıl çıkacağımı söyle. Zapla beni ya da başka bir şeyle."

Yaratık başını salladı ve sonra merminin tepesine doğru uçtu. Ucuna dokundu. "Fiziği düşün. Eğer bir merminin içindeysen, ki bu şey ona benziyor, o zaman ateşlenmiş olmalısın. Ateşlenirsin. Doğru mu?"

E-Z seçeneklerini değerlendirdi. Sandalyeye onu yere doğru fırlatarak düşürmesini söyleyebilirdi. Yer onun düşüşünü kırabilirdi. Kurşunu yarabilir miydi? Risk almaya değer olduğuna karar verdi. "Tamam," dedi E-Z, "sandalyenin beni düşürmesini sağlamalıyım, değil mi?"

Yaratık güldü. "Çok komiksin, E-Z. Eğer bu yükseklikten düşersen, bu şey yere gömülür. Tabii çarpmanın etkisiyle patlamazsa. Ve sen de içindeyken." Tekrar güldü. "Ya da düşerken ölmedin. Ölseydin küçük kızı kurtaramazdın. Hey, hangi küçük kızdan bahsediyorsun sen?"

"Adı Cecelia, Lia ve Hollanda'da, şu anda bulunduğumuz yerden çok uzakta değil."

Hadz, E-Z'nin görmediği ve ulaşamadığı konteynerin ucunu hissetti. Yaratık onu itti. Silindir serbest kaldı ve bir lale gibi patlayarak açıldı. Hadz E-Z'nin mermiden çıkmasına yardım etti ve kısa süre sonra sandalyesinde oturmuş, yaratığı kucağında tutuyordu. E-Z'nin kanatları açıldı. Onları germek iyi hissettirdi.

E-Z, Kuzey Denizi'ne bıraktığı silindiri taşıyarak gökyüzünde havalandı.

Üçlü, E-Z, sandalye ve Hadz yüksek bir hızla uçtular ve arabanın hızla ilerlediği Kuzey Hollanda'ya doğru uçtular.

"Teşekkürler," dedi E-Z.

"Rica ederim," diye cevap verdi Hadz. "Bana ihtiyacın olursa diye buralarda olacağım."

"Harika!"

BÖLÜM 6

E-Z şimdi Zaandam'a yaklaşmakta olan arabaya yetişiyordu. Kontrol etti ve Lia hâlâ arka koltukta uyuyordu. Artık rüya görmüyordu, bu yüzden yakında uyanabileceğinden endişeleniyordu.

Tekerlekli sandalyesi rotasını değiştirdi, hızlandı ve arabaya sıfırlandı, sonra da üzerinde gezindi. Arabayı kullanan sahte doktor yan aynadan tekerlekli sandalyenin arkalarında olduğunu fark etti.

"Wat is dat vliegende contraptie?" diye sordu. (Çevirisi: Bu uçan alet de ne?"

İki haydut başlarını çevirdi.

Biri, "Ik weet het niet, maar versnel het!" (Çevirisi: Bilmiyorum ama hızlandırın!") dedi.

İkinci haydut güldü ve torpido gözünden bir silah çıkardı. (Çevirisi: Torpido gözü.) Mermi olup olmadığını kontrol etti. Kapağını kapattı ve mandalını tıkladı.

E-Z'nin tekerlekli sandalyesi bir gümbürtüyle arabanın tavanına indi.

Sürücü sert bir fren yaptı ve tekerlekli sandalyenin öne doğru kaymasına neden oldu. Ön camdan aşağı, öne doğru, sonra da kaputun üzerinden kaydı.

E-Z havalandı, havada asılı kaldı ve onlara doğru döndü.

"Bu da ne?" diye bağırdı sürücü, arabanın kontrolünü kaybedip savrulmasına ve zikzak çizmesine neden olurken.

E-Z ve tekerlekli sandalye havalanarak geri geri gittiler ve arabanın tamponuna tutunarak durmasını sağladılar.

Anında yolcu kapısı açıldı ve ateş edildi.

Arka koltukta Lia horlamaya devam etti.

Silahlı haydut kapıdan dışarı yuvarlandı, sonra dizlerinin üzerinde E-Z'ye ateş etmeye hazırlandı.

Hadz bir anda ortaya çıktı ve silahı haydutun elinden aldı. Ardından ellerini arkadan ve ayaklarını da rodeodaki bir dana gibi arkadan bağladı.

İkinci haydut doğruca E-Z'ye yöneldi, o da kemeriyle ona kement attı. Haydut yere düştü, böylece kemeri kolayca bacaklarına dolayabildi.

Adam zıplayarak kaçmaya çalıştı ama fazla uzaklaşamadı. Artık durdurulduğu için sandalyenin kafes mekanizmasını kullanarak doktora saldırdılar. Doktor yakalandı ve hareketsiz hale getirildi.

Hadz onu araçtan çıkarıp güvenli bir yere taşırken bile Lia tüm bunlar boyunca uyudu.

E-Z üç adamı arabanın arka koltuğuna yan yana yerleştirdi.

"Kimin için çalışıyorsunuz?" diye sordu.

Hadz uçarak geldi, "İngilizce anlamıyorlar." Adamlara E-Z'nin sorusunu tercüme etti. Sahte doktor cevap verdikten sonra Hadz tercüme etti. "Kimin için çalıştıklarını bilmediklerini söylüyor."

"Bu çok saçma. Hastaneden bir çocuk kaçırdılar. O zaman nereye götürdüklerini sor? Ve onu nasıl bulmuşlar?"

Hadz tercüme etti. Sahte doktor tekrar cevap verdi: "Bize onu rıhtıma götürmemiz söylendi ve orada onu bekleyen biri olacaktı. Tek bildiğimiz bu."

E-Z onlara inanmadı ama Hadz gerçekten de doğruyu söylediklerini teyit etti. "Onlarla ne yapmak istiyorsunuz?" diye sordu.

"Zihinlerini silebilir misin? Ve bağlı oldukları kişilerin zihinlerini de... Bu üçü makinenin dişlileri. Rıhtımdaki kişinin zihnini silmek istiyoruz. Böylece hepsi onu sonsuza d ek unutacak."

"Tamamdır," dedi.

"Vay canına, çok hızlısın!"

E-Z ve sandalyedeki Hadz hastaneye geri dönerken Lia da uyanmaya başlamıştı. Başını oynattı, rüzgârın saçlarını savurduğunu hissetti ve E-Z'nin göğsüne sokuldu. Sağ avucunu açtı ve arkadaşına, çocuğa/meleğe baktı. Güldü ve ona sıkıca sarıldı. E-Z'nin omzundaki küçük peri benzeri yaratığı fark ettiğinde, ona bakmak için avuç içi gözlerini k ullandı.

"Çok küçük ve sevimlisin," dedi.

"Seni tanıdığıma memnun oldum," dedi Hadz. "Ve teşekkür ederim."

Hastaneye doğru uçtular.

"Artık güvendesin," dedi E-Z.

"Ve artık o şeyin içinde değilsin," dedi Lia.

"Hadz çıkmama yardım etti," dedi E-Z kanatlarını çırparak.

"Nereden buldun onları?" Lia sordu. "Ben de biraz alabilir miyim?"

E-Z gülümsedi. Ona ne kadarını söylemesi gerektiğinden emin değildi. Çok fazla şey açıklarsa Eriel'in ne diyeceğinden endişeleniyordu. "Onları annemle babam öldükten sonra aldım."

"Ama neden?" diye sordu küçük Lia.

"İnsanları kurtarmaya başladım," dedi E-Z.

"Yani kurtardığın ilk kişi ben değil miyim?"

"Hayır, değilsin."

Hadz boğazını temizledi, bu E-Z'ye konuşmayı kesmesi için bir işaretti.

Sessizlik içinde uçmaya devam ettiler. Küçük kız E-Z'nin göğsüne sarılıyordu. Tekerlekli sandalye nereye gitmesi gerektiğini biliyordu. Hadz bir kez daha kendisine ihtiyaç duyulduğunu hissediyordu.

E-Z düşüncelerinde kaybolmuştu. Lia'yı kurtarmanın asıl sınav olup olmadığını merak ediyordu. Ya da kurşundan kurtulmanın görevi tamamlayıp tamamlamadığını. Belki de bire karşı ikiydi! O zaman kaç tane olurdu? Takip edebilmek için bunları yazması gerekiyordu. Günlüğünde de bunu yapıyordu ama son zamanlarda bir şeyler kaydetmeye pek vakti olmamıştı.

"Düşündüğünü duyabiliyorum," dedi Lia. Her iki avucunu da açmıştı. Bir yandan E-Z'nin dışarısını izliyor, bir yandan da içeride ne düşündüğünü dinliyordu. "Bu denemeler hakkında daha fazla şey bilmek istiyorum. Ve neden gözlerim yerine ellerimle görebildiğimi bilmek istiyorum. Sence bu Eriel bilecek mi?"

POP

Hadz cevap için beklemedi.

"Hastane aşağıda," dedi E-Z.

Sandalye yavaşça alçaldı ve hastanenin içine girdiler. E-Z ve sandalyenin kanatları gözden kayboldu. Koridor boyunca ilerledi ve Lia'nın odasını buldu. Annesi orada bekliyordu.

"Bu çocuğu tutuklayın," diye bağırdı Lia'nın annesi.

E-Z şaşkına dönmüştü. Neden onun tutuklanmasını istesin ki? Az önce kızını kurtarmıştı.

"Ama anne," diye başladı Lia.

Polis içeri girdi. E-Z'nin arkasına uzandılar ve ellerini kelepçelediler.

Onlar kelepçeleri kapatmadan önce Lia çığlık attı. Sonra avuçlarını açtı ve önüne doğru uzattı. Avuç içi gözlerinden kör edici beyaz bir ışık çıktı ve o ve E-Z dışında odadaki herkesin zaman içinde durmasına neden oldu. Küçük Lia zamanı durdurdu.

"Harika! Bunu nasıl yaptın?" Kelepçeler takırtıyla yere düşerken E-Z haykırdı.

"Ben, ben bilmiyorum. Seni korumak istedim. Seni kurtarmak için." Durdu, dinledi. "Biri geliyor, buradan çıkmalısın. Başka birinin geldiğini hissedebiliyorum ve sen gitmiş olmalısın."

"Biri mi?" E-Z sordu. "Kim olduğunu biliyor musun?"

"Bilmiyorum. Tek bildiğim, başka biri geliyor ve senin hemen gitmen gerekiyor."

"İyi olacak mısın? Sana zarar verecekler mi?"

"İyi olacağım - senin için geliyorlar - benim için değil. Hemen git buradan."

"Seni bir daha ne zaman göreceğim?" E-Z hastanenin camını kırıp dışarı uçarken sordu ve onun cevap vermesini bekledi.

"Beni her zaman göreceksin, E-Z. Biz birbirimize bağlıyız. Biz arkadaşız. Sen buradan çık, gerisini ben hallederim." Ona bir öpücük kondurdu.

Lia yatağa girdi, yorganı boynuna kadar çekti ve dünyayı bir kez daha harekete geçirmeden önce mışıl mışıl uyuyormuş gibi yaptı.

"Ne oldu?" diye sordu annesi.

Her şey yine yolundaydı. Lia zarar görmeden yatağındaydı.

E-Z kanatlanıp tekrar eve dönerken dünya daha önce olduğu gibi devam etti.

"Yardım ettiğin için teşekkürler Hadz," dedi E-Z, o gitmiş olmasına rağmen. Her nasılsa, Hadz her neredeyse onu duyabildiğini biliyordu.

BÖLÜM 7

E-Z gökyüzünde uçarken açlıktan ölmek üzere olduğunu fark etti. Altında Big Ben vardı. İnmeye ve kendine biraz İngiliz balığı ve cipsi almaya karar verdi.

Sandalye alçalırken, beyaz bir minibüsün yolda hızla ilerlediğini fark etti. Bir okula paralel gidiyordu. Araçlarda ve yaya olarak çocuklarını almak için bekleyen ebeveynler gördü.

Minibüs köşeyi döndüğünde hızlandı.

Tekerlekli sandalyesi öne doğru savrularak aracın arkasına düştü. Okula yaklaştıkça sürüş daha da pervasızlaşıyordu. Çocuklar dışarı çıkmaya başladı.

E-Z minibüsün arkasına tutundu. Tüm gücünü kullanarak bir gıcırtıyla aracı durdurdu.

Sürücü gaza bastı ve uzaklaşmaya çalıştı. Hiç şansı yoktu. Kendilerini neyin ya da kimin tuttuğunu göremiyorlardı.

E-Z bagajın kilidini kırdı, içeri uzandı ve aktarma kablolarını çıkardı. Sandalye öne doğru savruldu ve aracın tavanına indi. E-Z takviye kablolarını kabin kapılarını bağlamak için kullandı. Sürücü dışarı çıkamadı.

Siren sesleri havayı doldurdu.

E-Z uçuşa geçti ve birkaç kişinin telefonlarıyla fotoğrafını çektiğini fark ederek daha da yükseğe uçtu.

Midesi guruldadı ve aklına balık ve patates kızartması geldi. İngiliz parası olmadığı için zaten parasını ödeyemezdi, bu yüzden eve doğru yola koyuldu.

Amcasının nerede olduğunu merak ettiğini düşünerek bir mesaj bırakmayı düşündü ve mesajını bırakmaya başladı: "Eve gidiyorum."

Tık.

"Neredesin?" Sam Amca sordu.

E-Z bunun bir mesaj olmadığına sevinmişti!

"İngiltere üzerinde uçuyorum. Uçmak için güzel bir gün, sence de öyle değil mi?"

"Ne? Nasıl?"

"Uzun hikaye, döndüğümde açıklarım."

"Sen uçakta mısın?"

"Hayır, sadece ben ve sandalyem."

E-Z aşağıda insanların fotoğraflarını çektiğini görebiliyordu. Yerel bir havayolu şirketine ait bir 747'nin kendisine doğru geldiğini fark ettiğinde, başının belada olduğunu anladı. Daha yükseğe uçmaya fırsat bulamadan kameralar fotoğraflarını çekip sosyal medyada paylaşmaya başladı.

"Üzgünüm Eriel," dedi kendini daha yükseğe çıkararak. "Her reklam iyi reklamdır derler ya? Şey..." E-Z güldü. Eğer Eriel onu her gün ve her saat görebiliyorsa, neden yardım için onu çağırmak zorundaydı? Bir şeyler tam olarak uyuşmuyordu. Başmelekler onun sınavları tamamlamasını i stemiyordu.

Gökyüzü değişip kara bulutlar etrafında dönmeye ve titreşmeye başladığında içinden bir ürperti geçti.

Hızını artırmaya çalışarak uçmaya devam etti ama sonra şimşekler çakmaya başladı ve onlardan kaçması gerekiyordu. Sonra uçağı hatırladı. Başarılı bir iniş yaptığını ve insanların zarar görmediğini görebiliyordu. Eve doğru ilerlemeye devam etti.

Fırtınadan sonra yıldızlar ortaya çıktı. E-Z kestirirken sandalyesi kanatlarını çırpmaya devam etti.

"E-Z?" Lia kafasının içinde konuştu. "Orada mısın?"

Sarsılarak uyandı, sandalyede olduğunu unuttu ve düştü. Düşmeye başladı ama kanatları devreye girdi ve kısa süre sonra tekrar sandalyeye döndü.

"Her şey yolunda mı ufaklık?" diye sordu.

"Evet. Hepsinin bir rüya olduğunu düşünüyorlar, seninle konuşmamın. Senin resimlerini çizdiğimi. Annen gerçeği biliyor ama bununla yüzleşmek istemiyor."

"Oh, bu seni endişelendiriyor mu?"

"Hayır. Güçlerim artıyor. Onları hissedebiliyorum ve bir şeylerin yaklaştığını biliyorum. Benim yardımıma ihtiyaç duyacağın bir şey. Yakında eve gideceğim. Anneme seni ziyaret edip edemeyeceğimizi soracağım. Yakında."

"Ne? Annen Sam Amcamı arasın ve sohbet mi etsinler?"

"Evet, bu akıllıca bir fikir. Annem fotoğrafları gördü ve seninle tanıştı ama hatırlamıyor. Sanki zihni temizlenmiş ya da seninle ilgili anıları uyuyor."

"Bunun yapılacak doğru şey olduğuna emin misin?"

"Eminim. Senin olduğun yerde olmalıyım. Sana yardım etmem gerek."

E-Z'nin zihni bomboştu. Lia gitmişti.

Genç kız Lia'nın Kuzey Amerika'ya gelişini düşündü. Küçük bir kızdı, elleriyle görebiliyordu, evet, ama ona nasıl yardım edebilirdi? Kaçmasına yardım etmişti ama onun bu işe karışması konusunda kafası karışmıştı. Onu tehlikeye atmak istemiyordu. Tekrar Eriel'e seslendi. İlahiyi çağırdı ama hiçbir şey olmadı.

Manzarayı seyretti ve bir an için küçük kızı aklından çıkardı. Artık neredeyse eve varmıştı. Neyse ki sandalyesi modifiye edilmişti ve F-A-S-T seyahat edebiliyordu!

BÖLÜM 8

Hemenileride, E-Z sahili gördü. Büyük bir kuşun kendisine doğru geldiğini fark edene kadar rahat bir nefes aldı. Yaklaştıkça bunun bir kuğu olduğunu fark etti. Ama normal boyutlarda bir kuğu değildi. Çok büyüktü ve yüz elli santimden fazla olduğunu tahmin ettiği kanat açıklığı da öyleydi. Bu, daha önce onunla konuşan kuğunun aynısıydı. Sadece bu da değil, kuşun omzunda parlak kırmızı bir ışığın yanıp söndüğünü de fark etti.

Kuğu yön değiştirdi ve sonra ağır bir şekilde onun omuzlarına kondu. Otostop çekmişti.

"Merhaba," dedi E-Z, kendini dengelerken güzel yaratığa bakarak.

"Hoo-hoo," dedi kuğu. Sonra başını salladı, gagasını açtı ve "Merhaba E-Z" dedi.

"Sanırım sana teşekkür borçluyum," dedi.

"Oh, rica ederim. Umarım otostop yapmamın bir sakıncası yoktur," dedi kuğu tüylerini karıştırarak.

"Sorun değil," diye cevap verdi E-Z.

"Bu benim akıl hocam Ariel," dedi kuğu.

WHOOPEE

Kırmızı ışığın yerini bir melek aldı.

"Merhaba," dedi E-Z'nin dizine oturarak.

"Ah, tanıştığımıza memnun oldum," dedi.

"Nasıl yardımcı olabilirim?" diye sordu.

"Sizin ve arkadaşım kuğunun bir ortaklık kurabileceğinizi umuyorum."

"Nasıl yani?" diye sordu.

"Çırağım çok şey yaşadı. Kendini hazır hissettiğinde size ayrıntıları anlatabilir ama şimdilik denemelerde size yardım etmesine izin vererek ona yardımcı olmanızı istiyorum. Biraz yardıma ihtiyacın var, değil mi?"

"Anladığım kadarıyla," dedi Ariel'e hitaben. Sonra kuğuya, "Sana karşı bir şey yok, dostum." Şimdi de Ariel'e, "Denemelerimde kimse bana yardım edemez. Bu doğrudan Eriel ve Ophaniel'den geldi."

"Onlarla görüştüm. Eğer tek itirazınız buysa," dedikten sonra durakladı

WHOOPEE

ve o gitmişti.

Bundan sonra E-Z ve kuğu Atlantik Okyanusu'nu geçip Kuzey Amerika'ya doğru yollarına devam ettiler. Her zaman Büyük Kanyon'u görmek istediği gibi. Başka bir zaman görmesi gerekecekti. Kuğu horladı ve E-Z'nin b oynuna sokuldu.

E-Z elini cebine attı ve telefonunu çıkardı. Kuğu ile bir selfie çekti. Kuğu bir daha konuştuğunda onu kaydetmeyi planlayarak telefonunu elinde tuttu. Aklını kaçırmadığına dair bir kanıta ihtiyacı vardı.

Bir süre sonra, E-Z evine odaklandı. Okul günüydü ama gidemeyecek kadar yorgundu. Sandalye alçalmaya başladığında kuğu uyandı. "Daha varmadık mı?"

"Evet, evimdeyiz," dedi E-Z, telefonundaki kayıt düğmesine basarak. "Seni bırakmamı istediğin bir yer var mı?"

"Hayır, teşekkür ederim. Ben seninle kalacağım," dedi kuğu, onun kalacağı eve bakmak için boynunu uzatırken. "Sen ve ben, konuşmamız gerek."

E-Z oynat tuşuna bastı ama ses gelmedi. Kuğu kaydedilemiyordu. Garip.

Ön kapıya indiler. E-Z anahtarını kilide soktu ama daha açamadan Sam Amca oradaydı. Yeğenine kocaman sarıldı ve "Evine hoş geldin." dedi. Çenesini kaşıdı ve E-Z'nin yoldaşı olan son derece büyük kuğuyu görünce biraz endişeli göründü.

"Geri döndüğüme sevindim," dedi E-Z, içeri doğru ilerlerken.

Kuğu da perdeli ayaklarını sürüyerek onu takip etti.

"Peki senin tüylü arkadaşın kim?" Sam Amca sordu.

E-Z kuğunun adını bile bilmediğini fark etti.

Kuğu, "Alfred, benim adım Alfred," dedi.

E-Z resmi bir tanışma yaptı.

Kuğu daha sonra koridordan aşağıya, E-Z'nin odasına doğru süzüldü ve hak ettiği uykuyu çekmek için yatağına çtu.

E-Z, Sam Amca'yı da yanına alarak mutfağa gitti.

"Bu kuğunun burada ne işi var?" Durakladı ve buzdolabından biraz süt aldı. Yeğenine bir bardak dolusu süt doldurdu. "Burada kalamaz. Küvete koymamız gerekecek. Tabii sığarsa. Şimdiye kadar gördüğüm en büyük kuğu. Onu nereden buldun ve n eden buraya getirdin?"

E-Z sütünü geri yuttu. Süt bıyıklarını sildi. "Ben onu bulmadım, o beni buldu. Ve konuşabiliyor. Ben o küçük kızı ve o uçağı kurtardığımda o da oradaydı. Konuşmamız gerektiğini söylüyor."

Sam Amca cevap vermeden koridorda yürüdü. E-Z hiç konuşmadan arkasından takip etti.

"Konuş!" Sam Amca talep etti.

Kuğu Alfred gözlerini açtı, esnedi ve sonra tek bir ses bile çıkarmadan tekrar uykuya daldı.

"Konuş dedim," dedi Sam Amca, tekrar deneyerek.

Kuğu Alfred gagasını açtı ve homurdandı.

"Sorun yok Alfred," dedi E-Z. "O benim Sam Amcam."

"O beni anlayamaz. Ve hiçbir zaman anlayabileceğini de sanmıyorum. Ben senin için ve sadece senin için buradayım," dedi kuğu Alfred. Homurdandı, sonra yorganın içine sokuldu ve bir kez daha uykuya daldı.

Kuğu hareketlenmiş ve dikkatle E-Z'ye bakarken Sam Amca da onu izliyordu.

O ve Sam Amca dışarı çıkarken kapıyı kapattılar ve konuşmak için mutfağa geri döndüler.

E-Z o kadar yorgundu ki gözlerini zorlukla açık tutabiliyordu.

"Bu sabaha kadar bekleyemez mi?" diye sordu.

Sam başını salladı.

"Tamam, işte başlıyoruz. Önce parkın dışında bir beyzbol topuna vurdum. Ve kalenin etrafında koştum ya da döndüm. Sonra, çıkış yolu olmayan kurşun şeklinde bir konteynerin içine hapsoldum. Sonra Hollanda'daki küçük bir kızla konuşabildim. Onu kurtarmak için oraya gittim. Adı Lia ve annesi sizi arayacak. İngiltere, Londra'da bir aracın çocuklara zarar vermesini engelledim. Sonra trompetçi kuğu Alfred'le tanıştım. Ve şimdi hızlandın - lütfen yatağa g idebilir miyim?"

"Aradığında ne söylemem gerekiyor?" Sam sordu. "Bu insanları tanımıyoruz bile, ama burada bizimle kalmalarına izin vermemiz gerekiyor. Biz ve kuğu Alfred mi?"

"Evet, lütfen buna uyun. Burada işleyen bir plan var ve henüz tüm detayları bilmiyorum. Lia'nın güçleri var, avuçlarının içinde gözleri var, düşüncelerimi okuyabiliyor ve zamanı durdurabiliyor. Kuğu Alfred'in de güçleri var, zihnimi okuyabiliyor ve konuşabiliyor. Sanırım üçümüz bir şekilde birbirimize bağlıyız, belki de denemeler yüzünden. Bilemiyorum. Eriel beni 7/24 gözetlediği sürece her şey olabilir," dedi E-Z.

Koridor boyunca ilerlerken, kuğunun paytak paytak yürüyen ayaklarının çıkardığı sesleri duydular. "Uyuyamayacak kadar açım," dedi kuğu Alfred.

"Ne tür şeyler yiyorsun?"

"Mısır iyidir ya da beni arka tarafa bırakabilirsin, kendime biraz ot bulurum."

"Hiç mısırımız var mı?" E-Z sordu.

"Sadece donmuş," dedi Sam Amca. "Ama taneleri ılık suyun altına tutabilirim, hemen hazır olurlar."

"Ona teşekkür ettiğimi söyle," dedi kuğu Alfred. "Çok nazik bir davranış."

Sam Amca mısırları bir tabağa koydu ve Alfred ikram edilenleri yedi. Yine de hala açtı ve mesanesini boşaltmaya gitmesi gerekiyordu, bu yüzden her şeye rağmen dışarı çıkmak istedi. Dışarıdayken çimenlerin tadını çıkaracaktı.

E-Z ve Sam Amca birkaç saniye kuğuyu izlediler.

"Umarım komşunun chihuahua'sı ziyarete gelmez," dedi Sam Amca. "Bu kuğu o kadar büyük ki ödünü koparacak."

E-Z güldü. "Köpek onu benim gibi anlayabilseydi ne yapardı bir düşünsene?"

Kuğu Alfred kendini evinde hissetti. Burada mutlu olacağından emindi.

BÖLÜM 9

Dahasonrakuğu Alfred, E-Z ile özel olarak konuşmak istedi.

"Burada istediğini söyleyebilirsin," dedi E-Z. "Sam Amca seni anlamıyor, unuttun mu?"

"Evet, biliyorum. Ama bu bir görgü meselesi. İnsan bir başkası varken onunla konuşmaz, özellikle de bir başkasının evinde misafirken. Bu oldukça kaba bir davranış olur. Aslında, çok kaba."

E-Z kuğu Alfred'in İngiliz aksanıyla konuştuğunu şimdi fark etmişti.

"İzninizi isteyebilir miyim?" E-Z sordu.

Sam Amca başını salladı ve E-Z odasına girdi, kuğu Alfred de onu takip etti.

"Tamam," dedi E-Z. "Bana Ariel'in seni buraya neden gönderdiğini ve bana yardım etmek için tam olarak ne yapmayı planladığını anlatır mısın?"

E-Z artık yatağındaydı ve kuğu yorganın içine girip rahatlamaya çalışarak etrafta dolanıyordu.

"Yatağın alt kısmında uyuyabilirsin," dedi E-Z, bir yastığı oraya atarak.

"Teşekkür ederim," dedi kuğu Alfred. Paytak paytak yastığın üzerine çıktı ve rahat edene kadar perdeli ayaklarıyla yastığa vurdu. Sonra çömeldi.

"Şimdi başlayalım," dedi Alfred.

Alfred hikâyesini anlatırken pijamalarını giymiş olan E-Z onu dinledi.

"Bir zamanlar bir adamdım."

E-Z'nin nefesi kesildi.

"En iyisi ben bitirene kadar araya girme," diye azarladı kuğu. "Aksi takdirde hikâyem uzayıp gidecek ve ikimiz de uyuyamayacağız."

"Özür dilerim," dedi E-Z.

Kuğu devam etti. "Karım ve iki çocuğumla birlikte yaşıyordum. İnanılmaz derecede mutluyduk, ta ki bir fırtına patlayıp evimizi yıkana ve hepsini öldürene kadar. Hayatta kaldım ama onlar olmadan yaşamak istemiyordum. Sonra bana bir melek geldi, tanıştığınız Ariel, ve bana başkalarına yardım etmeyi kabul edersem hepsini bir kez daha görebileceğimi söyledi. Başkalarına yardım etmekten hoşlanıyorum ve bunu yapmak bana bir amaç verecekti. Ayrıca başka seçeneğim de yoktu ve ben de kabul ettim."

"Denemeleriniz mi var?" E-Z sordu. Yanlışlıkla Alfred'in hikâyesinin tamamlandığını düşünmüştü.

"Benim hikâyem henüz bitmedi," dedi kuğu Alfred, biraz da kızgın bir ifadeyle. Sonra devam etti. "Hikâyemin can alıcı noktası da bu. Benim sınavlarım yok, çünkü ben eğitim gören bir melek değilim. Kanatlarım senin kanatların gibi değil. Ben bir kuğuyum, her ne kadar normalden büyük bir kuğu olsam da. Türümün adı Cygnus Falconeri, yani dev kuğu olarak da bilinir. Türümün nesli uzun zaman önce tükendi. Amacım tanımlanmamıştı. İki arada bir derede kalmıştım, bir hata yaptığım için zamanın içinde sürükleniyordum. Ama şimdi bunun hakkında konuşmak istemiyorum. O küçük kızı kurtardığını gördüğümde Ariel'i aradım ve sana hizmet edip edemeyeceğimi sordum. Kaçtığım için beni azarladı ve iki arada bir derede olan yere geri gönderildim. Oradan tekrar kaçtım ve uçak konusunda size yardım ettim ve Ariel Ophaniel'den bana bir şans daha vermesini istedi. Artık bir amacım var - sana yardım etmek."

"Peki Ophaniel kabul etti mi? Peki ya Eriel?"

"İlk başta kabul etmediler. Çünkü Hadz ve Reiki kuş arkadaşlarımı çağırarak sana yardım ettiğim için beni rapor ettiler. Madenlere gönderildiklerini ve tekrar kaçtıklarını duyduğumda, Ariel benim durumumu öne sürdü ve Ophaniel de kabul etti. Eriel hakkında bir şey bilmiyorum. O senin akıl hocan mı?"

"Evet, Hadz ve Reiki'nin yerini o aldı. Onlar bir girip bir çıkıyorlar, oysa o her zaman nerede olduğumu ve ne yaptığımı görebildiğini söylüyor."

"Kulağa abartılı geliyor. Yine de bir gün onunla tanışmak isterim. Şimdilik biz bir takımız. Sana yardım edebilirim, böylece bir gün ben de tekrar ailemle birlikte olabilirim. Yani, sen nereye gidersen E-Z, ben de oraya giderim."

E-Z başını yastığına koydu ve gözlerini kapattı. Her türlü yardım için minnettar hissediyordu. Ne de olsa kuğu geçmişte ona uçak konusunda yardım etmişti.

"Yolunuza çıkmayacağım," dedi kuğu Alfred. "Biliyorum, mantıksız bir çift olduğumuzu düşünüyorsun ve Lia geldiğinde daha da mantıksız bir üçlü olacağız ama..."

"Bekle," dedi E-Z. "Lia'yı biliyor musun? Nasıl biliyorsun?"

"Evet, senin hakkında her şeyi biliyorum, onun hakkında da her şeyi biliyorum ve daha fazlasını da biliyorum.

Üçümüzün birbirimize bağlı olduğunu. Kaderimizde birlikte çalışmak var." Esnemeye çalışıyormuş gibi görünen çenesini gerdi. "Bu gece daha fazla konuşamayacak kadar yorgunum." Çok geçmeden Alfred, kuğu horlamaya b aşladı.

E-Z kuğular hakkında bildiği her şeyi aklından geçirdi. Ki bu pek fazla bir şey değildi. Sabahleyin Alfred'in türü hakkında biraz araştırma yapacaktı.

PJ ve Arden'in Alfred hakkında ne hissedeceklerini merak ediyordu. Onları tanıştırması gerekiyor muydu yoksa Alfred bir sır olarak kalabilir miydi?

Yastığını yumruklarıyla kabarttı ve uyumaya hazırlandı.

Alfred'i uyandırdı ve bu konuda huysuzlandı.

"Bunu yapmak zorunda mısın?" diye sordu Alfred.

"Üzgünüm," dedi E-Z.

BÖLÜM 10

E rtesi sabah E-Z, Sam Amca'nın kapısını yumruklama sesiyle uyandı. "Uyan E-Z! PJ ve Arden seni okula götürmek için yola çıktılar bile."

E-Z esnedi ve gerindi. Giyindikten sonra manevra yaparak sandalyesine oturdu. Alfred hâlâ uyuduğu için okuldan sonra gizlice çıkıp onu görecekti.

"Bensiz hiçbir yere gidemezsin!" dedi Alfred. Tüylerini sağa sola salladı ve sonra yere atladı.

"Benimle okula gelemezsin. Evcil hayvanlara izin verilmiyor."

"E-Z, hadi delikanlı!" Sam Amca mutfaktan bağırdı. "Yoksa kahvaltıyı kaçıracaksın."

E-Z'nin midesi, kızarmış ekmek kokusu kendisine doğru gelirken guruldadı. "Geliyorum!"

Tartışacak zamanı olmayan E-Z kapıyı açtı. Tam Arden ve PJ geldiğinde mutfağa doğru ilerledi. Dışarıdan gelen bir korna sesi orada olduklarını haber verdi.

"Pekâlâ, pekâlâ!" E-Z bir parça tost alırken seslendi. Yeni ağ ayaklı arkadaşı arkasından gelirken koridor boyunca ilerledi.

PJ, E-Z'nin binmesine yardım etmek için arabadan indi ve tekerlekli sandalyesini bagaja yerleştirdi. Bagajı kapatırken Alfred'in araca binmeye çalıştığını gördü.

"O şey arabaya binemez," diye bağırdı PJ.

Arden camı indirdi.

"Bu da ne böyle? Bugün Göster ve Anlat yapacağımızı söyleyen bir notu mu kaçırdım?" Kıs kıs güldü.

"O bir kuğu mu?" Bayan Handle PJ'in annesi sordu.

"Yoksa bu şey senin hayran kulübünün başkanı mı?" PJ sırıtarak sordu.

Arabaya bindikten sonra E-Z cevap verdi. "Göster ve anlat için çok yaşlıyız," diye güldü. "Kuğu benim projem. Bir deney, kör bir insan için görme engelli bir köpek gibi. O benim tekerlekli sandalye arkadaşım." Alfred'i emniyet kemerine bağladı.

PJ ön tarafta annesinin yanına oturdu.

Kuğu Alfred, "Beni tanıştırmayacak mısın?" dedi.

Bayan Handle arabayı kenara çekti ve okula doğru yola koyuldular.

"Alfred," dedi E-Z arkadaşlarına bakarak, "Bayan Handle ile tanış. Ve en iyi iki arkadaşım PJ ve Arden. Millet, bu Alfred, trompetçi kuğu." E-Z kollarını kavuşturdu.

Alfred, "Hoo-hoo." dedi. E-Z'ye, "Sizinle tanıştığıma inanılmaz memnun oldum. Benim için tercüme edebilirsin."

"Onun adını nereden biliyorsun?" PJ sordu.

"Şimdi sen, neydi adı, hayvanlarla konuşabilen adama dönüşmüyorsun değil mi E-Z? Lütfen bana dönüşmediğini söyle. Yine de, gerçek bir nakit ineğine dönüşebilir. Yeteneğini pazarlayabiliriz. Sorular sorarız ve cevapları kendi YouTube kanalımızda yayınlarız. Adını da Kuğulara Fısıldayan E-Z Dickens koyabiliriz."

"Harika bir fikir!" Annesi yaya geçidinde durduğunda PJ, "Harika bir fikir!" dedi. "Birkaç yıl önce, muhtemelen internetten milyonlar kazanabilirdik. Bugünlerde internetten para kazanmak zor. Gerçekten çok sıkılar."

"Kabalaşmayın," dedi Bayan Handle arabayı sürerken.

"Bahsettiği kişi Doktor Dolittle," diye önerdi Alfred. "Hugh Lofting tarafından yazılmış on iki kitaplık bir roman serisiydi. İlk kitap 1920'de yayımlandı ve diğerleri 1952'ye kadar devam etti. Hugh Lofting 1947 yılında öldü. O da bir İngilizdi. Doğma büyüme Berkshire'lı bir adam."

"Kimi kastettiklerini biliyorum," dedi E-Z Alfred'e. "Ve hayır, ben değilim."

Arden, "Umarım kuğu arkadaşın bugün bütün kızları bizden çalmaz. Kızların tüylü şeyleri ne kadar sevdiğini bilirsin."

Bayan Handle boğazını temizledi.

Alfred, "Zamanında tam bir kadın katiliydim," dedi ve ardından PJ ile Arden'e doğru bir "Hoo-hoo!" daha çekti.

PJ, "Arkadaşın kuğu beni gerçekten gülmekten kırıp geçiriyor," dedi.

Arden, "Hangi kuş filmi Oscar kazandı?" diye sordu.

PJ, "Kanatların Efendisi" diye cevapladı.

Arden, "Kuşlar paralarını nereye yatırır?" diye sordu.

PJ cevap verdi, "Leylek pazarına!"

Alfred, "Arkadaşların çok kolay eğleniyor," dedi. "Onlar aynı kumaştan kesilmiş iki sersem. Onlardan neden hoşlandığını anlayabiliyorum. Ben Bayan Handle'ı seviyorum. Sessiz ve mükemmel bir şoför."

E-Z güldü.

PJ, "Sabah mizahından hoşlanmana sevindim," dedi.

"Pek sayılmaz," dedi Alfred. "Ayrıca siz ikiniz gerçek birer ahmaksınız."

Arden ve PJ ikişer kez güldüler.

E-Z de onların çift çekimine çift çekim yaptı. "Ne?"

"Duymadınız mı?" dedi ikisi bir ağızdan. "Kuğu konuşabiliyor - hem de İngiliz aksanıyla. Kızlar onu gerçekten çok sevecek."

Bayan Handle başını salladı. "Siz ikiniz aptal dilencileri oynamayın!"

E-Z kafası karışmış gibi görünen kuğu Alfred'e baktı.

Alfred, kendisini gerçekten anlayıp anlamadıklarını görmek için kendi şakasını denedi. "Sinek kuşları neden vızıldar?" diye sordu.

Üç çocuk ona baktı, hem Arden'in hem de PJ'in artık onu anlayabildiği açıktı.

Alfred can alıcı noktayı söyledi: "Çünkü kelimeleri bilmiyorlar tabii ki."

PJ ve Arden güldüler sayılır ama daha çok korkmuşlardı.

"Nasıl oluyor da şimdi onlar da seni anlayabiliyor?" E-Z sordu. "Önce anlayamıyorlardı, şimdi anlayabiliyorlar. Sadece benim anlayabildiğimi söylediğini sanıyordum. Peki Sam Amca seni neden anlayamadı?"

Artık onu anlayabildikleri için Alfred kendini mahcup hissediyordu. E-Z'ye fısıldadı, "Gerçekten bilmiyorum. Tabii burada bulunma nedenimin onlarla da bir ilgisi yoksa."

"Ve Sam Amca'yı içermiyor mu? Ya da Bayan Handle'ı?"

"Belki de değildir," diye yanıtladı Alfred.

"Peki bu konuşan kuğuyu nereden buldun?" diye sordu Arden.

"Ve onu neden okula getiriyorsun?" PJ sordu.

Bayan Handle ofladı pufladı. "Hepiniz çok aptalca davranıyorsunuz. E-Z onun bir refakatçi kuğu olduğunu söylüyor. O konuşamaz."

"Öncelikle, o sadece bir kuğu değil, o bir Cygnus Falconeri. Dev kuğu olarak da bilinir ve yüzyıllardır nesli tükenmiş bir türdür."

"Gerçek hayatta çok fazla kuğu görmedim," dedi Arden. "Doğa kanalında gördüklerim onun kadar büyük görünmüyordu. Ayakları kocaman! Peki ya tuvalete gitmesi gerekirse ne olacak?"

Alfred, "Ortalama bir dev kuğunun gagası ile kuyruğu arasındaki uzunluk 190-210 santimetre arasındadır," diye önerdi. "Tuvaletim gelirse de çimleri kullanırım - spor sahası beslenmem ve gerektiğinde tuvaletimi yapmam için bana geniş bir alan sağlayacaktır."

"Yani çimleri yiyorsun ve sonra çimlerin üzerine mi çıkıyorsun?" PJ söyledi.

"Iyy!" dedi Arden.

Artık okula çok yaklaşmışlardı, bu yüzden E-Z açıkladı. "Size ayrıntı veremem çünkü onları gerçekten tanımıyorum. Tek bildiğim Alfred'in bana yardım etmek için burada olduğu ve onu çok sık göreceğiniz."

"Okula girmesine izin vereceklerini sanmıyorum," dedi Arden.

Alfred, "Ben senin yoldaşın olduğum için sorun olmaz," dedi.

Araba okulun dışında durduğunda PJ, Arden ve Alfred gülüştüler.

"Okuldan sonra sizi almamı isterseniz beni arayın," dedi Bayan Handle.

"Teşekkürler," diye cevap verdiler.

E-Z'nin sandalyesi bagajdan çıkarıldıktan sonra Bayan Handle arabayı kaldırımdan çekti.

Arkadaşları sandalyeye binmesine yardım ederken, Alfred de uçarak onun omzuna oturdu. Müdür Pearson'ın öğrencileri içeri aldığı okulun önüne doğru ilerlediler.

"Günaydın çocuklar," dedi yüzünde kocaman bir gülümsemeyle. Ta ki kuğu Alfred'i fark edene kadar. "Bu şey de ne?" diye sordu.

"O bir refakatçi kuğu," dedi E-Z.

"Tam olarak bir Cygnus Falconerie," dedi Arden.

"O bizimle birlikte," dedi PJ.

Müdür Pearson kollarını kavuşturdu. "O şey, Cygnus whatchamacallit buraya gelmeyecek!"

Alfred, "Sorun yok E-Z. Olay çıkarmayalım. Dersleriniz bittiğinde burada olacağım. Sonra görüşürüz." Alfred uçtu ve binanın çatısına indi. Futbol sahasına inmeden önce manzarayı seyretti. Yiyecek bir sürü çim vardı. Doyduğunda, bir ağacın altında gölgelik bir yer bulup k estirecekti.

Müdür Pearson başını salladı, sonra E-Z ve arkadaşları için kapıyı tuttu. İçeride beş dakikalık uyarı zili çaldı.

Bu okul günü E-Z ve arkadaşları için olaysız geçti.

Eriel'den yeni denemeler hakkında hâlâ bir haber yoktu.

BÖLÜM 11

Alfred yeni rutinine alıştı. Okuldaki çocuklar onu tanımaya başladı - ancak sadece E-Z ve arkadaşları onun konuşabildiğini biliyordu.

O gün, okulun dışında Alfred E-Z'yi bekliyordu ve "Konuşabilir miyiz?" diye sordu.

E-Z etrafına bakındı; hala diğer öğrencilerin onun bir kuğuyla konuşmasına kulak misafiri olmasını istemiyordu. "Eve gidene kadar bekleyebilir mi?" diye fı sıldadı.

"Oh, anlıyorum," dedi Alfred. "Biz sohbet ederken hâlâ kendini mahcup hissediyorsun. Bu anlaşılabilir bir şey ama çocuklar beni burada çok seviyor. Beni sevmek, beslemek için sıraya giriyorlar. Ayrıca, Sam Amca evde olmayacak mı? Seninle yalnız konuşmam gerek."

"Seni hala anlayamadığı için, evdeyken bile benimle yalnız konuşuyorsun."

Alfred, "Ama bu biraz endişe verici bir konu ve zaman açısından oldukça hassas," dedi.

PJ arabayı yanlarındaki kaldırıma çekti. Arden eve bırakılmak isteyip istemediklerini sordu.

"Ah, çocuklar. Üzgünüm ama bugün eve Alfred'le birlikte yürüyeceğim. Bana aktarması gereken bazı hayati bilgiler var."

PJ ve Arden başlarını salladı. Arden, "Bir gün bir kız için atılmayı bekliyorduk, bir kuş için değil," dedi. Kıs kıs güldü.

"Peki ya oyun ne olacak?" Arden sordu.

"Bugün bugün ve maç yarına kadar değil. Üzgünüm çocuklar." E-Z hızını artırdı. Araba onun yanında sürünerek ilerledi, sonra lastiklerin gıcırtısıyla hızla uzaklaştı.

"Ahmaklar," dedi Alfred.

"İyi niyetliler. Şimdi bu kadar önemli olan ne?"

"Son zamanlarda Lia'dan haber aldın mı? Onun için endişeleniyorum." Alfred, E-Z'nin yanında paytak paytak yürüyor, yürürken de bir karahindibanın başını koparıyordu.

"Neden endişeleniyorsun? Hiç haber almamak iyi haberdir, değil mi?"

"Aslında ondan haber aldım ve şaşırtıcı yeni bir gelişme oldu."

E-Z durdu. "Bana daha fazlasını anlat."

"Yürümeye devam et," dedi Alfred, şimdi bir papatyanın başını koparıyordu. "Lia ve annesi buraya doğru yola çıktılar bile. Yarın bir ara varmış olurlar."

"Bu ne acele? Yani, evet, bu bir sürpriz. Yakında geleceklerini biliyorduk. Bunda şaşılacak ne var?"

"Şaşırtıcı olan bu değil."

"Oyalanmayı bırak da söyle!"

"Lia artık yedi yaşında değil, on yaşında."

"Ne? Bu imkânsız."

"Sence yalan söyler mi?"

"Hayır, yalan söyleyeceğini sanmıyorum ama - bu kesinlikle mantıklı değil. İnsanlar birkaç hafta içinde yedi yaşından on yaşına çıkmazlar."

"Uyumaya gittiğini söyledi. Ertesi sabah kahvaltı için mutfağa girdiğinde dadısı çığlık atmaya başlamış. Bir gecede üç yaş yaşlandığını böyle fark etmiş."

"Vay canına!" E-Z haykırdı.

"Dahası da var."

"Daha fazlası. Daha fazlasını hayal bile edemiyorum."

"Annesini tüm ziyaret boyunca burada kalmasına gerek olmadığına ikna edebildi. O meşgul bir iş kadını. İkna etmek epey zaman aldı. Lia, Sam'in seninle ve denemelerle ilgili deneyimlerini göz önünde bulundurarak daha iyi olacağını söyledi. Annesi de birkaç şartla kabul etti."

"Ne gibi?"

"Sam Amca'yı sevmesi gibi."

"Sam Amca'yı herkes sever."

"Ayrıca ona kızının bir gecede nasıl bu kadar yaşlanabildiğini açıklaman."

"Peki bunu tam olarak nasıl yapacağım?"

"Dürüst olmak gerekirse," dedi Alfred, "hiçbir fikrim yok. Bu yüzden seninle yalnız konuşmak istedim. Yani, Sam Amca Lia'nın geleceğini biliyor, değil mi?"

E-Z başını salladı, "Eğer yoldalarsa öyledir herhalde."

"Ama on yaşında bir çocuk kapısına dayanacakken yedi yaşında küçük bir kız bekliyor."

E-Z yine durdu. Sam Amca. Sam Amca'nın on yaşında bir kızla uğraşmak zorunda kalacağını düşünmemişti bile. "Ona Lia'nın yaşından hiç bahsettiğimi sanmıyorum!"

Alfred devam etti. "İnsanların çabuk yaşlandığını duymuştum. Progeria denen bir hastalık var. Genetik bir durum, oldukça nadir ve oldukça ölümcül. Çoğu çocuk on üç yaşından sonra yaşamıyor ve Lia zaten on yaşında, bu yüzden bunu çözmemiz gerekiyor."

"O söylediğin şey nasıl?"

"Progeria."

"Evet, Progeria, nasıl anlaşılır?" E-Z sordu.

"Anladığım kadarıyla ilk birkaç yıl içinde oluyor. Ve çocuklar genellikle şekilsiz oluyor."

"Lia'nın şekli cam yüzünden bozuldu, bir hastalık değil. Tedavisi var mı?"

"Tedavisi yok. Ama E-Z, başka bir şey daha var. Ellerindeki gözlerle ilgili bir şey. Onlar yeni ve hastalık da yeni. Sence de çok fazla tesadüf değil mi?"

E-Z bunu düşündü ve Alfred'in haklı olduğuna karar verdi. Bu çok büyük bir tesadüftü. Ama bu konuda ne yapacaktı? Eriel'i aramalı mıydı? "Eriel'i tanıyor musun?"

Alfred hızını yavaşlattı ve E-Z de öyle yaptı. Neredeyse eve varmışlardı ve Sam Amca'yla buluşmadan önce bunu konuşmaları gerekiyordu. "Evet, adını duymuştum. Ama bildiğin gibi Eriel benim meleğim değil. Akıl hocam Ariel'le tanıştın ve o doğanın meleği, dolayısıyla ben de nadir bulunan bir kuğu durumundayım. Belki yardım edebilir ama bunun için bir sonraki gelişini beklememiz gerekecek."

"Yani onu çağıramaz mısın?"

Alfred başını salladı. "Eriel'i istediğin zaman çağırabiliyor musun?"

E-Z güldü. "Tam olarak istediğim zaman değil ama ona ulaşabiliyorum. Yine de, bu konuda tam bir baş belası ve çağrılmaktan ya da çağırılmaktan hoşlanmıyor." E-Z sessizce düşündü ve Alfred de öyle yaptı. Evleri artık görünmüştü ve Sam Amca evdeydi, arabası garaj yoluna park edilmişti. "Bence bekleyip Lia'ya ne olacağını görmeliyiz."

"Katılıyorum," dedi Alfred patikadan çıkıp yerden biraz ot koparıp çiğnerken. E-Z onu izledi. "Çok fazla ot yememeyi tercih ederim; yani çim otu. Siz okuldayken bulabildiğim birkaç çiçek dışında bütün gün yediğim şey bu. Şu anda, su altında yetişen ıslak şeylerden biraz yemek istiyorum. Daha taze ve daha sulu."

"Bunu kesinlikle anlıyorum" dedi E-Z. "Salatayı taze ve çıtır çıtır yemeyi seviyorum. Poşetlerde geldiğinde ve onu yemenin tek yolu salata sosuna batırmak olduğunda pek hoşuma gitmiyor."

"İnsan yemeklerini özlüyorum."

"En çok neyi özlüyorsun?"

"Şüphesiz çizburger ve patates kızartması. Oh, ve ketçap. O kalın, kırmızı, yapışkan sosu her şeyin üzerine sürmeyi ne çok severdim."

"Belki çimenlerin üzerinde o kadar da kötü olmazdı?" E-Z güldü ama Alfred bunu düşünüyordu.

"Bir denemek isterim."

"Bunu yapılacaklar listene ekleyelim," dedi E-Z.

"Ölmeden önce yapılacaklar listesi de ne?" diye sordu Alfred.

BÖLÜM 12

E-Z Alfred'in sorusunu düşündü. Alfred ölmeden önce yapılacaklar listesinin ne olduğunu bilmiyordu...ve bu deyim 2007 yılında ortaya atılmıştı. Nicholson/Freeman'ın aynı adlı filminde. Çok fazla detaya girmeden açıkladı.

Alfred tüylerini kabartarak, "Bu gerçekten ilginç bir fikir," dedi. "Ama ölmeden önce yapılacaklar listesi tutmanın ne anlamı var? Gerçekten yapmak istediğin her şeyi hatırlayacağından emin misin?"

"Biliyor musun Alfred, tam olarak emin değilim. Sanırım yaşla ilgili bir şey olabilir. Yaşlanmak ve hafızayı kaybetmek."

"Mantıklı."

Yolculuklarına devam ettiler ve eve vardılar. E-Z kendini rampadan yukarı attığında, Alfred üzerine atladı. Kuğu, yukarı çıkan ivmeye yardımcı olmak için kanatlarını çırptı. En tepede, E-Z kapıyı açtığında, tanımadıkları bir ses d uydular.

"Olamaz, çoktan gelmişler!" dedi Alfred.

"Beni uyarabilirdin!" E-Z çantasını oturma odasına giderken bir kancaya yerleştirerek cevap verdi.

"Bilseydim tabii ki uyarırdım!"

Lia ayağa kalktı.

On yaşındaki Lia, açık avuçlarını havaya kaldırana kadar E-Z'ye oldukça farklı görünüyordu.

Lia ciyakladı ve ona doğru koşup kocaman sarıldı. Sonra Alfred'e sarıldı ve sonunda onunla tanıştığı için inanılmaz mutlu olduğunu söyledi.

Lia'nın annesi Samantha da ayakta durmuş, kızının hayatını kurtaran çocuğu kucaklayışını izliyordu. Tekerlekli sandalyedeki melek/çocuk. Kızı Alfred'den bahsetmişti ama onun dev bir kuğu olduğundan bahsetmemişti.

Sam Amca ayağa kalktı ve "Oh, E-Z! Tanrı'ya şükür evdesin!" dedi. Yeğenine yaklaştı. Sonra da garip bir şekilde mutfağa gidip yiyecek bir şeyler almalarını önerdi.

Samantha, "Biz iyiyiz," dedi.

Sam yine de mutfağa gitmeleri için ısrar etti.

"Ah," diye kekeledi E-Z. "Bir şeyler içmek istiyorum."

Sam içini çekti.

"Bizim için zahmete girme," dedi Samantha.

"Hiç sorun değil," dedi Sam, E-Z'nin sandalyesini oturma odasının çıkışına doğru iterek.

"Lia, çok güzelsin," dedi Alfred başını eğerek, böylece onu okşayabilecekti.

Lia kızararak, "Teşekkür ederim," dedi. Onlar odadan çıkarken E-Z'ye doğru baktı ama gözleri amcasında olduğu için fark etmedi.

Mutfağa girdiklerinde Sam yeğenini park etti. Buzdolabını açtı ve tekrar kapattı. Dolaba gitti, kapağını açtı ve tekrar kapattı.

"Sorun ne?" E-Z sordu.

"Ben, ben onları bu kadar erken beklemiyordum ve Hollanda'dan gelen insanlar ne yer ne içer ki? Evde uygun bir şey olduğunu sanmıyorum. Dışarı çıkıp özel bir şeyler mi alsam?"

"Onlar da bizim gibi insanlar, eminim ne alırsan deneyeceklerdir. Fazla düşünme."

"Bana yardım et evlat. Ne tür şeyler servis etmeliyiz? Peynir ve kraker? Sıcak bir şeyler, ızgara peynirli sandviç? Suyumuz, meyve suyumuz ve meşrubatımız var."

"Tamam, şimdilik peynir ve kraker şeyini yapalım. Bakalım nasıl olacak. Ve bir tepsi de çeşitli içecekler."

Sam içini çekti ve hepsini bir tepsiye koydu. "Ah, peçeteler!" dedi ve çekmeceden bir yığın peçete çıkardı.

"Her şey hazır mı?" E-Z sordu.

Sam yiyecek ve içeceklerle dolu tepsiyi alırken, "Teşekkürler ufaklık," dedi. Yeğeni de arkasından onu takip ederek oturma odasına doğru ilerledi. Sam her şeyi masaya yerleştirdikten sonra ayağa fırladı ve "Yan tabaklar!" diyerek odadan çıktı ve kısa bir süre sonra söz konusu eşyalarla geri döndü.

E-Z içkisini yudumlarken Lia'ya doğru baktı. Artık küçük bir kız olmasa da onu hâlâ küçük bir kız olarak görebiliyordu. Saçları daha uzundu.

Lia'nın annesi Sam Amca'dan bile daha rahatsız görünüyordu. Bir krakerle oynadı ama ısırmadı. İçki bardağını ileri geri hareket ettirdi ama içmedi. Arada bir Sam Amca'ya doğru baktı ama uzun süre bakmadı. Sonra yüksek sesle içini çekti ve yemeğiyle oynamaya geri döndü.

"Uçuşunuz nasıldı?" E-Z sordu.

"Seninle uçmaya kıyasla çok kolaydı," dedi Lia. Güldü ve meşrubat neredeyse burnundan çıkacaktı. Kısa süre sonra hepsi gülüyor ve kendilerini daha rahat hissediyorlardı.

Alfred sadece Lia ve E-Z'nin onu anlayabileceğini bilerek rahatça sohbet etti. "Şimdi birlikteyiz, Üçümüz. Olması gerektiği gibi."

Lia ve E-Z karşılıklı bakıştılar.

Alfred devam etti. "Neden bir araya getirildiğimizi merak edip duruyorum. E-Z insanları kurtarabilirsin ve süper güçlüsün, ayrıca uçabilirsin ve sandalyen de öyle. Lia senin güçlerin görüşünde. Düşünceleri okuyabiliyorsun. E-Z'nin bana söylediğine göre ışık güçlerin var ve zamanı durdurabiliyorsun.

"Ben, ben seyahat edebiliyorum, gökyüzünde uçabiliyorum ve bazen bir şeylerin ne zaman gerçekleşeceğini gerçekleşmeden önce söyleyebiliyorum. Her zaman olmasa da zihinleri de okuyabiliyorum. Ayrıca çoğu insan kuğuları sever. Bazıları melek olduğumuzu söyler. Hatta kuğuların insanları meleğe dönüştürme gücüne sahip olduğuna inananlar bile var. Bunun doğru olup olmadığını bilmiyorum. Ben kendim, yaşayan, nefes alan tüm canlıların kendilerini iyileştirmelerine yardımcı o labilirim."

Son kısım E-Z için yeniydi. Daha fazlasını öğrenmek istiyordu.

Alfred gönüllü oldu, "Teslim olmak ilk adımdır."

E-Z ve Lia Alfred'in itirafıyla ilgili düşünceler içinde kayboldular.

"Şimdi ne yapacağız?" Lia sordu.

"Her takımın bir lidere, bir kaptana ihtiyacı vardır. Ben E-Z'yi aday gösteriyorum," dedi Alfred.

"Ben de adaylığı destekliyorum," dedi Lia.

Lia ve Alfred kadehlerini E-Z için kaldırdılar. Sam Amca ve Lia'nın annesi Samantha da kadeh kaldırmaya katıldılar. Gerçi neden kadeh kaldırdıklarına dair hiçbir fikirleri yoktu.

E-Z hepsine teşekkür etti. Ama içinde tüm bunların nasıl yürüyeceğini merak ediyordu. Küçük bir kıza ve bir trompetçi kuğuya nasıl liderlik edecekti? Onları nasıl güvende ve tehlikeden uzak tutacaktı?

Sam Amca ve Samantha temizlik yapmayı teklif ederken, üçlü oturma odasına geri döndü.

"Birbirlerini biraz daha yakından tanımaları için iyi bir fırsat olacak," dedi Alfred.

"Evet, annem daha önce hiç bu kadar gergin olmamıştı. İşi gereği pek çok insanla tanışıyor ve onlarla, hatta hiç tanımadığı insanlarla bile sanki onları hep tanıyormuş gibi konuşuyor. Bence başarısının sırlarından biri de bu. Sam'leyken ise bir fare kadar sessiz ve gergin."

"Belki de jetlag'dendir," diye önerdi E-Z.

Alfred güldü. "Hayır, birbirlerinden etkileniyorlar. İkiniz de fark edemeyecek kadar gençsiniz ama havada bir elektrik vardı."

"Gerçekten mi, annem Sam'e mi aşık?"

"Sam Amca da garipti- ama bugünlerde evden çalıştığı ve zamanının çoğunu bana yardım ederek geçirdiği için pek fazla kızla tanışmıyor. Bence konuyu değiştirelim."

"Ben de," dedi Lia.

"Siz ikiniz hiç eğlenceli değilsiniz."

"Sanırım Eriel'i çağırma zamanımız gelmiş olabilir," dedi E-Z. "Hepimizi bir araya getiren kişi o olmalı. Plana dahil edilmemiz gerekiyor. Bizden ne beklendiğini ve ne zaman beklendiğini bilmeliyiz."

"Eriel kim?" Lia sordu. "Daha önce bana onu tanıyıp tanımadığımı sorduğunu hatırlıyorum."

"O bir Başmelek ve benim denemelerime rehberlik ediyor. En azından son birkaç tanesine."

"Bana el-görüsü armağanını veren meleğimin adı Haniel. O da bir baş melek. Yeryüzünün bakıcısıdır."

Bu E-Z'yi şaşırttı. Eğer hepsi kendi melekleri için çalışıyorlarsa, o zaman neden bir araya getirilmişlerdi? Bir melek diğerinden daha mı güçlüydü? Patron melek kimdi? Kim kime hesap veriyordu?

"Neler olup bittiğini bilmek isterdim," dedi Alfred.

"Tek bildiğim," dedi Lia, "kazadan sonra bana üç melekten biri olup olmayacağım soruldu. Ve şimdi, işte, buradayız."

Sam Amca ve Samantha odaya girdiler. Birlikte bir süre daha sohbet ettiler, ta ki uçuştan yorgun düşen Samantha odasına gidene kadar. Sam Amca da kendi odasına gitti.

E-Z, "Hadi benim odama gidip konuşalım," dedi.

Lia ve Alfred de onu takip etti. Birkaç saat süren tartışmadan sonra, üçlü çok fazla soruları olduğunu ama çok az cevapları olduğunu fark etti. Lia annesiyle paylaştığı odasına gitti. Alfred E-Z'nin yatağının kenarında uyudu. E-Z horlayarak uzaklaştı. Yarın başka bir gündü - her şeyi o zaman çözeceklerdi.

BÖLÜM 13

Ertesi sabah Lia mısır gevreği kaselerini arka bahçeye taşıdı. Güneş gökyüzünde yükseliyordu, bulutsuz bir gündü ve saat 10'a yaklaşıyordu. Alfred patikanın yanındaki çimlerin üzerinde bir şeyler atıştırıyordu.

Lia E-Z'ye kâsesini uzattı, sonra verandadaki şemsiyenin altına oturdu ve bir kaşık mısır gevreği aldı.

"Kuzey Amerika mısır gevreklerinin tadı Hollanda'dakilerden farklı."

"Aradaki fark ne?" E-Z sordu.

"Burada her şeyin tadı daha tatlı."

"Farklı ülkelerde farklı tarifler kullandıklarını duymuştum. Başka bir şey ister misin?" Kadın başını sallayarak reddetti. "Dün gece uyuyamadım," dedi E-Z, bir kaşık daha Captain Crunch alarak.

"Pardon, çok mu horladım?" Alfred yüzünü çiğli çimlere sürerken sordu.

"Hayır, iyiydin. Aklımda çok şey vardı. Yani, hepimiz buradayız. Üçümüz - ve ben bir süredir bir deneme yapmadım... Hadz ve Reiki'nin rütbeleri düşürüldüğünden beri neler olduğunu bilmiyorum. Eriel ile yaptığım son savaştan sonra - ki bu arada ben kazandım - Eriel'den hiçbir haber almadım. Bu beni geriyor. Hayatımı zindan etmek için ne planladığını merak ediyorum."

Bir tek boynuzlu at çimlerin üzerine konarken Alfred paytak paytak bahçede ilerledi.

"Hizmetinizdeyim," dedi Küçük Dorrit.

Tek boynuzlu at Lia'ya sokuldu, Lia da ayağa kalkıp onu alnından öptü.

Üstlerinde mavi bir gök yazısı çizgisi başladı. Kelimeleri heceliyordu:

BENİ TAKİP ET.

E-Z'nin sandalyesi yükseldi, "Haydi!" diye bağırdı.

Küçük Dorrit eğilerek Lia'nın ona binmesine izin verdi.

Alfred kanatlarını çırptı ve diğerlerine katıldı.

"Nereye gittiğimize dair bir fikrin var mı?" Alfred sordu.

"Tek bildiğim acele etmemiz gerektiği! Titreşimler artıyor, o halde yaklaşmış olmalıyız."

"İleriye bak," diye bağırdı Lia. "Sanırım lunaparkta bize ihtiyaçları var."

E-Z'ye nasıl ihtiyaç duyulduğu hemen anlaşıldı. Hız treni raydan çıkmıştı. Vagonların yarısı rayların üzerinde yarısı da rayların dışında sallanıyordu. Ve her yaştan yolcu çığlık atıyordu. Bir çocuk bacaklarıyla arabanın kenarından o kadar tehlikeli bir şekilde sarkıyordu ki önce onun düşeceği b elliydi.

"Çocuğu yakalayacağız," dedi Lia, havalanarak. O ve Küçük Dorrit doğruca çocuğun yanına gittiler. Çocuk bıraktı, düştü ve Lia'nın önünde, tek boynuzlu atın üzerine güvenli bir şekilde indi.

"Teşekkür ederim," dedi çocuk. "Bu gerçekten bir tek boynuzlu at mı, yoksa rüya mı görüyorum?"

"Gerçekten öyle," dedi Lia. "Onun adı Küçük Dorrit."

"Annemin bu isimde bir kitabı var. Sanırım Charles Dickens'ın kitabı."

"Doğru," dedi Lia.

"Küçük Dorrit'te tek boynuzlu atlar var mı? Eğer varsa, okumam gerekecek!"

"Kesin bir şey söyleyemem," dedi Lia. "Ama öğrenirsen bana haber ver."

E-Z sarkan arabaları teker teker yakaladı. Dengede durması biraz zaman aldı, ilk başta tek bir yöne doğru eğilmiş bir oyuncak gibiydi. Ancak uçaktaki deneyimi, vagonları tekrar rayların üzerine kaldırırken ona yardımcı oldu ve ilham verdi. Tüm yolcular güvenli bir şekilde içeri girene kadar onları sabit tuttu.

Alfred'in yardımı sayesinde bu süreç sorunsuz geçti. Alfred kanatlarını, gagasını ve cüssesini kullanarak onları güvenli bir yere kaldırmayı başardı.

"Herkes iyi mi?" E-Z tüm yolcuların alkışları arasında seslendi.

Görev başarıyla tamamlandıktan sonra Alfred, Lia ve diğerlerinin bulunduğu yere doğru uçtu. Gözlem yapmak için mükemmel bir yerdi.

"Çocuğu şimdi indirmemizde bir sakınca var mı?" Lia sordu.

E-Z ona başıyla onay verdi.

Aşağıda, kurtarma için yukarı kaldırılmak üzere bir vinç getirilmişti. Henüz hazır değildi. İşçilerin sarı baretleriyle etrafta koşuşturmalarını izledi.

E-Z roller-coaster'ı çalıştıran adama çalıştırması için ıslık çaldı.

Hız treni operatörü motoru yeniden çalıştırdı. Vagonlar önce biraz ilerledi, sonra durdu. Yolcular çığlık attı; tekrar raydan çıkacağı korkusuyla. Bazıları ilk olayda sarsılmış olan boyunlarını tutuyordu.

E-Z, konumlarının değişmediğini gözlemlemek için tekerlekli sandalyesini vagonların ön tarafına yerleştirdi. Yolcuların saçları vagonların içinde savrulurken rüzgârın hızlandığını fark etti. Yaşlı bir adam LA Dodgers beyzbol şapkasını kaybetti. Herkes yere düşüşünü izledi.

"Tekrar dene," diye bağırdı E-Z, en iyisini umarak ama her ihtimale karşı bir B Planı düşünerek.

Operatör motoru çalıştırdı. Hız treni bir kez daha ileri doğru hareket etti. Bu sefer biraz daha ilerledi ama yine d urdu.

E-Z, Küçük Dorrit'e emir verdi: "Lütfen Lia'yı yere yatır. Sonra da iki ucunda kancalar olan birkaç zincir halkası al ve onları bana getir."

Tek boynuzlu at başını salladı ve aşağıda toplanan kalabalığın "ooh" ve "ahh" sesleri arasında aşağı indi. Bir adam onu yakalayıp gezdirmeye çalıştı, o da burnuyla adamı itti ve polis bölgeyi kordon altına almak için harekete g eçti.

"Burada!" dedi bir inşaat işçisi. E-Z'nin ne istediğini duymuştu. Zincirin bir kısmını Küçük Dorrit'in ağzına yerleştirdi ve geri kalanını boynuna doladı.

"Çok ağır değil mi?" diye sordu, Küçük Dorrit sorunsuzca havalanıp kanatlanarak Alfred'in E-Z'nin yanında beklediği yere doğru giderken.

Alfred gagasını kullanarak kancayı roller-coaster arabasının önüne taktı. Yerine sabitledi ve E-Z'nin tekerlekli sandalyesine bağladı.

"Lütfen oturun," diye seslendi E-Z. "Seni yavaş ama emin adımlarla aşağı indireceğim. Çok fazla yer değiştirmemeye çalış, ağırlığın dengeli bir şekilde verilmesini istiyorum. Üç deyince yuvarlanalım," dedi. "Bir, iki, üç." Elindeki her şeyi vererek çekti ve araba da onunla birlikte yuvarlandı. Aşağı inmek kolaydı, yukarı çıkarken arabanın çok fazla hızlanmamasını ve tekrar yerinden çıkmamasını sağlamak zorundaydı. Küçük Dorrit ve Alfred arabanın yanında uçuyor, bir terslik olursa harekete geçmeye hazır b ekliyorlardı.

Lia çok korkmuş, gergin ve heyecanlıydı.

"Yapabilirsin, E-Z!" diye bağırdı, kelimeleri kafasının içinde söyleyebileceğini ve Alfred'in onları duyacağını unutarak.

"Teşekkürler," dedi, hızını yavaş ve sabit tutarak. E-Z yorgun olmasına rağmen elindeki görevi tamamlamak zorundaydı. Araba köşeyi dönüp durduğunda tünele geri döndü. Yolculuğunun ilk başladığı yere geri döndü.

"Teşekkürler!" diye seslendi operatör.

İtfaiyeciler, sağlık görevlileri ve hemşireler yolcuların akınına karşı kendilerini hazırladılar. Aynı anda karaya çıkıyorlardı.

"E-Z! E-Z! E-Z!" diye bağıran kalabalık, telefonlarını kaldırarak tüm olayı kayda aldı.

"Sence şekerleme almak için vaktimiz var mı?" Lia sordu.

"Peki ya karamelli mısır?" Alfred de öyle dedi. "Sevip sevmeyeceğimden emin değilim ama denemek isterim!"

"Elbette," dedi E-Z, "ikisini de senin için alacağım, hiç endişelenme! Hatta kendime bir Elma Şekeri bile alabilirim."

Alışveriş yapmaya gittiğinde gazetecilerin geldiğini fark etti. Çok uzun boylu, simsiyah saçlı birinin etrafında toplanmışlardı. Adamın önünde silindir bir şapka vardı ve Abraham Lincoln'e benziyordu. Daha yakından incelediğinde bunun kılık değiştirmiş Eriel olduğunu fark etti. Dinlemek için yaklaştı.

"Evet, bu dinamik üçlüyü bir araya getiren benim. Liderleri E-Z Dickens, kendisi on üç yaşında ve bir süperstar. Üçlünün en deneyimli üyesi olmasının yanı sıra lideridir. Sizin de fark etmiş olmanız gerektiği gibi, neredeyse her şeyi idare edebiliyor. O harika bir çocuk!"

E-Z yanaklarının ısındığını hissedebiliyordu.

"Peki ya kız ve tek boynuzlu at?" diye seslendi bir muhabir.

"Adı Lia ve bu onun süper kahraman dünyasındaki ilk girişimiydi. Tek boynuzlu atı Küçük Dorrit ve ikisi harika bir ekip. O çocuğu kurtardı," diyerek çocuğu yakaladı. Onu kameralar için öne ve ortaya koydu.

Tüm gözler onun üzerindeyken cümlesini tamamladı. "Kolaylıkla. Lia ve Küçük Dorrit ekibe harika birer üye oldular ve E-Z'ye gelecekteki tüm çalışmalarında çok yardımcı olacaklar."

Bir muhabir çocuğa "Nasıldı?" diye sordu.

"Lia gerçekten çok iyiydi," dedi genç çocuk.

Karanlık figürlü çocuğu itti. Üstünün tozunu aldı.

"Trompetçi kuğunun adı Alfred. Bu onun E-Z'ye yardım etmek için ilk fırsatıydı. Cesurca kendini riske attı. Alfred, Üçler süper kahraman ekibinin bir başka mükemmel üyesi. Gelecekte onlardan çok göreceksiniz." Duraksadı, "Oh, ve benim adım Eriel, eğer makalenizde benden alıntı yapmak i sterseniz."

Şimdi E-Z karnaval ikramlarını toplamayı kabul etmemiş olmayı diliyordu. Fark edilmemeyi umarak yana doğru sinmişti.

"İşte orada!" diye bağırdı biri.

Arkasında sıraya girmiş olan diğerleri onu sıranın önüne doğru itti.

"Müesseseden," dedi satıcı, ona her şeyden bir tane uzatarak.

"Teşekkür ederim," dedi adam havalanırken.

"Bu o! Tekerlekli sandalyedeki çocuk! Kahramanımız!" diye bağırdı biri aşağıdan.

"İşte orada, fotoğrafını çekin."

"Selfie için geri gelin lütfen!"

E-Z, Eriel'in olduğu yere doğru baktı ama artık fark edildiği için kimse onunla ilgilenmiyordu. Bir de baktı ki Eriel gitmiş.

"Hadi buradan çıkalım!" E-Z tam olarak nereye gitmeleri gerektiğini merak ederek haykırdı. Eğer onun evine giderlerse, gazeteciler ve hayranları da peşlerinden gelecekti. Bir bakıma Hadz ve Reiki'nin ilgili herkesin zihnini sildiği günleri özlüyordu - bu kesinlikle işleri kolaylaştırıyordu.

Dönüş yolunda E-Z, Eriel'in neyin peşinde olduğunu merak etmekten kendini alamadı. Ne de olsa kimsenin onun denemelerini bilmemesi gerekiyordu. Bu çok garipti - ama bu konuyu arkadaşlarıyla konuşamayacak kadar yorgundu. Bunun yerine, denemelerini gizli tutmanın neden artık önemli olmadığını ve bunun işleri nasıl değiştireceğini merak etti. Kanatlarının artık yanmıyor olması ve sandalyesinin kan içmekle ilgilenmiyor gibi g örünmesi iyiydi.

"Bu oldukça kolay oldu," dedi Alfred.

Lia güldü, "Ve seni iş başında görmek eğlenceliydi E-Z."

"Hey, peki ya ben, ben de yardım ettim!"

"Kesinlikle yardım ettin," dedi E-Z. "Ve Küçük Dorrit, teşekkür ederim! Sensiz yapamazdım!"

Küçük Dorrit güldü. "Yardımcı olduğuma sevindim."

"İnanılmazdın!" Lia onun boynunu okşayarak, "Harikaydın!" dedi.

Ama onları rahatsız eden bir şey vardı. E-Z'nin her şeyi kendi başına yapabileceği çok açıktı. Yardıma ihtiyacı yoktu.

Özellikle Alfred, bir trompetçi kuğu olarak elinden geleni yaptığını düşünüyordu. Ama bu tür bir kurtarmada pek yardımcı olamıyordu. Elleri olan birinin yardım edebileceği gibi değil. Elinden geleni yapmıştı ama bu yeterli miydi? Üç'ün bir üyesi olmak için en iyi seçim o muydu?

Lia, Küçük Dorrit'in sırtında olmadan da çocuğun altına inip onu kurtarabileceğini düşünüyordu. Tek boynuzlu at akıllıydı ve E-Z'nin yönlendirmelerini ve talimatlarını takip edebilirdi. Bunca yolu ne için gelmiş gibi hissediyordu? Gerçekten hiç mantıklı gelmiyordu.

Tekrar eve döndüler. Birlikte harika bir şey başarmış olmalarına rağmen moralleri bozuktu.

Küçük Dorrit oradan ayrıldı ve kendisine ihtiyaç duyulmadığı zamanlarda nerede yaşıyorsa oraya gitti.

E-Z hemen ofisine gitti ve kitabı üzerinde küçük bir çalışma yaptı. Nerede olduğunu görmek için davaların listesini güncellemek istiyordu. Hepsini en baştan tekrar yazmaya karar verdi:

1/ küçük kızı kurtardı

2/ uçağı düşmekten kurtardı

3/ tetikçiyi çatıda durdurdu

4/ mağazadaki kızı durdurdu

5/ Tetikçiyi evinin dışında durdurdu

6/ Eriel ile düello yaptı

7. o kurşundan kurtuldum

8/ Kurtarılan Lia

9/ Bir hız trenini tekrar rayına oturtmak.

Sam Amca'yı kurtarmanın bir deneme olup olmadığından emin değildi. Hadz ve Reiki zihnini temizlemişti. E-Z'nin içgüdüsü Sam Amca'yı kurtarmanın bir deneme olmadığı yönündeydi.

Sandalyesinde arkasına yaslandı. Yaklaşan son teslim tarihini düşünüyordu. Sınırlı bir süre içinde üç denemeyi daha tamamlamak zorundaydı. Bir yönden, onları tamamlayıp bitirmek istiyordu. Başka bir açıdan da, taahhütlerini tamamlamış olmak onu korkutuyordu.

Bu arada Alfred gölde yüzmeye karar verdi.

Lia ve annesi ise yürüyüşe çıktılar.

✳✳✳

"Nasıldı?" Samantha sordu.

"Son derece heyecan verici ve aynı zamanda korkutucuydu. E-Z olağanüstü biri. Korkusuz," diye açıkladı Lia.

"Peki sizin katkınız ne oldu?"

Köşeyi döndüler ve birlikte bir park bankına oturdular. Çocuklar oynuyor, aşağı yukarı koşuyor ve bağırıyorlardı. Hem anne hem de kız, Lia'nın yedi yaşındayken nasıl böyle kaygısızca oynadığını hatırladılar. Şimdi on yaşındaydı ve oyun oynamaya olan ilgisi büyük ölçüde azalmıştı.

"Özlüyor musun?" Samantha sordu.

Lia gülümsedi. "Her zaman ne düşündüğümü biliyorsun. Pek değil, ama yakında bir gün tekrar dans etmeyi denemek istiyorum. Nasıl ve uyum sağlayıp sağlayamayacağımı görmek için."

Birlikte oturup hiçbir şey söylemeden izlediler.

"Benim katkıma gelince, küçük bir çocuk arabadan sarkıyordu ve Küçük Dorrit'in yardımı olmasaydı düşebilirdi."

"Düşebilir miydi?"

"Evet, sanırım biz orada olmasaydık E-Z onu kurtarır, sonra da gerisini hallederdi. Denemeleri tek başına yapmaya alışkın."

"Sana ya da Alfred'e ihtiyaç olmadığını mı düşünüyorsun?"

"Manevi destek için orada olmamız yardımcı oldu, bilemiyorum. Başmelekler bizi bir araya getirmek için çok zahmete girdiler. Bizi evimiz olan Hollanda'dan buraya kadar getirdiler. Bu duruşmaya dayanarak, gerekli olduğumuzu düşünmüyorum."

Samantha kızının elini kendi elinin içine aldı ve banktan kalkıp eve doğru döndüler.

"Bence bir ekibe, desteğe sahip olmak iyi bir şey ve eminim E-Z bunu biliyor ve takdir ediyordur. Yalnız kalacak bir çocuğa benzemiyor. Beyzbol oynamış, Sam'in bana söylediğine göre hala oynuyor. Takımların birlikte iyi çalıştığını, her oyuncunun güçlü yanlarını geliştirdiğini biliyor. Sana gelince, bu davadaki en önemli faktör olmadığın için endişelenmezdim. Ve değerini asla k üçümseme."

"Teşekkürler anne," dedi Lia, sokağın köşesini döndüklerinde. "Şimdi Sam hakkında konuşalım. Ondan gerçekten hoşlanıyorsun, değil mi?"

Samantha gülümsedi ama cevap vermedi.

✳✳✳

Aynıanda Sam de E-Z'yi kontrol ediyordu. "Her şey yolunda mı?" diye sordu kafasını yeğeninin ofisine sokarak.

"Emin değilim. Konuşabilir miyiz?"

"Elbette, ufaklık."

"Kapıyı kapat lütfen."

"Ne oldu? İlk takım denemesi iyi gitmedi mi?"

"Önce sana sormak istiyorum, Lia'nın annesiyle aranızda neler oluyor?"

Sam ayaklarını sürüyerek gözlüklerini temizledi. "Bunu Samantha ve benim aramda bir mesele haline getirmeyelim. Bu ikimizin arasında."

"Demek bir ABD var, öyle mi?" diye sırıttı.

"Konuyu değiştir," dedi Sam.

"Tamam o zaman, sen nasıl istersen. Duruşma iyi geçti ve benim hakkımda kötü düşünme. Bunu koca kafalı olduğum için söylemiyorum ama diğerleri olmadan da tamamlayabilirdim."

"Bana tam olarak ne olduğunu anlat. Senin görevin neydi? Her zaman bir takım oyuncusu olduğun için bunun beni şaşırttığını söylemeliyim."

"Biliyorum. Beni de rahatsız eden bu. Lunaparktaydı. Bir roller-coaster raydan çıktı. Ön tarafı kenardan sarkıyordu ve yolcular etrafa saçılıyordu. Sadece bir kişi gerçekten tehlikedeydi - Lia'nın tek boynuzlu at Küçük Dorrit'in yardımıyla yakaladığı bir çocuk."

"Kurtarma işe yaramış gibi görünüyor."

"Öyleydi, çünkü çocuğun zamanı vardı, ama ben oradaydım ve onu kurtarabilirdim. Sonra arabayı tekrar yola koydum ve diğerlerinin içeri girmesine yardım ettim. Benim için zaman durmuş gibiydi - yani bu durumu kimsenin yardımı olmadan da kolayca çözebilirdim."

"Görünüşe göre Alfred'in size pek faydası olmamış. Onsuz da yapabileceğinizi mi ima ediyorsunuz?"

E-Z parmaklarını saçlarının koyu renkli orta kısmında gezdirdi. Kıllanma hissi bir şekilde onu stresten uzaklaştırıyordu.

"Alfred yardımcı oldu. Ama ben onun yardım etmesi için yollar arıyordum. Çok çabalıyor. Yardım etmeyi çok istiyoruz ama dürüst olmak gerekirse, onun için çalıştığımı bilecek kadar zeki. Yani yardım edebilirdi ve ben bu konuda kendimi iyi hissetmiyorum."

"Takım oyuncuları böyle yapar. Birbirlerini kollarlar. Birbirlerine yardım ederler."

"Biliyorum ama söz konusu olan hayatlar olduğunda, kimsenin ölmemesini sağlamak bana düşüyor. Diğerlerine ihtiyaç duyduklarını hissettirmek için görevler buluyorsam, bu yardım değil bir handikaptır." Derin bir iç çekerek parmaklarını klavyesinde gezdirdi. Utanarak amcasıyla göz teması kurmaktan kaçındı.

Birkaç dakikalık sessizlikten sonra E-Z, amcasının bir şeyler düşünmesine izin vermek için kitabı üzerinde çalışmaya geri döndü. Günün olaylarının ayrıntılarını gözden geçirdi.

Sorguladığı gibi. Olayları parçalara ayırırken. Davayı parçalara ayırıp tekrar bir araya getirirken bir keşifte bulundu. Bu daha önce hiç yapmadığı bir şeydi. Konuyu ekibiyle tartışabilirdi. Ona nasıl yaptığını söyleyebilir, kendini geliştirebilmesi için önerilerde bulunabilirlerdi. Evet, üç kişiden biri olmanın pek çok avantajı vardı. Bu bilgiyle kendini rahatlamış ve daha mutlu hissediyordu.

"Bence bir şeye karar vermeden önce bu ekip durumuna biraz daha zaman tanımalısın. Sana yardımcı olmak için her birinin kendi özel güçleri olduğunu bilmek senin için faydalı olmalı. Bu durumda sizin becerileriniz ön plandaydı. Bu her zaman böyle olacağı anlamına gelmiyor. Bir sonraki görev için işler değişebilir. Her şeyin bir nedeni vardır."

"Şu anda benimle aynı şeyleri düşünüyorsun. Tek başına yüzleşmek zorunda kalmazsan her şey her zaman daha iyidir. Bunu bana sen öğrettin."

"Bu evde açlıktan ölmek üzere olan başka kimse var mı?" Alfred koridorda paytak adımlarla ilerlerken seslendi.

E-Z sandalyesini geriye itti ve "Ben!" diye cevap verdi.

Sam, "Sen ne?" dedi.

"Oh, Alfred aç olan var mı diye sordu."

"Ben de!" Sam seslendi.

"Ben açım," dedi Lia. "Akşam yemeğinde ne var?"

Samantha pizza sipariş etmelerini önerdi. Alfred dışında herkes sevindi. Tel tel olmuş peynirden hoşlanmıyordu.

Akşamı birlikte geçirdiler, yüzlerini doldurdular ve zombiler hakkında bir dizi izlediler.

"Senin için çok korkutucu değil, değil mi Lia?" E-Z sordu,

"Benim için çok korkutucu!" Samantha cevap verdi. Sam kolunu ona doladı, Lia ise kıkırdayarak annesinin elini tuttu.

BÖLÜM 14

Ertesisabah Alfred bir çığlıkla uyandı. Eğer daha önce hiç kuğu çığlığı duymadıysanız, şanslısınız demektir. Çok gürültülüydü; herkesi uyandırdı.

E-Z Alfred'i sakinleştirmeye çalıştı. Kuğu sadece kanatlarını daha fazla çırptı ve korkunç bir ses çıkardı. Sanki işkence görüyor gibiydi. Ya öyle ya da dünyanın sonu g eliyordu!

Sam Amca neler olduğunu kontrol etmek için geldi.

"Bu Alfred, ama endişelenme. Ben hallederim," dedi E-Z.

Kısa süre sonra Lia ve Samantha araştırmaya geldi. Lia, Samantha'yı tekrar uyumaya ikna etti.

Lia, E-Z'nin Alfred'i rahatlatmasına yardım etmek için kaldı. Alfred hemen pencereye gitti, gagasıyla pencereyi açtı ve gecenin içine doğru uçtu.

Üstlerinde, E-Z ve Lia Alfred'in perdeli ayaklarının çatıya vuruşunu dinlediler.

"Siz ikiniz ne bekliyorsunuz!" diye bağırdı. "Gitmemiz gerek - ŞİMDİ!"

Lia pencereden dışarı tırmandı ve çıkıntıda titreyerek durdu. E-Z tekerlekli sandalyesine binip manevra yaparak onu havada asılı bir pozisyona getirene kadar bekledi.

"Bekle, sanırım tek boynuzlu at sonunda yolda," dedi Alfred. "Ben de bu yüzden buradayım. Gelip gelmediğini görmek için."

Küçük Dorrit yere indi, burnunu Lia'nın altına soktu ve onu sırtına attı.

Alfred'in önderliğinde uçmaya başladılar.

"Yavaşla!" E-Z bağırdı. Alfred onu duymazdan geldi. İrtifa ve hızını artırarak devam etti. E-Z'nin sandalye kanatları da melek kanatları gibi çırpınmaya başladı. Alfred'i görüş alanında tutmak için hızlı çalışması gerekiyordu.

Lia titredi. "Keşke yanımda bir kazak olsaydı."

"Boynuma sarıl," dedi Küçük Dorrit. "Ben seni sıcak tutarım."

E-Z hızını artırarak yaklaştı, sonra Alfred'in yavaşladığını fark etti. Ya da o öyle sanmıştı. Onun yerine, zihninden asla silinmeyecek bir manzara gördü. Alfred havada donmuş, kanatlarını ve ayaklarını uzatmıştı. Sanki bir X gibi modelleniyordu.

Sonra tüm vücudu titremeye başladı ve bu titreme giderek bir sarsıntıya dönüştü. Elektrik çarpmış gibi görünüyordu. Yüzündeki dayanılmaz acı ifadesi arkadaşlarının gözlerini yaşarttı.

"Ona ne oluyor?" Lia sordu. "Artık izleyemiyorum. İzleyemiyorum," diye hıçkırdı.

"Sanki şok geçiriyor. Kim böyle bir şey yapar ki?" Bunu söylerken biliyordu. Sadece Eriel bu kadar zalim olabilirdi. Eriel onları çağırıyordu. Arkadaşları Alfred'i takip etmelerini sağlamak için bu elektrik verme tekniğini kullanıyordu. Peki ya şoklardan sağ çıkamazsa? Bunu söylerken, Alfred'in bir avuç tüyü vücudundan ayrıldı ve havada süzüldü. Titremeyi bıraktı ve uçmaya başladı. Omzunun üzerinden, "Hadi, bana tekrar çarpmadan devam et," dedi.

"Sen iyi misin?" Lia sordu.

"Bu üçüncüsüydü ve her seferinde daha da kötüleşiyor. Olmamızı istedikleri yere bir an önce gitmeliyiz. Sonuncusundan daha kötüsüne dayanabilir miyim bilmiyorum. Çok kötüydü."

İlerlerken sohbet ederek yollarına devam ettiler.

"Herkesi uyandırdığım için özür dilerim," dedi Alfred, artık şoklar sona ermişti.

"Senin hatan değildi." E-Z dedi. "Kimin hatası olduğunu bildiğimden oldukça eminim - ve onu gördüğümüzde, ona ne için olduğunu söyleyeceğim."

"Ne demek istiyorsun?" Lia, Küçük Dorrit'in boynuna sokularak sordu. Hava çok karanlık ve soğuktu; titremesine engel olamıyordu.

Alfred, "Vücudumun her tarafına elektrik şokları gönderilerek çağrıldık. Sanki tüylerim içten dışa doğru yanıyor gibiydi. Çok kabaydı. Çok kabaydı ve bir an için tekrar iki arada bir derede olduğumu sandım."

Bunu düşünürken tüm kuğu vücudu titredi. "Bunu her kim yaptıysa, onları gördüğümde hak ettiklerini vereceğim!"

Alfred diğerlerinin peşi sıra uçmaya devam etti. "Önceleri Ariel beni uyandırmak için kulağıma fısıldardı. Sonra birlikte bir plan yapardık. Bunu ben iki arada bir derede kaldığımda bile yapardı. Bana karşı her zaman nazik ve kibar olmuştur. Bu çağrı farklıydı."

"Kulağa Eriel'in işi gibi geliyor," diye itiraf etti E-Z. "Pek nazik değil ve biraz melodramatik ve oldukça duyarsız olabiliyor. Hastalıklı bir espri anlayışı olduğundan bahsetmiyorum bile."

Alfred, "Biraz melodramatik, yüzeysel bile değil," dedi.

"Bir ara bize bu iki arada bir derede durumundan daha fazla söz etmen gerekecek. İsim kulağa hoş geliyor ama içimden bir ses bunun bir oksimoron olduğunu söylüyor," dedi E-Z.

"Bu konuda konuşmaktan hoşlanmıyorum," diye yanıtladı Alfred.

"Bu Eriel denen kişiyle tanışmayı gerçekten dört gözle bekliyorum. HAYIR." Lia itiraf etti. "Bu Voldemort'la tanışmak için sabırsızlanmak gibi bir şey. Ünü ondan önce geliyor."

"Harry Potter hayranısın demek?" dedi Alfred.

"Kesinlikle," diye itiraf etti Lia.

Gökyüzündeki yıldızlar hayali bir sıcaklık yayıyordu. Yine de gece havasında hazırlıksız bir şekilde titriyorlardı.

"Neredeyse vardık mı?" E-Z sordu.

"Kesin olarak bilmiyorum," dedi Alfred. "Şok nereye çağrıldığımızı söylemedi ve ben de havada herhangi bir titreşim algılayamıyorum. Bizden bekleneni yapmadığımızı gösterecek tek şey başka bir şok. Ne yazık ki."

"Bunun olmasını istemeyiz. Hızlanalım."

"Yine de yaklaşıyoruz gibi görünüyor." Alfred havada durdu; kanatları tamamen açılmıştı. "Olamaz!" diye fısıldadı, yeni şokun vurmasını bekliyordu. Bekledi ve bekledi ama hiçbir şey olmadı. "Sanırım neredeyse..."

Kuğunun vücudu bu kez sadece sallanıp titremekle kalmadı. Alfred'in vücudu tekrar tekrar yuvarlandı. Sanki gökyüzünde taklalar atıyordu.

Kuğu serbest düşüşe geçerken tüyleri rüzgârda dans ederek etrafında uçuştu.

E-Z trompetçi kuğunun altından uçtu ve onu yakaladı. "Alfred? Alfred?" Zavallı kuğu bayılmıştı. "Eriel! Sen! Seni koca killi akbaba!" E-Z yumruğunu gökyüzüne doğru kaldırarak bağırdı. "Alfred'i öldürmek zorunda değilsin. Bize nerede olduğunu söyle, biz de orada olalım, ama sadece elektrik yüklerini kesmeyi kabul edersen. Bu barbarca. Tanrı aşkına, o bir kuğu. Onu rahat bırakın."

Lia avuçlarını gökyüzüne doğru açarak, "Onun dediği gibi," diye karşılık verdi.

Bir saniye boyunca, oldukları yerde kaldılar.

Sonra tekerlekli sandalyeyi bir şok vurdu. Sonra tek boynuzlu at Dorrit'e çarptı. Ve herkes serbest düşüşe geçti.

Eriel'in kahkahası etraflarındaki havayı doldurdu. Dünya onun Sensurround'uydu ve Üç' le kimsenin yapamadığı gibi alay ediyordu. Ya da yapamazdı.

BÖLÜM 15

U zun bir süre boyunca düşmeye devam ettiler. Hiçbiri özel güçlerini ya da niteliklerini kontrol edemiyordu.

Yarı yarıya vücutlarının aşağıdaki kaldırıma sıçramasını bekliyorlardı. Kaldırım onları selamlamak için yükseliyordu.

Birdenbire iniş sona erdi. Sanki hepsi görünmez bir kuklacıya bağlanmış gibiydi.

Birkaç saniye sonra hareket yeniden başladı ama bu sefer nazikti.

Başmelekler Eriel, Ariel ve Haniel'in ayaklarının dibine güvenle bırakılana kadar onlara rehberlik etti.

"Yolculuğunuz iyi geçti mi?" Eriel sordu. Kahkahalarla böğürdü. Arkadaşları gülmeden ya da konuşmadan baktılar.

Artık uyanmış olan Alfred uçup yere indi, onu Lia'yı taşıyan Tek Boynuzlu At Küçük Dorrit izledi.

Tek boynuzlu at diğer konukları selamladıktan sonra odanın uzak tarafına çekildi.

Diğer üçü arasında en uzun boylu olan Eriel, ellerini kalçalarına dayamış, kimin yetkili olduğu konusunda hiçbir soru işareti bırakmayacak şekilde ayakta duruyordu.

Ariel ise tam tersine peri gibiydi.

Haniel heykelsiydi ve güzellik saçıyordu.

Eriel öne çıktı, yerden kalkarak onların üzerine çıktı. "Buraya gelmeniz yeterince uzun sürdü!" diye bağırdı. Gelecekte varlığınızı emrettiğimde hemen burada olacaksınız!"

Haniel uçarak Alfred'e yaklaştı. Onun alnına dokundu. Sonra E-Z'ye döndü ve aynısını yaptı. Gülümsedi. "İkinizle de tanıştığıma memnun oldum." Lia'ya döndü. Lia avucunu açtı ve ikisi açık avuç içi parmak dokunuşlarını değiş tokuş ettiler. Lia kendini Haniel'in kollarına attı. Haniel kanatlarını onun etrafına sardı ve on yaşındaki yeni kızın görünüşüne baktı.

Ariel E-Z'ye doğru kanat çırptı. Ona göz kırptı ve Lia'ya gülümsedi. Alfred'e doğru uçtu ve onun acısını dindirdi.

"Bu kadar yaygara yeter!" Eriel o kadar gür bir sesle emretti ki E-Z çatıyı yerinden oynatacağından korktu.

"Dur bir dakika," dedi Alfred, perdeli ayaklarının beton zeminde çıkardığı sesle yürürken. "Neredeyse elektrik çarpıyordu ve bir özür rica ediyorum."

Eriel kanatlarını sonuna kadar açtı, açabildiği kadar. Titreyen ama yerinde duran Alfred'in üzerinde süzüldü. Gözleri kilitlendi.

E-Z, trompetçi kuğu Alfred'in ya çok cesur ya da çok aptal olduğunu hissetti. Her iki durumda da yardıma ihtiyacı vardı.

E-Z öne doğru yuvarlandı ve sandalyesini ikisinin arasına yerleştirdi. "Olan oldu." Alfred'e seslendi, "Yerde kal." Alfred de öyle yaptı. Sonra Eriel'e, "Senin bir zorba olduğunu biliyorum ve arkadaşımıza yaptığın şey affedilemez ve zalimceydi. Gecenin bir yarısı, o yüzden sadede gel - bize neden burada olduğumuzu söyle? Nedir bu büyük acil d rum?"

Eriel yere indi ve kanatları vücudunun arkasında katlandı. "Sana şahsen ulaşma çabalarım cevapsız kaldı, çırağım. Ne yaparsam yapayım, horlaman uyanmanı engelledi. Haniel'i Lia'ya gönderdim ama yanında uyuyan annesini rahatsız etmeden onu uyandıramadı. Bu nedenle Alfred'i çağırdık ama o da uzun süre cevap vermedi. Akıl hocası her zamanki gibi ona yaklaşmaya çalıştı ama fısıltıları onu uyandıracak k adar güçlü değildi."

"Senin için endişelendim," dedi Ariel.

"Özür dilerim," dedi Alfred. "E-Z'nin yatağı son derece rahattır ve oldukça gürültülü horlar. Tekrar gerçek bir yatakta uyumayalı uzun zaman olmuştu."

"SESSİZLİK!" Eriel çığlık attı.

Alfred bir adım geri çekildi, E-Z ise sandalyesini yaratığa daha da yaklaştırdı.

Eriel sesini alçalttı. "Haniel senin öldüğünü sanıyordu kuğu. Bu nedenle ben de bu fırsatı en yeni teknolojimizi değerlendirmek için kullandım."

"Daha önce insanlar üzerinde uygulanmamıştı," diye itiraf etti Haniel.

"İnsan olmayan biri üzerinde denemenin en iyisi olacağını düşündük - Alfred sen de buna uydun ve çok işe yaradı. Doğru, hepiniz geç geldiniz ama buraya geldiniz. Dedikleri gibi, geç olması hiç olmamasından iyidir."

"Beni kobay olarak mı kullandınız?" Alfred gagasını sonuna kadar açmış boynunu ileri geri sallayarak yerde ilerliyordu.

E-Z tekerlekli sandalyesini bir kez daha ikisinin arasına yerleştirdi. Alfred'e "Yerde kal," dedi.

Eriel, Haniel ve Ariel üçlünün etrafında bir yarım daire oluşturdular.

"Haklısın E-Z. Olan oldu. Bunu benim üzerimde denemeleri, ikinizin üzerinde denemelerinden daha iyi. Şimdi işinize bakın," dedi Alfred.

"Evet, Eriel," dedi E-Z, "tekrar soruyorum, neden buradayız?"

"Her şeyden önce," diye bağırdı başmelek, "plan üçünüzün bir tür üçlü oluşturmasıydı."

"Bunu zaten kendimiz çözdük," dedi Lia. Üç başmeleği aynı anda görebilmek için avuçlarını açık tutuyordu. Ayrıca zaman zaman odanın çevresine bakarak etraflarını da inceliyordu. E-Z ile ilk tanıştığı yerdeki gibi metal duvarlarıyla tanıdık geliyordu. Sadece çok daha genişti.

E-Z etrafına bakındı ve Lia'ya baktı. O da aynı şeyi düşünüyordu. Duvarlara baktıkça, duvarlar daha çok üzerine kapanıyor gibiydi. Alan çok büyük olmasına rağmen kendini soğuk ve klostrofobik hissediyordu. Keşke tekerlekli sandalyesinde, bazı arabalarda olduğu gibi koltuğun ısıtılabildiği bir düğme olsaydı diye d üşündü.

"Sessizlik!" Eriel bağırdı. Herkes sessiz olduğu için bu yersiz görünüyordu. Elbette, onun düşüncelerini de okuyabildiğini hesaba katmamışlardı.

Alfred güldü.

Eriel aralarındaki boşluğu kapattı ve Alfred geri çekildi. Eriel aradaki boşluğu tekrar kapattı. Ve böylece, Alfred duvara yaslanana kadar devam etti. Alfred uçtu. Eriel onu pençe gibi ayaklarıyla yakaladı. Onu diğerlerinin üzerinde tuttu.

"Eriel, lütfen," dedi Ariel. "Alfred iyi bir ruh."

Eriel onu yere bıraktı, sonra yumruklarını kaldırdı. Yumruklarından yıldırımlar fırladı ve konteynerin metal tavanından sekti. Eriel hariç herkes uçan elektrik yükleriyle dodgem oynadı. Eriel izledi. Güldü. Ta ki bu eğlenceden yorulana kadar.

Üçlününkendine güveni test edilmişti.

Eriel kalan şimşekleri yakaladı. Onları ceplerine yerleştirirken büyük bir gösteri yaptı.

"Şimdi o zaman," dedi sinsi bir sırıtışla. "Yeni bir duruşma seni bekliyor. Bugün. İçinizden biri ölecek."

E-Z sandalyesinden fırladı. Alfred istemsiz bir "Hoo-hoo!" diye bağırdı ve Lia küçük bir kız çığlığı attı.

Eriel onların tepkilerine aldırmadan devam etti. "Seçim yapmak için buradasınız. Bugün hanginiz ölecek? Seçiminizi yaptıktan sonra, söz konusu ölüm nedeniyle karşılaşacağınız sonuçları açıklayacağım." Eriel birkaç adım öteye uçtu ve diğer iki melek de birer tane olmak üzere onun yanındaydı.

Ariel önce Alfred'in ölümünü anlattı:

"Bu duruşma için size herhangi bir ayrıntıdan bahsedemem. Sana söyleyebileceğim tek şey, Alfred, bugün ölürsen, sözleşmedeki anlaşmanı yerine getirmemiş olacaksın. Dolayısıyla aileni bir daha göremeyeceksin, ne şimdi ne de hiçbir zaman. Ancak ölümün çok güzel olacak. Çünkü hayatta olduğu gibi, bir kuğunun ölümü de her zaman güzeldir. Görkemli. Çünkü bir kuğu öldüğünde, bir meleğe dönüşür. Dönüşümün senin için yeni bir başlangıç olacak. Amacınız hem insanların hem de hayvanların iyiliği için olacak. Sana yeni bir isim ve yeni bir amaç verilecek. Her yönden gerçekten değerli olursunuz. Ve ruhun ebedi dinlenme yerine geri dönecek."

Alfred'in trompetçi kuğusunun yanaklarından yaşlar süzüldü. Ariel kanatlarını onun kanatlarına sararak onu teselli etti.

İkinci olarak, Haniel Lia'nın ölümünü anlattı:

"Yakında Ariel gibi bir kadın olacak olan çocuk, sana elimizdeki görev hakkında hiçbir bilgi veremem. Sana söyleyebileceğim tek şey sevgili Cecelia, nam-ı diğer Lia, bugün ölürsen artık olmayacaksın. Hiçbir şekilde. Ölümün sadece bir ölüm olacak. Son ölüm. Tıpkı ampul patladığında olduğu gibi, ölmüş olacaksın. Zavallı hayatınız o zaman sona ermiş olacak. Oysa şimdi buradasınız ve dünyaya sunacak çok şeyiniz var. Henüz sahip olduğunuz güçlerin yüzeyini bile kazımadınız. Ancak, bugün ölseydiniz bu güçler harcanmadan kalacaktı. Toprağa karışacaksın, toza toprağa karışacaksın. Sizi tanıyan ve sevenler için sadece bir anı olarak kalırsınız. Ama ruhunuz da ebedi i stirahatgahına geri dönecek."

Lia gözlerinden akan yaşları tutmak için ellerini kapattı. Gözlerinden de yaşlar dökülüyordu. Yaşlı gözlerinden. Hıçkıra hıçkıra ağlarken vücudu titriyordu. Konuşamayacak kadar duygu yüklüydü.

Küçük Dorrit araya girdi ve küçük kızı omzundan dürttü. Haniel de onu alnından öperek teselli etmeye çalıştı.

Ve sonra Eriel E-Z'nin hikâyesini anlatmaya başladı:

"E-Z, anne baban öldüğünden beri pek çok şey başardın. Sana sınavlar verildi. Bazen, çoğu zaman bir insan için aşılamaz görevler. Yine de bunların üstesinden gelmeyi başardın. Hayatlar kurtardın. Beni hayal kırıklığına uğratmadınız. Ancak, hissediyoruz." Bir o yana bir bu yana bakarak duraksadı. "Özellikle güçlerinizi engellediğinizi hissediyorum. Hatta bazen onları inkâr ettiğinizi. Dünyayı daha iyi bir yer haline getirmeniz için size verdiğimiz zamanı aldınız ve çarçur ettiniz."

E-Z konuşmak için ağzını açtı.

"Sessizlik!" Eriel bağırdı. "Kendini haklı çıkarmaya çalışma. Seni beyzbol oynarken ve arkadaşlarınla vakit geçirirken izliyorduk, sanki görevlerini tamamlamak için dünya kadar zamanın varmış gibi. Zaman doldu. Eğer bugün ölürsen, sınavların yarım kalacak."

E-Z bundan sonra ne olacağını iyi biliyordu ama Eriel'in söylemesini beklemek zorundaydı. Doğru olması için kelimeleri söylemesini.

Tahmin ettiği gibi, Eriel henüz sözlerini bitirmemişti. "Hayatını kurtardığın denemeleri yarım bırakarak bizi terk etmek. İşte bu affedilemez. Eğer bugün ölürsen kanatlarını kaybedersin. Bu başlangıç için. Sana henüz verilmemiş olan o sınavlar asla verilmeyecekti. Çünkü bu görevleri tamamlayabilecek tek kişi sendin. Tek um udumuz.

"Bu nedenle, senin kurtaracağın kişileri hiç kimse, hiçbir zaman kurtaramayacak. Onlar senin yüzünden ölecekler. Denemeleriniz sırasında kurtardığınız herkes ölecek.

"Sanki hiç var olmamışsınız gibi olacak. Ölümleri nihai olacaktı. Tamamlanmış. Hiçbiri için ölümden sonra yaşama şansı olmayacak. Onları iki arada bir derede göndermek bile bir seçenek olmazdı. O zaman E-Z olarak ölümün dünyayı kasıp kavuracak ve kaos getirecek. Seninle düello yaptığımız günkü gibi. O gün dünyanın nasıl olduğunu hatırlıyor musun? İşte dünya böyle olurdu - her bir günde." Eriel arkasını döndü. Sanki gitmeye hazırlanıyormuş gibi kanatlarını açmasını izlediler.

Hepsi sessizdi. Kaderlerini düşünüyorlardı.

Bir süre sonra Eriel sessizliği bozdu. "Ariel, Haniel ve ben şimdilik sizi yalnız bırakacağız. Kendi aranızda konuşup karar verebilirsiniz. Ama elinizi çabuk tutun. Bütün gün bekleyemeyiz."

Üç baş melek tavanda gözden kayboldu.

BÖLÜM 16

Başmelekler gittikten sonra, Üçlerbirşey söyleyemeyecek kadar şaşkındılar. Ta ki E-Z sessizliği bozana kadar.

"Hepimizi buraya getirmeleri bana hiç mantıklı gelmiyor. Alfred'e işkence etmeleri. Bizi buraya getirmeleri. Sonra da birimizin ölmesi gerektiğini söylesinler. Ve hangimizin öleceğini biz seçeceğiz. Bu barbarca - Eriel için bile."

Lia yumruklarını sıkmış volta atıyordu. Konuşamayacak kadar öfkeliydi ve bir şeye çarpıp çarpmaması umurunda değildi. Aslında, çarptığında da tekmeliyordu.

Alfred söze karıştı. "Bence birinin ölmesi gerekiyorsa, bu ben olmalıyım. Güçlerim son derece sınırlı. Denemelerin karmaşıklığı göz önüne alındığında büyük olasılıkla kuğu çorbasına dönüşürüm. Son deneme gibi. Bana yardım ettiğini biliyorum E-Z. Çok naziksin ama ben bir sorumluluk olduğumu biliyordum."

E-Z sözünü kesmeye çalıştı ama Alfred devam etti. "Yolunuza çıkabileceğimden bahsetmiyorum bile. Birinizi riske atabilirdim. Ailem benden alındığından beri üzgün ve yalnız bir hayat yaşıyorum. Bir gün yalnızlık bunaltıcı olur. Üç' ün bir üyesi olmak yardımcı oldu ama...

"Bir kuğu olarak bile onları düşünebilirim. Onları hatırlar, severim. Birlikte öldüklerini ve birlikte bir yerlerde olduklarını bilmek bile bana huzur veriyor. Onlarla birlikte olmasam bile, ama bugün ölecek olan bensem, olacağım. Bu riski almaya hazırım. Ayrıca, ben gittiğimde dünyada kimse beni özlemeyecek."

"Biz seni özleyeceğiz!" Lia dedi ki.

"Elbette, seni özleyeceğiz!" E-Z de aynı fikirdeydi, zemini geçerken daha önce duvarla bütünleşmiş olan bir masayı fark etti. Ona doğru yaklaştı ve üzerinde bir yığın kâğıt buldu, onları karıştırdı.

"Duyarlılığınız için teşekkür ederim," dedi Alfred. "Hey, ne yapıyorsun, E-Z? Bu masa da nereden çıktı?"

Lia hem E-Z'yi hem de Alfred'i aynı anda görebilmek için iki elini de önüne uzattı.

E-Z sayfaları çevirmeye devam etti. Kısa süre sonra odanın içinde uçuşmaya başladılar. Sanki bir kasırganın gözüne yakalanmışlar gibi havada dönüyorlardı.

Üçlü bir araya gelerek kâğıtların uçuşmasını izledi. Sonra bir anda kaldırıma düştüler.

Lia içlerinden birini kaptı ve E-Z ile Alfred bakarken okudu.

"Bu da ne?" diye haykırdı. "İsimlerimiz yazıyor. Hikâyelerimizi anlatıyor. Bizim hikâyelerimizi. Ölümlerimizin."

"Çoktan öldüğümüzü söylüyor!" E-Z eline geçen kâğıtlardan birini okuduğunu söyledi.

"Ah," dedi Lia, yanağından bir damla gözyaşı süzülerek. "Ayrıca annemin de Sam Amcan gibi öldüğünü söylüyor."

E-Z başını salladı. "Bu doğru olamaz. Bu doğru değil. Bizimle oynuyorlar." Etrafına bakındı. Odada bir şeyler değişmişti. Duvarlar. Artık kırmızıydılar. "Başka bir boyuta falan mı geçtik? Duvarlara baksana? Geleceğin çoktan geçmiş olduğu başka bir yerde miyiz?"

Alfred düşen sayfalardan birini daha eline aldı. Karısının, çocuklarının ve kendi ölümünü anlatıyordu. Yine de kendine baktığında, kendini hissettiğinde canlıydı, tüyleri vardı: bir trompetçi kuğu. "Çıkmak istiyorum," dedi.

Lia gülümsedi. "Bu odadan mı, yoksa bu hayattan mı çıkmak istiyorsun? Ben de çıkmak istiyorum, yani bu ürkütücü metal konteynırdan çıkmak istiyorum ama ölmek istemiyorum. Dünyayı avuçlarımın içinden görmek tuhaf ve aynı zamanda havalı. Düşünceleri okuyabilmek, bu da harika. Yine de zamanı durdurduğumda, bu harikaydı. Bu gücü çağırabildiğinizi hayal edin, mesela birisi tehlikedeyse ya da bir felaket varsa. Ne kadar çok hayatın kurtarılabileceğini hayal edebiliyor musunuz? Ve şimdi on yaşındayım ve kim bilir beni bekleyen başka ne güçler var."

"Tanrısal," dedi E-Z. "Nasıl hissettiğini biliyorum Lia. O ilk küçük kızı kurtardığımda, diğerlerini kurtardığımda ve seni kurtardığımda ben de böyle hissettim."

Üçü yeniden bir daire oluşturdu ve el ele tutuşarak şu sözleri okudular: "Güç bizde. Bugün kimse ölmeyecek. Ne derlerse desinler." Yeni mantralarını söyleyerek kendi etraflarında dönüp durdular. Ta ki baş melekleri tekrar çağırmaya hazır olana kadar.

BÖLÜM 17

Önce Eriel geldi, kaşlarını kaldırmış ve dudağını küçümser bir ifadeyle bükmüştü. Ardından Ariel ve Haniel geldi. İkisi onun arkasında, devasa kanatlarının gölgesinde kaldılar. Eriel kollarını kavuştururken, diğer iki baş melek yukarı doğru hareket etti. Omuzlarının iki yanında havada asılı kaldılar.

"Kararımızı verdik," dedi E-Z. "Bugün kimse ölmeyecek."

Eriel'in kahkahası metal muhafazanın etrafında gürledi. Havaya yükseldi, sonra kollarını göğsünün üzerinde kavuşturdu. Ariel ve Haniel sessiz kalırken, Eriel'in kahkahasının tonu Alfred'in kulaklarını acıtacak kadar y ükseldi.

Alfred bayıldı ama çabucak kendine geldi. Lia ve E-Z kalkmasına yardım ettiler. Küçük Dorrit uçup gelene kadar onu ayakta tuttular. Birkaç dakika sonra Alfred onların üzerinde, tek boynuzlu atın üzerinde oturuyordu. Eriel ile yüz yüze gelmişti.

"Teşekkürler dostum," dedi Alfred.

"Yardımcı olduğuma sevindim," dedi Küçük Dorrit.

"Yeter!" Eriel bağırarak üzerlerine doğru ilerledi. Cüssesi, korkunçluğu ve gürleyen sesiyle onları korkutuyordu.

"Olacak olanı değiştirebileceğinizi mi sanıyorsunuz? Size ne olması gerektiğini söyledim ve bana itaat etmekten başka seçeneğiniz yok. Bu bir anket değildi. Ne de demokrasi. Bu bir kesinlikti. Çünkü yazılmıştır..."

Sonra zeminin kâğıtlarla kaplı olduğunu fark etti. Aşağı uçtu ve bir tanesini aldı. Sonra ayağa kalktı, böylece Alfred'le yüz yüze geldi. Elinde Alfred'in hikâyesini t utuyordu.

"Görüyorum ki geleceği okumuşsun. Artık gerçeği biliyorsun, paralel bir evrende yaşadığını. Burada olanlar, diğer evrenlerde de dalgalanıyor. Hem geleceğin hem de geçmişin var olduğu yerlerde."

Lia sağ elini bıraktı ve sol elini kaldırdı. Kolları güçlü değildi, çünkü hâlâ onları tutmak zorunda kalmaya alışmaya çalışıyorlardı.

Eriel odanın içinde uçarak kırmızı bir kanepeye gitti ve üzerine oturdu. Diğer melekler de birer koltuğa oturarak ona katıldılar. Eriel kanatlarını ne tam olarak açmış ne de kapatmış bir şekilde rahatça oturdu.

Kendini rahat hissettikten sonra devam etti. "Dünyalardan birinde, üçünüz de çoktan öldünüz. Gerçeği okudunuz. Bu dünyada hâlâ umut var. Umut bizim sayemizde, yani ben, Ariel, Haniel ve Ophaniel sayesinde var. Bizimle işbirliği yapmanız için siz üç insanı seçtik. Size hedefler verdik ve yapabildiğimiz yerde ve zamanda size yardım ettik. Biz sizinle birlikteyken, varlığınızın devam etmesine yalnızca biz izin veriyoruz. Hayatınızın amacını yalnızca biz veriyoruz. Sizin için seçtiğimiz yolu izlemeyi reddederseniz, siz de artık bu dünyada var olmayacaksınız. Hiçbir zaman olmadığınız ve olamayacağınız gibi si linirsiniz."

E-Z yumruklarını sıktı ve sandalyesi öne doğru savruldu. "Belgede, diğer hayatımla ilgili belgede, Sam Amca'nın da öldüğü yazıyordu. Ailemle birlikte kazaya karışmamıştı. O bu pazarlığın bir parçası değil. Beni burada tutmak için mi onu öldürdün Eriel?"

Lia cevap beklemeden söze girdi. "Belgemde annemin öldüğü yazıyor. Bu nasıl doğru olabilir? Lütfen bana bunun doğru olmadığını söyle!"

Alfred artık kendini daha iyi hissediyordu, Küçük Dorrit'in sırtından atladı. Paytak paytak kanepeye yaklaştı ve tekrar Eriel ile yüz yüze geldi.

E-Z gururla arkadaşı korkusuz trompetçi kuğu Alfred'e b aktı.

"Ve belgelerde, dualarım kabul oldu. Ben çoktan öldüm. Olması gerektiği gibi ailemle birlikte öldüm. Ölü kalmayı tercih ederdim. Trompetçi kuğu olarak reenkarne olmak yerine onlarla birlikte ölmeyi. Bu, Haniel beni iki arada bir derede kalmışlıktan kurtardıktan sonra oldu."

Eriel Alfred'i kovaladı. "Ah, evet, iki arada bir derede. Oraya gönderildiğini unutmuşum. Orayı pek sevmiyordun, değil mi?"

Alfred boynunu oynattı ve gagasıyla yüzünü buruşturdu. Küçük, sivri dişlerini Eriel'i ısırmak istermiş gibi gösterdi.

"Yerde kal," dedi E-Z kanepeye doğru yuvarlanırken.

Alfred gagasını kapattı. Lia daha da yaklaştı. Şimdi Üçü birlikte Eriel'in önünde duruyordu. Başmeleğin bir şey, herhangi bir şey söylemesini beklediler. İlk kez suskun kalmışlardı.

E-Z durumu kontrol altına almak için bu fırsatı değerlendirdi.

"Gazetelerde Sam Amca'nın annem, babam ve benimle birlikte kazada öldüğü yazıyordu. Bizimle birlikte arabada değildi, bunun gerçekleşmesi için bizimle birlikte araca yerleştirilmiş olması gerekirdi. Ne amaçla? Siz sözde baş melekler, bize açıklayın. Neden tarihi kendi amaçlarınıza uygun olarak değiştiriyorsunuz? Bu arada Tanrı tüm bunların neresinde? Onunla konuşmak istiyorum."

"Ben de öyle!" Lia haykırdı.

"Ben de!" Alfred de katıldı.

Eriel bacak bacak üstüne attı ve kanatlarını açtı. Elini çenesine koydu ve "Tanrı'nın bizimle ya da sizinle bir ilgisi yok - artık yok" diye cevap verdi. Bu görev onu sıkıyormuş gibi esnedi.

"Ya size şu anda evinizin yandığını söyleseydim? Ya sana ne Sam Amca'nın ne de annen Samantha'nın, Lia'nın bir gün daha yaşayamayacağını söyleseydim?"

"Seni adi herif!" E-Z haykırdı.

"Aynen öyle!" Lia da öyle dedi.

Eriel, "Hadi ama," diye azarladı. "Burada hepimiz arkadaşız. Arkadaşız, değil mi? Eviniz yanabilir, biz burada zamanda asılı dururken her şey olabilir. Seçim yapmakta ne kadar gecikirseniz, dünyada o kadar çok kaos yaratırsınız." Ayağa kalktı ve kanatlarını açarak üçlünün birkaç adım geri atmasına neden oldu.

"E-Z, Sam Amcan için hayatını tehlikeye atarsın, değil mi?" diye devam etti. Adam başını salladı. "Elbette yaparsın. Ve Lia, sen de annenin hayatını kurtarmak için hayatını tehlikeye atardın, değil mi?" Lia başını salladı.

"Ve Alfred, benim sevgili küçük trompetçi kuğum. Benim tüylü tüylü arkadaşım. İkisinden hangisini kurtarırdın? Eğer sadece birini kurtarabilseydin?" Eriel yaptığı kafiyelerle gurur duyarak gülümsedi.

"İkisini de kurtarırdım," dedi Alfred. "Hayatımı riske atar ya da denerken ölürdüm."

"Tuhaf bir ölüm arzun var tüylü dostum."

Alfred, Eriel'e doğru hızla ilerledi.

"Y-o-u a-r-e n-o-t m-y f-r-i-e-n-d! Bizimle oyun oynamayı bırak. Bizi sen bir araya getirdin. Neden? Bizimle alay etmek için. Küçük bir kızı ağlatmak için. Sen koca bir zorbadan başka bir şey değilsin."

"Evet," dedi Lia. "Bize zorbalık etmeyi bırak."

"Söyledikleri gibi," diye ekledi E-Z.

Eriel şimdi öfkeliydi, siyahtan kırmızıya, kırmızıdan siyaha döndü. Odanın öbür ucuna uçtu ve yumruklarını masaya indirdi.

"Gerçeği mi istiyorsun? Sen gerçekle başa çıkamazsın!" Sırıttı. "Küçük bir dipnot, Jack Nicholson'ın Birkaç İyi Adam filmindeki performansına bayılıyorum."

Bu hem Eriel'in hem de E-Z'nin hemfikir olduğu bir konuydu. Nicholson'ın o filmdeki performansı ku ursuzdu.

"Melodramı bırakın ve bizden ne istediğinizi söyleyin."

"Zaten söyledik," dedi Eriel. "Size bugün birinizin ölmesi gerektiğini söyledim. Hanginiz olacağını seçmenizi söyledim. Birinizin ölmesi gerektiği yazılı. Seçmek zorundasınız. Şimdi."

Alfred kuğu boynunu uzatarak öne çıktı. "O zaman ben olacağım."

Alfred diz çöktü, vücudu titriyordu. Baş meleğin başını kesmesini bekler gibi başını eğdi.

Bunun yerine, üç baş melek de alkışladı. Odanın içinde koşuşturdular. Bir çocuğun doğum günü partisinde gösteri yapan kiralık palyaçolar gibi çığlık atıyorlardı.

Birkaç dakika süren çılgınlığın ardından başmelekler durdu.

"Bitti," dedi Eriel.

Ve sonra gittiler.

BÖLÜM 18

E-Z tekerlekli sandalyesinde, Lia Küçük Dorrit ' in üzerinde ve kuğu Alfred degökyüzündesüzülmeye devam ediyordu. Birkaç mil boyunca ilerlemeye devam ettiler, ta ki altlarında devasa bir metal köprü fark edene k adar.

Genç bir adam çıkıntının üzerinde sallanıyor ve atlayacağına dair her türlü işareti veriyordu.

E-Z telefonunu çıkarıp 911'i aramaya hazırlanırken, Alfred hiç tereddüt etmeden adamın yanına uçtu. Telefonunu yerine koydu ve Lia'yla birlikte onu takip etti.

Alfred adamın yanında durdu, konuşamıyordu ve adam tarafından anlaşılamıyordu, tek söyleyebildiği "Hoo-hoo!" idi.

"Uzak dur benden!" diye bağırdı adam, sadece yardım etmeye çalışan zavallı Alfred'i sallayarak.

Adam kenara doğru yaklaştı, ayakkabılarını tekmeledi ve onların altındaki nehre düşüşünü izledi. Suyun üzerlerine gelmesini ve aç ağzıyla ayakkabıları altına çekmesini izledi. Daha fazlasını görmek isteyerek, önünde ironik bir şekilde "The End" yazan tişörtünü çıkardı.

Genç adam en sevdiği tişörtünün aşağı inerken sallanıp dans etmesini izledi. Su onu yutarken, adam şarkı söylemeye başladı:

"İşte gidiyorum dut çalısının etrafında.

Dut çalısı, dut çalısı.

İşte dut çalısının etrafında dönüyorum,

Güneşli bir sabahta."

Alfred onun şarkı söylediğini duydu. Kafiyeye aşinaydı. Adamın bir dize daha söylemesini bekledi. Aslında daha fazla söylemesini istiyordu. Ama onu rahatsız etmekten korkuyordu. Onunla konuşmaya çalışsa bile adam anlamayacaktı.

Bu sırada E-Z Alfred'den bir işaret bekliyordu. Sonunda bir işaret aldı - Alfred ona ve Lia'ya daha fazla yaklaşmamalarını söyledi.

Alfred genç adamın kendisini anlayabilmesini diledi. Eğer yaklaşırsa, onu yakalayabilir miydi? Kanatlarını sonuna kadar açarak yaklaştı.

Genç adam onu gördü. "Kuğu," dedi. Sonra sıçradı.

Trompetçi kuğu ortalama bir kuğudan daha büyüktü. Ama yetişkin bir adamı yakalayacak kadar büyük değildi. Yine de düşmesini engellemeye çalıştı. Onu kurtarmak için hayatını tehlikeye attı. Ama ne yaparsa yapsın, adam yine de kurşun bir balon gibi düşmüş. Nehrin aç ağzına.

Alfred kendini hiç düşünmeden adamın peşinden suya atladı. Adamı nasıl çıkaracağını kimse bilmiyordu. Bazıları önemli olanın düşünce olduğunu söyler. Bu durumda, Alfred adamın ağırlığı tarafından aşağı çekildi.

Bu sırada E-Z suyun üzerinde geziniyor, onlara yardım edebilmek için ya adamın ya da Alfred'in yüzeye çıkmasını bekliyordu. Ne Lia ne de Küçük Dorrit yüzme biliyordu.

Ve E-Z sandalyesi olsun ya da olmasın onlar için suya g iremezdi.

Öfkeden çılgına dönmüş bir halde kıyıya doğru uçtu, herhangi bir yaşam belirtisi arıyordu. Sonunda onu gördü, diğer tarafta sallanan bir şey. Koşarak geldi, adamı Lia'nın beklediği yere taşıdı ve öksürüğü geçtikten sonra kuğu Alfred'den bir iz aramaya koyuldu.

Sonra onu gördü. Yarı suyun içinde yarı dışında. Gelgitle birlikte sallanıyordu.

"Alfred!" diye seslendi, kuğunun başını kaldırdığında boynunun kırık olduğunu hemen fark etti. Trompetçi kuğu Alfred, arkadaşı artık yoktu. Eriel'in işi bitmişti.

E-Z'nin her hareketini izleyen Lia, Alfred'in boynunu gördü ve "Hayıııııır!" diye bağırdı.

E-Z kuğunun cansız bedenini tekerlekli sandalyesine kaldırdı ve onu tuttu. O da ağlamaya başladı.

Arkalarında, Alfred'in kurtardığı adam seslendi,

"Ben ölmedim! Benim, Alfred."

BÖLÜM 19

D ÜNYA DURAKLAMASI.

Kuşlar uçuşun ortasında durdu. Uçaklar da öyle. Ve balonlar ve dronlar gibi diğer uçan nesneler. Mermiler hazneden çıktıktan sonra ateşlemeyi durdurdu. Niagara Şelalesi'nden su akışı durdu. Böcekler artık vızıldamıyordu. H ava durdu.

Ophaniel, Eriel, Ariel ve Haniel'in yanında belirdi. Elleri kalçalarında ve çenesi öne doğru itilmiş halde, sinirli olduğu her halinden belliydi.

Konuşmak yerine E-Z'ye doğru döndü.

Adam donup kalmış, ağzı bir karış açık kalmıştı. Son söylediği kelime, "HAYIROOOOOOOOOOOOOO!" olmuştu.

Şimdi Lia'yı gözlemliyordu. Kızın yanağında donmuş bir gözyaşı vardı. Yaşlı gözünden akmıştı.

Şimdi E-Z'ye dönelim. Bir ceset taşıyordu. Ölü bir kuğunun cesedini.

Şimdi, artık kuğu olmayan Alfred'e. Bir insan şekline bürünmüştü. Boğulmuş bir adam.

Üçler'de onun yerine geçecek olan adam.

"Şimdi, bu resimde yanlış olan ne?" Yıldızların ayının hükümdarı Ophaniel sordu.

Kimse konuşmaya cesaret edemedi.

"Eriel, burada yetkili sensin. Önce E-Z ve Sam'in bağlanma testini, tabirimi mazur gör, kendini parkın dışına attırarak berbat ettin.

"Şimdi de senin aptallığın yüzünden kuğu Alfred bir insan bedenini ele geçirdi. Size Üç'ün bir üyesi olması gerektiğini söylediğim kişinin bedenini.

"Neyle karşı karşıya olduğumuzu biliyorsun. İşleri yoluna koymazsak geleceğin neler getireceğini biliyorsun. B iliyorsun!"

Eriel Ophaniel'in ayaklarına kapandı, sonra konuşmadan önce yerden kalktı. "Sözleri söyledim, tamamdır."

"Evet, kelimeleri söyledin ve sonra görevin tamamlandığından emin olamadın seni embesil!"

Yeni Alfred'in yanında durdu. "Üzgünüm ama bu bizim için bile işleri zorlaştırıyor. Güçlerimizle bile onu bu insan bedeninden çıkarıp kuğu formuna geri döndürmek o kadar kolay olmayacak. Onu iki arada bir derede geri göndermek zorunda kalabiliriz! Ve o bunu hak etmiyor. A slında,"

Ariel Ophaniel'in yanına uçtu ve "Konuşabilir miyim?" diye sordu.

"Alfred hakkında bu karmaşadan kurtulmamıza yardımcı olabilecek bir bilgin varsa konuşabilirsin."

"Alfred'i buradaki herkesten daha iyi tanıyorum. O olmayı, kendini feda etmeyi kabul etti. Bunu bir an bile tereddüt etmeden tekrar yapardı - kendisi için bir şey olmasa bile. Bu, herhangi bir canlı için, bir başkasını kurtarmak için hayatını vermek gibi büyük bir fedakarlıktır. Ayrıca, Alfred'in hem insan olarak hem de kuğu olarak ne kadar acı çektiği de göz önünde bulundurulmalıdır. O istisnai bir ruh ve ona ikinci bir şans verilmeli, üçüncü bir ş ans ve daha fazlası!"

Eriel alay etti, "O gitmeli, sonsuza dek iki arada bir derede kalmalı. O buna layık değil..."

"Bölmen için sana izin vermedim!" Ophaniel çığlık attı. Gelecekte sözünü kesmesini engellemek için dudaklarını ilikleyerek kapattı.

"Söylediklerin doğru, Ariel," dedi Ophaniel. "Alfred hem Lia hem de E-Z ile iyi işbirliği yapıyor. Ona bu yeni bedende ikinci bir şans vermeliyiz. İki arada bir derede kalmaması gerekiyordu. Hadz ve Reiki'ye bağlıydı. Bu olaydan sonra onları hemen madenlere sürgün etmeliydik. Bunun yerine onlara E-Z ile bir şans daha verdik.

"Yine de, Eriel onları madenlere gönderdi. Yani, her şey iyi bitiyor. Belki de Alfred bir şansı daha hak ediyordur. Bakalım ne olacak, insanların dediği gibi, kulağımıza göre oynayalım. İşe yararsa ne âlâ. Olmazsa, ruh binayı çoktan terk ettiği için bu beden geri dönüştürülebilir."

"Teşekkür ederim," dedi Ariel, Ophaniel'in önünde eğilerek. "Çok teşekkür ederim. Duruma göz kulak olacağım. Alfred'in seni hayal kırıklığına uğratmasına izin vermeyeceğim."

Ophaniel başını salladı, havalandı ve şu sözleri söyledi: DÜNYA YENİDEN BAŞLADI.

Zaman işlemeye başladı ve dünya eski haline geri döndü.

Önce Ophaniel ortadan kayboldu, diğer üçü de onu takip etmeden önce birkaç saniye bekledi.

BÖLÜM 20

"**A**sla!" E-Z haykırarak yeni Alfred'e doğru yaklaştı. "Alfred, sen misin? Gerçekten sen olabilir misin?"

Lia'nın sormasına gerek yoktu çünkü zaten biliyordu. Alfred'e doğru koştu ve kollarını ona doladı.

Alfred İngiliz aksanıyla, "Eriel yer değiştirmiş olmalı," dedi.

Üzerinde sadece bir kot pantolon olan Alfred titredi. "Dondurucu soğukta olmama rağmen, yeniden bir bedene bürünmek çok iyi hissettiriyor." Kaslarını esnetti ve ısınmak için olduğu yerde koştu. Sonra çimenlerin üzerinde birkaç takla attı, bu sırada E-Z ve Lia ağızları bir karış açık onu izliyorlardı.

"Ne gösteriş ama!" dedi Küçük Dorrit.

Onu yeni fark eden Alfred yanına gitti ve elini kürkünde gezdirdi. O kadar yumuşak ve sıcak hissetti ki, ona sokuldu.

"Bu oldukça garip bir olay," dedi E-Z, yaklaşarak. "Bundan ne anlam çıkaracağımı tam olarak bilmiyorum."

"Ben de bilmiyorum," dedi Alfred, "Ama bunu yemek yerken tartışabilir miyiz? Açlıktan ölüyorum ve ketçap ve soğanla doldurulmuş bir çizburger ve yanında kocaman bir patates kızartması kesinlikle iyi gider."

"Dur bir dakika," dedi E-Z. "Eğer bu adam sensen, adını bile bilmediğimiz bu adam - o zaman ya biri seni tanırsa?"

Alfred eğildi ve ayak parmaklarına dokundu. Yüzündeki deriyi hissetti. Saçlarını. "O köprüye geldiğimizde geçeceğiz." Gülümsedi, başını gökyüzüne doğru kaldırdı ve "Teşekkürler Eriel, her neredeysen." dedi.

Başlarının üzerinden geçen bir uçak bu sözleri gökyüzüne yazdı:

Bir kez daha yarığa, sevgili dostlar.

"Gökyüzüne yazı yazmak için oldukça tuhaf bir ifade," diye gözlemledi Lia. "İkinizden biri bunun ne anlama geldiğini biliyor mu?"

E-Z başını salladı, "Google'da aratabilirim." Telefonunu çıkardı.

"Gerek yok," dedi Alfred. "Shakespeare'den, Kral Henry'ye atfediliyor. Kelimenin tam anlamıyla, 'Bir kez daha deneyelim' demek. Savaş sırasında söylendiğine inanıyorum. Sanırım bu Ariel'imden bana bir şans daha verildiğini bildiren bir mesaj." Gözlerinden yaşlar süzüldü.

E-Z olayların bu şekilde değişmesinden şüphelenmişti. Alfred'in hâlâ onlarla birlikte olmasından memnundu ama ne pahasına olduğunu merak ediyordu. "Endişeliyim," diye itiraf etti E-Z.

Lia da öyle olduğunu söyledi.

"Ah, endişelenme. Eğer bu mesajı bana Ariel gönderdiyse, o zaman bizim tarafımızda demektir. Ayrıca, bedeninde olduğum adam artık bunu istemiyordu. Onu kurtarmaya çalıştım ama o yine de atladı. Belki de E-Z denemelerinde sana yardım etmem kaderdir. Her neyse, kabul ediyorum. Elimden geleni yapacağım. Bir gömlek ve ayakkabı giydikten sonra."

"Şimdi güçlerinin ne olduğunu merak ediyorum Alfred. Yani, hâlâ onlara sahip misin, yoksa başka güçlerin mi var? Ya da hiç yok. Yeniden insan olduğuna göre," diye sordu L ia.

Alfred sarı saçlı başını kaşıdı. "Uh, bilmiyorum. Burada tedaviye ihtiyacı olan tek şey benim eski kuğu bedenim. Tedavi edersem tekrar eski halime dönme riskini almak istemiyorum."

"Yeterince makul," dedi Lia. "Ama eski kuğu bedenini orada bırakamayız, değil mi? Onu gömmek zorundayız."

Onlar cansız bedene bakarken, beden gözden kayboldu.

"Eh, bu sorunu çözdü," dedi E-Z.

"Yaşlı bedenimin ölümü için bir şeyler söylemem gerektiğini hissediyorum. Sakıncası olan var mı?"

Hem E-Z hem de Lia başlarını eğdiler.

Alfred, Lord Alfred Tennyson'ın şiirinden bir bölüm okudu:

Ölen Kuğu:

Ova çimenli, vahşi ve çıplaktı,

Geniş, vahşi ve havaya açık,

Her yerde birikmiş olan

Kederli gri bir çatı altı.

İçinden gelen bir sesle nehir aktı,

Altında ölmek üzere olan bir kuğu yüzüyordu,

Ve yüksek sesle ağıt yaktı.

Burada Alfred Hoo-Hoo'ladı ve şiir devam ederken gözleri dolana kadar Hoo-Hoo'ladı:

Gün ortasıydı.

Yorgun rüzgar devam ediyordu,

Ve giderken saz tepelerini aldı.

Bir an sessizlik içinde birlikte durdular.

Sonra Lia, "Şimdi sana temiz ve kuru giysiler alalım, sonra hep birlikte bir hamburgerciye gideriz. Ben de acıktım ve susadım."

E-Z başını salladı. "Biraz yemek iyi olurdu ama ben hâlâ Eriel'den şüpheleniyorum. Bu işte bir terslik var."

"Yemek yedikten sonra bunu çözeceğiz! Beni çizburger cennetine götür."

Rıhtım boyunca ilerlemeye başladılar. Bir süre daha yürümeye devam ettiler. Sonra kaybolduklarını anladılar.

"Ben mükemmel bir navigatörüm," dedi tek boynuzlu at Küçük Dorrit, onları selamlamak için aşağı uçarken. "Alfred ve Lia'ya binin. E-Z beni takip edebilirsiniz."

Alfred elini kot pantolonunun cebine attı ve bir cüzdan çıkardı. İçinde birkaç banknot ve şu anda içinde bulunduğu cesedin kimliğini buldu. Genç adamın adı David, James Parker'dı, yirmi dört yaşındaydı. Elinde bir ehliyet tutuyordu.

"Güzel fotoğraf," dedi Lia.

"Evet, oldukça yakışıklıyım."

"Ah, kardeşim," dedi E-Z, ilerlemeye devam ederek.

Küçük Dorrit'in yolcuları yukarı, havaya doğru uçtular. E-Z nerede olduğunu anlayana kadar onları takip etti. Tekerlekli sandalyesine bir GPS eklenmesini istemeye karar verdi. Ne yazık ki modifiye ederken bunu düşünmemişlerdi.

İnişi ikinci el eşya satan bir dükkâna yapılan hızlı bir gezi izledi. Alfred artık yeni bir tişört, kot pantolon, yolluk ve çorap giyiyordu. Ardından yemek siparişi başlamadan önce kısa bir kuyruk oluştu.

Küçük Dorrit ortalıkta görünmezken, üçlü yemeklerine gömüldü. Hepsi çok acıkmıştı.

Alfred, ayrıntılı olarak tarif edilemeyecek kadar çok ses çıkarıyordu. Yemeklerini bitirdikten sonra çöpleri uygun çöp kutularına bıraktılar. Ve evlerinin yolunu tuttular.

Neredeyse varmışlardı ki Alfred E-Z'ye seslendi: "Konuşmamız gerek!"

"Siz inene kadar bekleyemez mi?" Küçük Dorrit sordu. "Burada işim bittikten sonra gitmem gereken yerler, görmem gereken insanlar var."

"Ne kadar kabasın," dedi E-Z. "Devam et, Alfred ya da David ya da artık adın her neyse."

"Ben de seninle bu konuda konuşmak istiyordum," dedi Alfred. "Benim dönüşümümü Sam Amca ve Samantha'ya nasıl açıklayacaksın? Sam Amca ve Samantha, sizi trompetçi kuğu Alfred'le tanıştırmak istiyorum. Onun adı artık David James Parker. Girdiği ve şu anda içinde bulunduğu beden sayesinde. Cesedin önceki sahibi olan genç adam intihar ettiğinden beri. Jones Street K öprüsü'nde."

"Tanrım," dedi E-Z. "Bildiğimiz kadarıyla yüzde yüz gerçek bu, ama onlara gerçeği söyleyemeyiz."

"Bunu söylesek annem bayılırdı. Neden onlara kuğu Alfred'in güneye uçtuğunu söylemiyoruz? Daha güneşli bir hava için. Ya da bir eşle tanıştığını? O zaman Alfred'i D.J. olarak tanıtabiliriz, kulağa David James'ten çok daha dostça g eliyor."

"Sen bir dahisin," dedi E-Z "Gerçi arkadaşımın adı PJ olduğu için DJ ve PJ arasında işler biraz karışabilir. Sen ne düşünüyorsun Alfred? Bir tercihin var mı?"

"DJ'i sevmiyorum. Kulağa çok sıradan geliyor. Bana Parker denmesini tercih ederim. Uşak Parker Thunderbirds'teki favori karakterlerimden biriydi."

"Parker olsun o zaman," diye bitirdi E-Z sözlerini, Lia bir çığlık attı ve Alfred bayıldı - evleri yok olmuştu. Yanıp kül olmuştu.

BÖLÜM 21

"O lamaz!" E-Z yanan kalıntılara doğru koşarken ağladı. "Sam Amca ve Samantha'yı bulmalıyım. Bulmak zorundayım."

Sandalyesi kalıntıların üzerinde geziniyordu; her yer kömürleşmiş siyahtı. İnsan yaşamına dair hiçbir iz taşımayan, ayırt edilemeyen bir yıkım karmaşası. Tek tük eşyalar suyla ıslanmıştı. Sönmüş korların arasından aralıklı olarak duman sinyalleri yükseliyordu.

E-Z yumruklarını havaya kaldırdı. "Buraya gel Eriel, seni dev-"

"Uçan mankafa!" Parker hakareti tamamladı.

Lia herkesi sakinleştirmeye çalıştı.

"Neden bunu yapmak zorundaydın? Neden? Neden?" E-Z ağladı.

Lia yere düştü. Başını E-Z'nin dizine yasladı ve Parker ona sarıldı, tam o sırada arkalarında bir araba gıcırdayarak durdu.

İki kapı birden açıldı: Sam ve Samantha.

Koştular ve birbirlerine sarıldılar; sanki birbirlerini bir daha görmeyi hiç beklemiyorlardı. Ayrılmadan önce herkes bir ya da iki damla gözyaşı döktü. Grup kucaklaşmasının tanımadıkları bir adamı da içerdiğini fark ettiklerinde.

Yabancı uzun boylu bir adamdı ve Raptors'ta yer bulmakta hiç zorlanmayacaktı. Tepeden tırnağa koyu siyah, ince çizgili bir takım elbise ve ona uygun ayakkabılar g iymişti.

Ceketinin düğmeleri açıldığında, muhtemelen ipek olan parlak kumaşlı siyah bir takım ortaya çıktı. Simsiyah gözleri ve rüzgârda savrulan saçları sarmaşık teniyle tezat oluşturuyordu. Bir cenaze levazımatçısı ile bir sihirbazın karışımını andırıyordu.

Elini uzattı, "Merhaba, ben Sam'in sigortacısıyım."

Sam Amca, Samantha'yla birlikte yiyecek bir şeyler almak için dışarı çıktıklarını anlattı. E-Z'nin yüz ifadesini görünce, "Jet lag yüzünden uyuyamamıştı," diye gerekçelendirdi. Samantha ve Sam bakıştılar ve başlarıyla onayladılar. "Samantha ve ben..."

"Ah, anne!"

E-Z, "Samantha ve Sam Amca bir ağaçta oturuyorlar - k-i-s-s-i-n-g." dedi.

"Dur," dedi Parker. "Onları utandırıyorsun."

Bütün gözler sigortacı adama çevrilmişti. Adı Reginald Oxworthy'ydi. Telefonla konuşuyordu. Bağırıyordu. "Yeterli değil de ne demek?"

"Olamaz!" Sam söyledi.

"Yıllardır müşterimiz, önce başka bir eyalette yaşarken ve buraya taşındıktan sonra. Sigortası var, bundan eminim." Bir duraklama oldu. "Peki, TEKRAR BAKIN!" Telefonunu kapattı. "Bütün bunlar için özür dilerim."

Sam yaklaştı ve herkes onu takip etti. "Sorun tam olarak nedir?"

"Oh, tabiri caizse sorun yok."

"Bana kesinlikle bir sorunmuş gibi geldi," dedi Samantha. Diğerleri başlarını salladı.

Oxworthy boğazını temizledi. "Onlara poliçenizi tekrar kontrol etmelerini söyledim. Bana bir," telefonu çaldı. "Bir saniye," dedi ve onlardan uzaklaştı. Söylediği her kelimeyi dinleyen bir grup futbolcu gibi onu takip ettiler. "Evet. Tamamdır. Onayladılar o zaman. Sorun değil, olur böyle şeyler."

Sam'e doğru bir gülümseme gönderdi ve başparmağıyla onu onayladı. Çevresindekilerden uzaklaştı ve konuşmasına devam etti.

Bir yığın halinde durmuş, evlerinden geriye kalanlara bakıyorlardı. E-Z'nin hayatı boyunca içinde yaşadığı eve. Şimdi ne olacaktı? Bu yerde yeniden inşa etmek zorunda kalacaklar mıydı? Geçmişi ya da anlamı olmayan yeni bir ev. Onun için asla bir yuva olamayacak yeni bir ev. Eğer hayaletler varsa, ailesinin hayaletlerinin ziyaret edebileceği bir yer asla olmayacaktı.

Oxworthy onlara doğru ilerledi. "Evet, şimdi. Gecikme için özür dilerim. Ama otel rezervasyonlarınız onaylandı. Artık gidebiliriz. Hazır olduğunuzda sizi yerleştiririz."

"Teşekkür ederim," dedi Sam. "Yangının çıkış nedeni hakkında bir fikriniz var mı?"

"Ön soruşturmanın ardından patlamanın gaz sızıntısından kaynaklandığından yüzde doksan eminler. Ama bu konuda şimdilik endişelenmeyin. Poliçeniz otelde kalmanız için gereken tüm masrafları karşılıyor. Size üç oda ayırttım. Bu yeterli olur, değil mi?"

"Bu iyi olur," dedi Sam. "Teşekkür ederim, Reg."

"Poliçeniz aynı zamanda yedek eşyalar, ihtiyaçlar ve yiyecek masraflarını da karşılıyor. Otelde tek kuruş ödemek zorunda kalmayacaksınız. Satın aldığın her şeyin makbuzunu bana gönder. Kopyalarını alın, asılları sizde kalsın. Size geri ödeme yapılmasını sağlayacağım."

Sam ve Oxworthy el sıkıştılar.

"Otele bırakmamı isteyen var mı?" Oxworthy sordu ve Lia ile Samantha onun siyah Mercedes'inin arka koltuğuna tırmandılar.

E-Z ve Parker da Sam Amca'nın arabasına bindiler.

"Tanıştırıldığımızı sanmıyorum," dedi Sam Amca, arka koltukta oturan Parker'a elini uzatarak.

"Tanıştığımıza memnun oldum," dedi Parker.

"Demek siz de İngilizsiniz," dedi Sam Amca. "Lafı açılmışken, Alfred nerede?"

E-Z başını salladı. "Sabah açıklarım. Sen de bize anlatacaklarına devam edebilirsin, sen ve Samantha hakkında."

Sam dikiz aynasına bakıp Parker'ın mışıl mışıl uyuduğunu görünce, "Yeterince makul," dedi. Arabayı çalıştırdı ve hızla uzaklaştı.

"Hepimiz oldukça hareketli bir gün geçirdik," dedi E-Z.

"Bana mı söylüyorsun?"

Bunun için seni suçladığım için üzgünüm Eriel, diye düşündü E-Z. Yine de aklının bir köşesinde bu konuda jürinin hâlâ karar vermediğini düşündü.

BÖLÜM 22

Herkes otele vardığında, daha sonra akşam 6'da akşam yemeği için buluşmak üzere odalarına yerleştiler.

Sam Amca'nın kendine ait bir odası vardı ama onun odasıyla yeğeninin odası arasında bitişik bir kapı vardı. Parker da E-Z'nin odasında kalıyordu, Lia ve annesi ise birkaç kapı aşağıda bir odayı paylaşıyorlardı.

Yerleştikten sonra Lia ve Samantha ihtiyaç alışverişi yapmaya karar verdiler. Yanlarında getirdikleri her şey yangında kaybolduğu için öncelik yeni giysilerdi.

"Pasaportlarımız ne olacak?" Lia sordu.

"İyi ki onları her zaman çantamda taşıyorum."

"Vay be!" İkili bir tasarım mağazasına girdi ve hemen en son Kuzey Amerika modasını denemeye başladı.

"Sigorta şirketi her şeyi ödediği için bu daha da eğlenceli olmalı!" Samantha duvarın arkasından, bitişikteki soyunma odasında bulunan kızına seslendi.

"Alışveriş çılgınlığından daha çok sevdiğimiz bir şey yok!" dedi Lia. "Bunu, bunu ve bunu kesinlikle alacağım."

Otele döndüğümüzde Parker yatakta horluyordu. E-Z ise kayıp bilgisayarını düşünerek odada bir aşağı bir yukarı gidip geliyordu. Neyse ki Dövme Melek romanında fazla ilerleyememişti ama aklındaki en önemli şey ailesinin eşyalarıydı. Hepsinin gittiğine inanamıyordu. Onlara çok uzun zamandır bakmamış olmasının da bir faydası olmamıştı. Ama neden kendini suçluyordu? Sigortacılar bunun nedeninin gaz kaçağı olduğunu söylemişlerdi. Yüzde doksan emin olduklarını söylediler. Neden her şeyin kendi hatası olduğunu düşünmeye devam ediyordu, çünkü bunu durdurabilirdi, şansı varken Eriel'i durdurabilirdi.

Sam kafasını odaya soktu. "Siz ikiniz iyi misiniz?"

Parker gerindi.

"Evet, iyiyiz. İçeri gelin."

"Bazı temel ihtiyaçları almak için dükkânlara gidiyorum. Siz ikiniz bana ihtiyaçlarınızın bir listesini vermek ister misiniz, yoksa bana katılmak ister misiniz?"

"Eğer işin içinde yemek varsa beni de say!" dedi Alfred.

"Sen her zaman açsın!"

"Ne diyebilirim ki, bir süredir sadece ot yiyorum."

E-Z Sam'in bakışını yakaladı ve hayali bir sigara içiyormuş gibi yaptı.

Sam Amca on üç yaşındaki yeğeninin böyle şeyleri nasıl bildiğini merak ederek alay etti. Konuyu değiştirmek için odalarını kilitlediler ve koridorda ilerlemeye başladılar.

"Tam olarak nereye gidiyoruz?" E-Z sordu.

"Doğru ya, şehirde alışverişe pek sık gitmiyoruz. Buraya taşındığımdan beri gitmek istediğim harika bir alışveriş merkezi var. Çok uzak değil, o yüzden yol boyunca sohbet edebiliriz diye düşündüm."

"Bize neler olduğunu anlatabilir misin?" Parker sordu.

"Evet, sen ve Samantha nasıl bu kadar çabuk kaynaştınız?" E-Z sordu.

"Hmmm," dedi Sam.

"Yangını kastetmiştim," dedi Parker, E-Z'ye omzunun üzerinden şaşı bir bakış atarak.

Dükkâna vardılar. Parker ve Sam döner kapıdan içeri girerken, E-Z kapı açma düğmesini kullanarak içeri girdi.

İçeri girdiklerinde Parker ayakkabılarını düzeltmek için eğildi. E-Z elbise askısından şık bir kot ceket çıkardı ve denedi. Üzerine oturup oturmadığını kontrol etmek için aynanın karşısına geçti. "Bu oldukça iyi görünüyor."

Sam durumu değerlendirmek için yanına geldi, "Katılıyorum, tam oturmuş. Senin için yapılmış gibi görünüyor."

"Sen ne düşünüyorsun Alfred?"

Sam iki kez baktı. Parker, "Bana Alfred demeyi keser misin! Kimdi bu Alfred denen adam?"

"Ah, üzgünüm İngiliz aksanı. Onda da vardı. Alfred bizim bir arkadaşımızdı."

Sam giysilere bakmaya devam etti. Bir sepeti iç çamaşırları ve banyo malzemeleriyle dolduruyordu.

"Ne düşünüyorsun Parker?"

Daha yakından bakmak için yere geçti. "Tam oldu. Bence almalısın. Ama kanatların patladığında ve mahvolduğunda çok yazık olacak."

Sam yanından geçti ve E-Z ceketi sepetine attı. "Bence siz de iç çamaşırı gibi bazı ihtiyaçlarınızı almalısınız. Tabii komando olmaya niyetiniz yoksa."

"Eww!" E-Z haykırdı.

"Oh, bu deyimi biliyorum. Kökeninin İngiltere'de olduğundan oldukça eminim."

"Yeğenimin sana neden Alfred deyip durduğunu anlayabiliyorum. Bu onun söyleyeceği türden bir şey."

E-Z bir an Parker'a ters ters baktı. Sonra amcasını takip ederek kasaya doğru ilerledi ve orada durup bir şapka denedi ve sepete attı.

"Şimdi, Parker nereye gitti?" diye sordu. E-Z kayıp arkadaşını bulmak için mağazayı tararken Sam kravat iğnelerine bakmaya devam etti.

Parker sağ kolu yukarıda, sol kolu aşağıda, Dördüncü Koridor'un ortasında kıpırdamadan duruyordu. Yüzündeki ifade açıkça zombi gibiydi.

"Olamaz!" E-Z yanına dönerken "Olamaz!" dedi. "Parker," diye fısıldadı. "Sorun nedir? Dikkat etsen iyi olur yoksa biri seni bir mankenle karıştıracak."

Parker kıpırdamadan durdu.

"Kendine gel," dedi E-Z, sandalyesiyle Parker'a çarparak. Parker'ın vücudu eğildi, sonra da devrildi. E-Z onu tam zamanında yakaladı ve gömleğinin arkasından tutarak kaldırdı. Arkadaşını düzeltmeye çalıştı, böylece o kadar sert ve manken gibi görünmeyecekti ama bu kolay bir iş değildi.

Sam Amca yardım etmek için koştu. "Parker'ın nesi var?"

"Bilmiyorum. Onu buradan çıkarmalıyız."

"Uyuşturucu mu alıyor? Yüzünde garip bir ifade var, sanki hayalet görmüş gibi."

"Hayır, uyuşturucu yok, arada sırada biraz ot dışında. Ve hayalet diye bir şey yoktur - gündüz olduğundan bahsetmiyorum bile. Belki onu sandalyemle taşıyabilirim? Biri fark edip polisi aramadan önce onu buradan ç ıkarmalıyız.

"Katılıyorum. Polisi ararlarsa ne gerekçe göstereceklerini bilmiyorum. Mağazamızda manken taklidi yapan bir adam var! Çabuk gelin."

"Komik," dedi E-Z. "Sen gidip kontrol et, ben burada kalacağım. Çok fazla dikkat çekmeden onu buradan nasıl çıkarabileceğimizi düşünelim."

E-Z Parker'ın yanında kalırken Sam Amca ödeme yapmaya gitti. Koridordan gelen müşteriler içeri girmekte ve etraflarından dolaşmakta zorlanıyordu. E-Z müşterilere uyum sağlamak için sandalyesini önce sola, sonra sağa çe virdi.

Sonunda, aynı anda birkaç müşteri olunca, Parker'ı duvara yasladı. En azından yoldan çekilmişti. Sonra oturup Sam'i bekledi.

"Biz buradayız!" E-Z onu fark edince seslendi.

"Neden yüzü duvara dönük? Ve siz burada ne yapıyorsunuz?"

"Bir sürü müşteri vardı ve biz de yolumuzun üzerindeydik. Onu buradan nasıl çıkarabileceğimizi düşündün mü?"

"Evet, şu açık kasa kamyonlardan birini alacağım," dedi Sam.

"Neden bir el arabası almıyorsun?" E-Z sordu. "Daha az dikkat çeker."

"Onu asla bir arabaya bindiremeyiz. Kanatlarını açıp onu kaldırıp içine bırakmak istemiyorsan tabii."

"Düşünmem gerek." Birkaç dakika sonra, açık kasa bir araç bulmanın en iyi fikir olduğunu fark etti. "Evet, bir açık kasa bul ve onu içine koymana yardım edeyim. Dükkândan çıktıktan sonra onu otele uçurabilirim. Tek sorun, oraya vardığımda onunla ne yapacağım olacak."

"Bunu dükkândan çıktıktan sonra düşünürüz." Sam bir el arabası almaya gitti. Onun yerine bir açık kasa ile döndü. Bunun daha iyi bir seçenek olduğu ortaya çıktı. Parker'ı kolayca arabaya bindirdiler ve otele doğru yola k oyuldular.

E-Z, "Yavaş ve istikrarlı bir şekilde geri yürüyelim," dedi. "Sonuçta uçmama gerek yok. Yavaş yavaş odamıza çıkar, onu yatağına yatırırız."

"O zaman açık kasa kamyonu iade ederim, bizzat iade edeceğime söz vermem gerekiyordu."

"Kulağa bir plan gibi geliyor. Oops."

Bir grup müşteri kaldırımın çoğunu kaplamıştı. Geçmelerine izin vermek için durdular, sonra tekrar yollarına devam ettiler ve kısa süre sonra otele geri d öndüler.

İçeri girdiklerinde, açık kasa normal asansöre sığmıyordu, bu yüzden servis asansörünü kullanmak zorunda kaldılar. Bunun için biraz ikna edilmeleri, yani kapıcıya rüşvet vermeleri gerekti. Para el değiştirdikten sonra, açık kasa kamyonu asansörden çıkarmalarına bile yardım etti. Ayrıca işleri bittiğinde onu mağazaya geri götürmeyi teklif etti. Sam'in kibarca reddettiği bir teklif.

Şimdi, E-Z ve Parker'ın odasının dışında asansör açıldı ve Lia ile annesi dışarı çıktı. Adamları ve açık kasa kamyoneti fark ettiklerinde her ikisi de çok sayıda çanta taşıyordu.

"Olamaz! Ne oldu?! Lia sordu.

"Bilmiyorum," dedi E-Z. "Tuhaf bir dönüş yaptı."

"Hadi onu içeri götürelim," dedi Sam.

Çantalarını bıraktıktan sonra kızlar E-Z ve Sam'in Parker'ı yatağa yatırmalarına yardım ettiler.

"Belki de bir büyünün etkisi altındadır?" Lia bunu önerdi.

"Bu senin için oldukça tuhaf bir atlama," dedi Samantha. " Charmed'ın tekrarlarını çok fazla izliyorsun."

Lia güldü. "Evet, en sevdiklerimden biriydi. Hani şu Who's the Boss'taki kızın oynadığı önceki versiyonu kastediyorum."

"Hollanda'da da eski kanalları izlediğini bilmek güzel," dedi E-Z. Sonra Parker'a yaklaştı. "Dur bir dakika. Hâlâ nefes alıyor mu?"

Parker'ın göğsünün inip kalkmasını izlediler. Öyle bir şey olmadı.

Samantha, "Kalp atışını ya da nabzını kontrol edin," diye önerdi.

"Kalp atışı var," dedi Sam. "Ve nefes alıyor ama düzensiz."

Samantha eğildi ve Parker'ın alnına dokundu. "Aman Tanrım, ateşi var!"

"Biraz buz getirin!" Sam bağırdı, sonra da kendi emrine uyarak buz kovasıyla birlikte koridora koştu.

"Bir doktor çağırmamız gerekmez mi?" Samantha sordu.

BÖLÜM 23

"Annemekatılıyorum. Bir ambulans çağırmalıyız ya da belki otelin burada kalan bir doktoru vardır," dedi Lia.

E-Z yüzünü buruşturarak Lia'ya mesajı iletti: Sam Amca'dan ve annenden kurtulmamız gerekiyor.

Sam bir kova dolusu buzla geri döndü. "Onu küvete sokmamız gerek." O ve Samantha Parker'ı kaldırmaya başladılar.

"Durun!" Lia dedi ki. "Sam ve annem, neden ikiniz gidip bol bol buz getirmiyorsunuz? Onu içine koymadan önce küveti doldurmamız gerek, değil mi?"

"Sanırım bizden kurtulmaya çalışıyorlar," dedi Sam.

"Üzgünüm," dedi E-Z. "Parker'ın durumunu anlamaya çalışmamız için bize birkaç dakika verebilir misiniz?"

Samantha ve Sam başlarıyla onayladıktan sonra odadan çıktılar.

E-Z, Eriel'i çağıran sihirli sözcükleri okudu:

Roch-Ah-Or, A, Ra-Du, EE, El.

Başmelek hâlâ ortaya çıkmamıştı. Eriel tarafından sürekli izlendiğini bildiğinden, görmezden gelinmesi E-Z'nin sinirini bozuyordu.

Lia Haniel'i aradı ama yanıt alamadı.

Parker'ın kalbi yavaşlayıp neredeyse duracak gibi olduğunda E-Z ve Lia ne yapacaklarını bilemediler.

Çağrılmadan ya da tantanayla Ariel geldi. Doğruca Parker'ın yanına uçtu. Ellerini onun alnına koydu. Gözlerinden süzülen yaş damlalarının Parker'ın yanaklarına düşmesini izlediler. Yumuşak bir şarkı söyleyerek zikretti ve bekledi. Adam hareket etmediğinde ya da bilinci yerine gelmediğinde gitmek için döndü. Ama gitmeden önce, "O gitti" diye ağıt yaktı. Ve saniyeler sonra o da öldü.

Her ne kadar 45. katta olsalar ve Alfred/Parker ölmüş olsa da. Tekrar. E-Z onu yataktan kaldırdı ve pencereye taşıdı. Omzunun üzerinden Lia'ya baktı.

O ve Parker düşerken Lia ağlıyordu.

Düşüyorlardı, düşüyorlardı. Ta ki E-Z'nin tekerlekli sandalyesinin kanatları çıkana kadar. Uçtular, o ve Alfred, o ve Parker. İkisi de aynıydı. Bir fiyatına iki kişi.

Gittikçe yükselirken sayıklamaya başlamıştı. Sandalyesinin metal parçaları giderek ısınıyordu.

Kendiliğinden yanacaklarından korkuyordu.

Bunu düzeltmek zorundaydı. Sadece yapmak zorundaydı. Eriel'i bulmak zorundaydı.

Tekerlekli sandalye sarsılmaya başladı ve E-Z ile Alfred/Parker'ın düşmesine neden oldu.

Sandalyesiz bir şekilde E-Z'nin arkadaşının cansız bedenine sarıldığı siloya düştüler.

Çok geçmeden Eriel geldi ve havada onların önünde asılı kalarak şöyle seslendi: "Sana bunun olacağını söylemiştim. Sana söyledim ve o da kabul etti. Anlaşma yapıldı."

E-Z bunun doğru olduğunu biliyordu ama yine de. "O zaman neden ona umut verdin ve neden Shakespeare'den alıntı yaparak ona ikinci bir şans verdin?"

Eriel, E-Z'nin tuttuğu cansız bedene baktı. "Bunu ben yapmadım."

"O zaman kiminle konuşmam gerekiyor?" E-Z sordu. "Onu bana getirin. Tanrı ya da yetkili her kimse. Onu görmek istiyorum!"

BÖLÜM 24

Erieloflayıp pufladı ve ortadan kayboldu.

E-Z ve Alfred/Parker kaldı. Parker ismi onun için hiçbir şey ve hiç kimse değildi. Alfred onun arkadaşıydı ve artık gittiğine göre onu sadece Alfred olarak hatırlayacaktı.

Aynı anda hem bir şeyi hem de hiçbir şeyi bekliyordu. E-Z ölü arkadaşının bedenini kucakladı ve onun tekrar hayata dönmesini diledi.

"İçecek bir şey ister misiniz?" diye sordu duvardaki ses.

"Arkadaşımın tekrar hayatta olmasını istiyorum. Onu tekrar hayata döndürebilir misin? Lütfen onu kurtarmama yardım eder misiniz?"

"Lütfen oturun."

PFFT.

Lavantanın rahatlatıcı kokusu havayı doldurdu. Rüya gibi bir duruma daldı, bir anıyı yeniden yaşıyordu, içinde bulunduğu duruma uyacak şekilde değişmiş ve dönüşmüş bir anıyı.

Orada E-Z'nin annesi ve babası hayatta ve iyiydiler ama daha gençtiler. Daha önce hiç görmediği bir arabayla hastaneden dönüyorlardı. Babası Martin, annesi Laurel'in arabadan inmesine yardım etmek için sürücü koltuğundan fırladı.

Birlikte arka koltuğa uzandılar ve bir bebek koltuğu çıkardılar. İçinde mışıl mışıl uyuyan bebeğe sevgiyle baktılar.

"Tıpkı ağabeyi gibi," dedi Martin.

"Evet, E-Z arabada hep uyuyakalırdı," dedi Laurel.

"Hadi içeri gel," diye mırıldandı Martin.

"Ve ağabeyinle tanış," dedi Laurel, bebek gözlerini kısa bir süre açtıktan sonra tekrar uykuya daldı.

E-Z, yanında Sam Amcası olduğu halde pencereden dışarı bakıyordu. Dışarı çıkıp yeni kardeşini selamlamak istiyordu.

"İçeri gelmelerini bekle," dedi Sam Amca.

"Tamam," dedi yedi yaşındaki E-Z, yüzünü iki eliyle pencereye dayayarak.

Ön kapı açıldı, "Biz geldik!" diye seslendi annesi Laurel.

E-Z ön kapıya koştu, annesi ve babası onu kucakladı. Dickens ailesinin en yeni üyesini takdim etmek için çömeldiler.

"Çok küçük," dedi E-Z.

"O bir erkek," dedi babası.

"Oh."

"Onu kucağına almak ister misin?" diye sordu annesi.

"Tamam," dedi E-Z, annesinin küçük kardeşini içine yerleştirebilmesi için kollarını tutarak. "Yine de onu uyandırmak istemiyorum. Bir sakıncası olur mu?"

"Hayır, uyanmaz," dedi Laurel.

"Uyanırsa, ağabeyiyle tanışmak istediği için uyanır."

"Bir adı var mı?" E-Z yeni doğmuş bebeği kucağına alıp başını okşayarak sordu.

"Henüz yok, adını sen koymak ister misin?" diye sordu annesi. "Güzel, boynunu tut, işte böyle... çok güzel. Bunu yapmayı nereden biliyorsun? Sen çok iyi bir ağabeysin."

"Harika iş çıkardın dostum," dedi babası.

E-Z cygnet'in yüzüne baktı ve "Bana bir Alfred gibi görünüyor" dedi.

İki dünya çarpışırken E-Z'nin yanaklarından yaşlar süzüldü. Birinde Alfred adındaki bebek kardeşini kucaklıyordu. Diğerinde ise Alfred'in silodaki ölü bedenini kucaklıyordu.

"Bekleme süresi yedi dakikadır," dedi duvardaki ses.

"Yedi dakika," diye tekrarladı E-Z.

Alfred'i, onun güçlerini düşündü. İnsanlar da dahil olmak üzere diğer yaşam formlarını nasıl iyileştirebildiğini. Alfred'in genç adamı iyileştirip iyileştirmediğini merak ediyordu. Değişimi kendisi mi yapmıştı? Bu mümkün olabilir miydi?

"Alfred," dedi E-Z. "Alfred, beni duyabiliyor musun?" Arkadaşının bedenini sarstı. "Alfred!" dedi tekrar tekrar, arkadaşının bir şekilde onu duymasını umarak.

Duvardaki saat geri sayarken Ariel ortaya çıktı. "Cesede bu şekilde davranamazsın. Bu bir utançtır." Kanatlarını açtı ve Alfred'in gevşek bedenini E-Z'nin kollarından alıp götürmek niyetiyle kaldırmaya gitti.

"Hayır!" dedi E-Z. "Onu alamazsın."

Ariel önce kanatlarını, sonra da işaret parmağını E-Z'ye doğru salladı.

"Alfred binayı terk etti, sen de onu tutan deriyi, giysiyi tutuyorsun. Alfred şu anda olması gereken yerde. Bedenini bırak gitsin."

E-Z doğrulup oturdu. Eğer Alfred ailesiyle birlikte bir yerlerdeyse, eğer bu doğruysa, o zaman evet, gitmesine izin verebilirdi. O zamana kadar dayanmaya devam etti.

"Tam olarak nerede? Ailesiyle birlikte mi?"

Ariel kanat çırparak yaklaştı, oldukça yakındı, neredeyse E-Z'nin burnunun üzerine oturacaktı. "Bunu söyleyemem."

"O halde gitmesine izin vermeyeceğim."

"İyi," dedi Ariel. Oflayıp pufladı ve gözden kayboldu.

Onun yukarısında, silonun içinde biri kadın biri erkek iki figür belirdi. Ona doğru ilerlediler ve aşağı süzüldüler. Gittikçe yaklaştılar.

Gözlerini ovuşturdu. Yine rüya mı görüyordu? Annesi ve babasıydı. Martin ve Laurel. Melekler, onu karşılamaya geliyorlardı. Başını iki yana salladı. Onlar olamazdı. Olamazdı. Rüyasında onları görüyordu - eve bir kardeş getirmelerini. Şimdi buradaydılar, ambarda onunla birlikteydiler. Gün gibi açıktı - ama hâlâ uyuyor muydu? R üya mı görüyordu?

"E-Z," dedi annesi. "Bu kişi, arkadaşın Alfred öldü. Onu bırakmalı ve işine devam etmelisin. Denemeleri tamamlamalısın ve saat işliyor. Zamanın tükeniyor."

E-Z'nin babası Martin, "Hepimizin tekrar bir arada olabilmesinin tek yolu bu," dedi.

"Ama ona yalan söylediler," dedi E-Z. "Ona ailesiyle birlikte olacağını söylediler. Şimdi ailesiyle birlikte olamaz, bu şekilde olmaz. Seninle birlikte olmak konusunda bana yalan söylemediklerini nereden bileceğim? Senin, Eriel'in emirlerini yerine getirmemi sağlamak için yaptığı bir manipülasyon olmadığını nereden bileceğim?"

"Eriel kim?" diye sordu annesi.

"Eriel'i tanımıyoruz," dedi babası.

Bu hiç mantıklı değildi. Burası Eriel'in yeriydi. Onu tanıyıp tanımamaları önemli değildi, orada olmalarından o sorumluydu. E-Z'nin gönül tellerini nasıl çekeceğini biliyordu. Yapmasını istediği şeyi ona nasıl yaptıracağını b iliyordu.

Tam olarak ne istiyordu? Ve bunu elde etmek için neden ailesini kullanıyordu? Bu utanmazcaydı. Anne ve babası havada asılı duruyor, kukla gibi gülümsemelerini açıp kapatıyorlardı. İşte o zaman o iki hayaletin ya da her neyseler, aslında anne babası olmadıklarından emin oldu. Bunlar onun ya da muhtemelen Eriel'in hayal gücünün ürünleriydi. Anlayamadığı şey ise nedeniydi. Neden bu kadar acımasızca ve utanmazca manipüle ediliyordu?

"Uyan E-Z!"

Yatağına geri dönmüştü. Kendi evinde.

Yuvarlandı ve tekrar uykuya daldı... ve tekrar siloya indi - tekrar.

BÖLÜM 25

Üçsilo benzeri şey odanın içinde Lideri Takip Et oyunu oynar gibi süzülüyordu.

Onlar silo değildi. Onlar Ruh Yakalayıcılar adı verilen gerçek ebedi dinlenme yerleriydi.

Bir canlı her yok olduğunda, içinde yaşadığı bedenin bir ruhla doğmuş olması koşuluyla, bir gün yaşamaya devam ederdi. Ruh Yakalayıcılar sayılamayacak kadar çoktu. Sayıları biz insanların kavrayabileceğinden çok daha fazlaydı. Bilinen en büyük sayı olan bir googolplex'ten daha f azla.

E-Z geldiğinde, daha önce olduğu gibi onu bekleyen ruh yakalayıcıya bırakıldı.

Daha sonra Alfred geldi, hala ölüydü ve bedeni ruh yakalayıcısına yerleştirildi.

En son Lia geldi, hala uykudaydı ve ruh yakalayıcısına yerleştirildi.

E-Z'nin klostrofobik hissetmeye başlaması uzun sürmedi.

"İçecek bir şey ister misiniz?" diye sordu duvardaki ses.

"Hayır, teşekkür ederim," dedi, parmaklarını tekerlekli sandalyesinin koluna vurarak, o sırada bir melek belirdi. Yeni bir melek, daha önce görmediği bir melek.

Bu melek bir kadındı. Sanki bir mezuniyet törenine katılıyormuş gibi dökümlü siyah bir cüppe ve kep giymişti. Sert bakışlı yüzünde bir çift gözlük vardı. Marilyn Monroe'nun Café'deki posterde taktıklarına benziyordu. Aradaki fark, bu çerçevelerin kanı andıran kırmızı bir sıvıyla titreşmesiydi.

"E-Z," dedi titrek ve yüksek bir sesle. Sesi yankılandı. "Ruh Avcınıza tekrar hoş geldiniz."

"Ruh Yakalayıcı mı?" dedi adam. "Bu şeyin adı bu mu? Bana daha çok bir silo gibi görünüyor. Peki, Ruh Yakalayıcı nedir?"

"Ruhlar için ebedi bir dinlenme yeri," dedi, sanki aynı soruyu daha önce milyonlarca kez yanıtlamış gibi.

"Ama bu insanlar öldüğünde yapılmıyor mu? Ben ölü değilim." Ölmemiş olmayı umuyordu!

"Bekle!" diye bağırdı.

Konuşurken yine duvarları titretti. Ve dişleri de titriyordu. O kadar ki, tercihi dışarıda karda olmak, sonra onun bir kelime daha söylediğini duymak zorunda kalmak olurdu.

"Sana bunun soru-cevap zamanı olduğunu söylememiştim. Gördüğüm kadarıyla, denemelerinizin çoğunu başarıyla tamamladınız. Gerçi Alfred iki numaralı denemede yardım etti. Bildiğiniz gibi izinsiz yardıma izin v erilmez."

E-Z Alfred'i savunmak için ağzını açtı ama tekrar kapattı. Kadının sesini tekrar yükseltmesi riskini almak istemedi. İçerideki ısıyı yükseltmelerini dilediğinden emindi. Yine de orası ruhlar için bir yerdi. Belki de ruhlar soğuk depoyu t ercih ediyordu.

TICK-TOCK.

Omuzlarına bir battaniye örtülmüştü.

"Teşekkür ederim."

"Haklısın, öldüğünde ruhun burada dinlenecek. Ya da ölmene izin verseydik burada dinlenecekti. Ama biz seni hayatta tuttuk. Bunu yapmak için iyi bir nedenimiz vardı. Yine de işler değişti. İşler yolunda gitmedi. Bu nedenle, ilk anlaşmamızı iptal etmek istiyoruz."

"Ne demek iptal etmek? Bu ne cüret! Sırf çocuk olduğum için bir anlaşmayı iptal etmeye çalışmak nedir? Çocuk işçiliğine karşı yasalar var. Ayrıca, benden istenen her şeyi yaptım. Elbette, hepsini anında öğrenmek zorunda kaldım. Ama iyi kötü her şeyi yaptım. Ben kendi payıma düşeni yaptım, sen de kendi payına düşeni yapmalısın!"

"Evet, senden isteneni yaptın. Sorun da bu zaten - inisiyatiften yoksunsun."

"İnisiyatif eksikliği!" E-Z yumruklarını tekerlekli sandalyesinin kollarına indirirken haykırdı. "Anlaşmaya göre siz bana denemeler gönderecektiniz ve ben de onları nasıl yeneceğimi bulacaktım. Hayatlar kurtardım. Oyunun yarısında kuralları değiştiremezsin."

"Doğru, orijinal anlaşma buydu. Sonra Hadz ve Reiki ile işler ters gitti -zihinleri silmeyi unuttular- ve Eriel'in devreye girmesi gerekti."

"Bana denemeler gönderdi, ben de onları tamamladım. Hatta onu bir düelloda yendim."

"Evet, yendin. Ondan seninle Sam Amcan arasındaki bağları değerlendirmesini istemiştim."

"Bizi değerlendirmesini mi?"

"Evet. Bir başmeleğin eğitimdeki bir melek için sınavlar YARATMASI gerekmez. Senin inisiyatifsizliğin yüzünden Eriel olması gerekenden daha fazla müdahil olmak zorunda kaldı."

"Dur bir dakika! Yani, dışarı çıkıp kendi denemelerimi bulmam gerektiğini mi söylüyorsunuz? Neden kimse bana bu gereklilikler hakkında bilgi vermedi?"

"Bunu kendi başına çözeceğini umuyorduk. İpuçları vardı. Büyük resimle ilgili ipuçları. Ortak noktalar. Denemeleri tartışabileceğin başkaları olmasını umuyorduk. Zaten tamamladığınız denemeleri. Soruna odaklanacağınızı. Aynı sonuca varırsınız.

Bize yardım edersiniz. Hatta belki de biz size kaşıkla vermek zorunda kalmadan onu fethedebilirdiniz. Size her türlü fırsatı verdik ama yapmadınız. Bu yüzden başka bir yol izleyeceğiz."

"Ortak noktalar mı? Ne demek istediğinizi anlayabilirim."

"Eğer bir yolunu bulup Süper Kahraman seçeneğini seçersen... Bu işe yarar. Her şey çok net olduğu sürece. Resmin tamamına sahiptin. Riskleri biliyordun."

"Yani hâlâ bir takım mı olacağız? Neden bunu açıkça söylemiyorsun? Benim için kolaylaştırmıyor musun?"

"Geçmişte, yol arkadaşlarınıza sizin sahip olmadığınız güçler verilmiş olsa da, siz bunları kullanmadınız. Bunun yerine, üçünüz de oturup zaman kaybederek her şeyin olmasını beklediniz.

Eriel'in lunaparkta ortaya çıkması size de garip gelmedi mi? Üçlünün profillerini yükseltiyordu. Bu bir başmeleğin işi değil. Bu senin işin."

Başını iki yana salladı. "Sonunda kendini tanıtana kadar Eriel olduğundan yüzde yüz emin değildim. Ondan önce de şüphelerim vardı. Başka kim Abraham Lincoln gibi giyinir ki?

"Ayrıca, kimsenin bilmemesi gerektiğini düşünüyordum. O noktaya kadar, duruşmaların sır olduğunu sanıyordum.

Seninle yaptığım anlaşmayı bozmaktan korkuyordum. Ophaniel birine söylersem ailemi tekrar görme şansımı kaybedeceğimi söyledi. Benim için belirlenen kurallara uydum. Adil oyun kavramını anladığını sanmıyorum."

"Bu bir oyun değil. Başmelekler ne isterlerse yapabilirler!" diye haykırarak E-Z'nin oturduğu yere yaklaştı. Çenesini öne doğru itti. "Senin Melek oyunu yerine Süper Kahraman oyununa daha uygun olduğuna karar verdik. İşte o zaman, halkla ilişkiler departmanında sana yardımcı olundu. Yardım edecek kendi insanlarınızı bulmanız için sizi cesaretlendirmek için. Tanrı biliyor ki dünya onlarla dolu. Shakespeare onlara ne diyordu, hemşirelerinin kollarında miyavlayan ve kusanlar."

"Hiç Shakespeare okumadım ama Charles Dickens'la akrabalığım var. Konuyla alakası yok. Ama, tamam, eğer yaşıyorsa Alfred'le ve yanımda Lia'yla birlikte bir Süper Kahraman olarak devam etmemi istiyorsun. Medyadan kolayca çok fazla destek ve tanıtım alabiliriz.

"Ben hâlâ sana bağlıyım. Eğer bizi serbest bırakırsan, gökyüzü sınırsız olacak. Okulda ve spor sektöründe bir sürü çocuk tanıyoruz. Bir Süper Kahraman Yardım Hattı ve bir web sitesi kurabiliriz. Dünyanın her yerinden insanlarla bağlantı kurmak için sosyal medyayı kullanabiliriz. İnsanlar onlara yardım etmemiz için sıraya girecek. Bu yepyeni bir oyun olacak."

"Ah, sonunda girişimden bahsediyor... ama sevgili oğlum bu çok geç. Daha önce de söylediğim gibi, size karşı olan yükümlülüğümüzden kurtulmak istiyoruz. Artık bize bağlı değilsin. Artık ödemeniz gereken bir borç y ok."

"Ama..."

"Üçünüz de bu işte sadece kendiniz için olduğunuzu kanıtladınız. Melekler bize yardım edebileceğinizi, bizi yeryüzünde temsil edebileceğinizi ilk söylediklerinde bir planımız vardı. Alfred'le de aynıydı. Sonra Lia geldi. O zamandan beri, ikinizle bazı başarılar elde ettik. Onu da bu üçlüye dahil ettik... ama şimdi siz kullanılmaz hale g eldiniz."

"İnsanları kurtarıyoruz, insanlara yardım ediyoruz."

"Bana bunu söyleme. Sana bugün, burada ve şimdi ailenle birlikte olma şansı versem Havlu atardın. Denemeler devam etseydi kurtarabileceğin hayatları umursamadan ve düşünmeden çekip giderdin.

"Sanırım Alfred için de aynı şey geçerli - tabii hayatta kalırsa. O da gözünü bile kırpmadan ailesiyle birlikte papatya tarlasına giderdi. Ve göz demişken, eğer Lia tekrar görebilseydi, o da giderdi.

"Dikkatli bir değerlendirmeden sonra hiçbirinizin kendinizden başka bir şeye bağlı olmadığınızı fark ettik, bu nedenle B planına geçtik."

"Durun bir dakika. İşi tanımlayalım." Google'da arattı ve dört çubuk bulduğunu görünce memnun oldu. "Çevrimiçi bir sözlüğe göre: ücret veya maaş karşılığında düzenli olarak iş yapmak veya görevleri yerine getirmek. Senin için ücret almadan çalıştım. Tazminat sözü dışında. Sözlü bir anlaşmamız vardı.

"Alfred'in ya da Lia'nın nasıl bir anlaşma yaptığından emin değilim ama eminim melekleri onlara benzer teşvikler sunmuştur. Ben kendi payıma düşeni yaptım, sen de kendi payına düşeni yapmalısın. On üç yaşındayım ve," diye Google'da arattı. "Evet, düşündüğüm gibi ABD Çalışma Bakanlığı'na göre on dört yaş asgari çalışma yaşı."

Güldü ve gözlüklerini yeniden ayarladı. Adam kadının ellerinin kanlı olduğunu fark etti. Onları siyah giysisine sildi. "İlk yasalar melekler ya da başmelekler için geçerli değildir. Öyle olacağını düşünmek senin için saflık olur." Durakladı. "Size iki seçenek sunmaya hazırız. Birinci seçenek: Hayatınızın geri kalanında burada, Ruh Yakalayıcı'nızda kalacaksınız."

"Ne?"

Ruh Kapanı'nın temelleri titriyordu. Bu metal kabın içine canlı canlı gömülme fikri onu hasta ediyordu.

"Yaşayacağın hayat, nefes aldığın günler o embesil baş meleklerin söz verdiği gibi geçecek. Ailenle birlikte. Yani, doğduğun günden yaşamlarının sona erdiği ana kadar anne babanla birlikte hayatını yeniden yaşayacaksın. Sen asla tekerlekli sandalyede olmayacaksın, onlar da asla ölmeyecek." Durakladı. "Şimdi konuşabilirsin."

"Ebeveynlerimle olan hayatımı, birlikte geçirdiğimiz her bir günü sonsuza dek tekrar tekrar yaşayacağımı mı söylüyorsunuz?"

"Evet."

"İkinci seçenek nedir?"

"Tahmin edemiyor musun?" diye sordu dişlek bir sırıtışla.

Gülümsemesi o kadar samimiydi ki gözlerini kaçırmak zorunda kaldı.

Bekledi.

"İkinci seçenek, Sam Amcanla birlikte yaşamaya devam edeceğin anlamına geliyor." Tereddüt etti, E-Z'ye doğru yaklaştı. Zaten üşüyordu ve şimdi her kanat çırpışında onu daha da üşütüyordu. Battaniyeyi üzerine örttü. Kadın devam etti. "Tahmin edebileceğin gibi, her iki seçenekte de ailenle bir araya gelemeyeceksin, gelemeyeceksin de. Geçmişi yeniden yaratmış oluruz. Sanki bir tiyatro oyununda ya da televizyon programında yaşıyor olacaksın."

"Ne! Ben bunu kabul etmedim!" E-Z haykırdı. "Yani Hadz. Reiki, Eriel ve Ophaniel bana yalan mı söyledi?"

"Yalan güçlü bir kelime ama evet. Etrafınıza bir bakın. Ruhlar ayrı ayrı kompartımanlara yerleştirilir. Her ruh için önceden bir bölme hazırlanır."

"Yani annemle babamın her birinin bu şeylerden birinde olduğunu mu söylüyorsun?"

"Evet, ruhları öyle."

"Peki sonra onlara ne oluyor?"

"Cennette yüzüyorlar."

"Bu çok üzücü. Ben hep annemle babamın bir yerlerde birlikte olacaklarını düşünmüştüm. Alfred'e teselli veren tek şeyin bu olduğunu biliyorum. Karısı ve çocuklarının bir yerlerde birlikte olması. Kimse sevdiklerinin yalnız öldüğünü düşünmek istemez. Sonsuzluğu metal bir konteynırın içinde oradan oraya sürüklenerek geçirmek bir y ana."

"İnsan duygusallığı. Ruhlar sadece var olurlar. Yaşamazlar, nefes almazlar, yemek yemezler, çok sıcak ya da çok soğuk hissetmezler. İnsanlar bu kavramı anlamıyor."

Alay etti.

"Türünüzü aşağılamak istemem. Ama bir beden öldüğünde geriye kalan şey, yani ruh, zihninizi sarması zor bir kavramdır. İnsan beyni evrenin karmaşıklığını kavrayamayacak kadar küçüktür. Bu nedenle dini doktrinler yaratılmıştır. Basit terimlerle yazılmıştır. Herhangi bir kanıt olmadan öğretilmesi ve takip edilmesi kolaydır."

"Ruhlar benim gibi insanlardan daha değerli olduğuna göre, hayatımın geri kalanını bu kaplardan birinde nasıl yaşayabilirim?"

"Şimdi ve daha önce olduğu gibi ayarlamalar yaptık. Seni getirdiğimizde burada var olmakla ilgili hiçbir sorunun yoktu, şimdi de var mı?"

"Klostrofobi dışında," dedi. "Ve beni lavanta spreyiyle sakinleştirmeleri gereken zamanlar."

"Ah, evet. Klostrofobinin nüksetmesi elbette hangi seçeneği seçtiğinize bağlı olacaktır. Eğer birinci seçeneği seçerseniz, ruhunuz hazır olana kadar çevre sizi her şekilde destekleyecektir. O zaman dünyevi formunuzdan kurtulabilirsiniz. İnsanlar uyum sağlar ve siz de buna alışırsınız. Ayrıca, ailenizle birlikte olacak, anılarınızı yeniden yaşayacaksınız. Bu zaman geçirmeni sağlayacak. Ş imdi, seçimini söyle!"

"Bekle, benim kanatlarım ve sandalyemin kanatları ne olacak? Onlara ne olacak?" Tereddüt etti, "Alfred ve Lia'nın güçleri ne olacak? Eğer birinci seçeneği seçersek, eski halimize geri mi döneceğiz? Yani sen ve diğer başmelekler hayatımıza dahil olmadan önceki halimize mi?"

"Elbette kanatlarınızı koparmayacağız, sevgili oğlum, ya da herhangi birinize zaten verilmiş olan güçleri ortadan kaldırmayacağız. Biz başmeleğiz, sadist değiliz."

"Bildiğim iyi oldu, böylece Süper Kahraman olmaya devam edebiliriz."

"Edebilirsiniz, ama kendi tanıtımınızı yaratmanız gerekecek - çünkü biz yoksak, sonsuza dek yokuz demektir."

"Lütfen oturun," dedi duvardaki ses, her ne kadar E-Z'nin bu konuda fazla seçeneği olmasa da.

Başmelek hiçbir şey söylemedi. Bunun yerine gözlüklerini temizleyip tekrar takarak dikkatini dağıttı.

"Bir şey daha var," diye sordu E-Z, "Alfred'le ilgili."

"Devam et ama acele et. İnsanların anlamadığı bir başka kavram da zamanın evrenin her yerinde var olduğudur. Gitmem gereken başka yerler ve görmem gereken başka başmelekler var."

"Tamam, halledeceğim. Alfred şu anda başka bir insan bedeninde. Eğer ruh bedenle birlikte kalıyorsa, o zaman orada iki ruh mu var? Ruh yakalayıcı iki ruh mu bekliyor?"

Melek ona sırtını döndü. Konuşmadan önce boğazını temizledi: "Ben, biz, bu soruyu sormayacağını umuyorduk. Beklediğimizden daha zekiymişsin." Gözlerini kapadı, başını salladı, "Mhmmm." Gözleri kapalı kaldı. E-Z kulak tıkacı takıp takmadığına baktı, çünkü birini dinliyor gibi görünüyordu. Ya da belki de hayal görüyordu. Kadın başını salladı. "Anlaştık," dedi.

"Burada bizimle birlikte başka biri daha mı var?" diye sordu.

Etrafından yeni bir ses yükseldi. Neden bütün başmeleklerin sesleri bu kadar yüksekti?

"Ben Sırların Koruyucusu Raziel. Ez Dickens sözlerime kulak vermelisin. Çünkü onlar bir kez söylendi mi, bir daha hatırlamayacaksın. Ne de burada olduğumu. Ruh Yakalayıcılar ve onların amaçları seni ilgilendirmez. Sınırlarınızı aştınız ve biz buna müsamaha göstermeyeceğiz! Size cömertçe iki seçenek sunduk. ŞİMDİ karar verin ya da bilgili arkadaşım sizin için karar v erecek."

E-Z konuşmaya başladı ama sonra zihni bulandı. Ne hakkında konuşuyorlardı?

Başmelek tekrar gözlerini kapadı, "Teşekkür ederim," diye mırıldandı ve Raziel'in sesi bir daha çıkmadı.

***

S anki zaman geriye sıçramış gibiydi. "Bana düşünmek için zaman tanımadan hemen karar vermemi mi bekliyorsunuz? Sam Amcamla ya da arkadaşlarımla konuşmadan mı? Bu arada Alfred'e ne demeli, ona ailesiyle yeniden bir araya geleceği söylenmişti? Ve Lia, ona görme yetisini geri kazanacağı söylenmişti."

"Alfred gittiğine göre, senin kararın -dünyada hayatta kalıp kalmayacağı- onun kararı olacak. Onun da bir numaralı seçeneği sizinkiyle aynı olacak. Hayatını ailesiyle birlikte tekrar tekrar yaşamak ister miydi? Öldüğünde, onlarla ilgili hoş rüyalar görüyor olabilir. Yine de zihnin ne tür oyunlar oynayabileceğini kimse bilemez. Bir kâbus döngüsü içinde olabilir ve sadece siz onun için doğru seçimi yaparak onu ve ailesini kurtarabilirsiniz."

"Bundan asla çıkamayacağını mı söylüyorsunuz? Kesin olarak?"

"Bunu söyleyemem. Tek bildiğim, ruh yakalayıcının onun ruhunu almaya hazır olmadığı... henüz."

"Peki ya Lia?"

"Onun insan gözleri bu hayatta yok, tıpkı senin bacakların gibi. Gördüğü günleri yeniden yaşayabilir, ama o da senin onun yerine seçim yapmanı tercih edebilir. Ne de olsa normal bir çocuk gibi büyüyüp olgunlaşacak zamanı olmadı. Zaten hayatının üç yılını kaybetti ve bu yaşlanma olayının tek seferlik mi yoksa tekrar mı olacağından emin d eğiliz."

"Yani ona ne olacağını siz de mi bilmiyorsunuz?"

"Hayır, bilmiyoruz. Ayrıca, o hala uyuyor."

"Buna üçümüz için de bir zaman sınırlamasıyla karar veremem. Bu büyük bir karar ve zamana ihtiyacım var."

"O zaman alacaksın." Altmış dakikadan geriye doğru sayan bir saat belirdi. "Süreniz şimdi başlıyor. Sıfıra gelmeden önce bana cevabınızı verin. Aksi takdirde, konuştuğumuz her şey geçersiz olacak. Ve kendinizi arkadaşınızın cesediyle birlikte otele geri dönmüş bulacaksınız." Kanatlarını çırptı ve yükseldikçe yükseldi.

"Bekle, gitmeden önce," diye bağırdı.

"Şimdi ne oldu?"

"Başkaları da var mı, yani bizim gibi başka çocuklar?"

"Seni tanımak güzeldi," dedi kız.

"Bu duygu kesinlikle karşılıklı değil," diye cevap verdi.

BÖLÜM 26

Dakikalar ilerledikçe E-Z az önce kendisine anlatılan her şeyi gözden geçirdi. Keşke silo yeterince geniş olsaydı da daha fazla hareket edebilseydi diye düşündü. En azından tekerlekli sandalyesinde rahatça oturuyordu. Birlikte dinamik bir ikili gibiydiler.

"Bir şeyler yemek ister misin?" diye sordu duvardan gelen ses.

"Elbette isterim," dedi. "Bir elma, biraz patlamış mısır - peynir aromalı iyi olur ve bir şişe su."

"Hemen geliyor," dedi ses, metalik bir masa duvardaki daha önce fark etmediği bir yarıktan içeri itilirken. Masa önünde durdu. Yarıktan önce su şişesini taşıyan bir kanca çıktı. Sonra ikinci bir kanca bir bardak taşıdı. Üçüncü bir kanca bir elma ile onu takip etti. Kanca elmayı yere koymadan önce bir havluyla parlattı. Sonra bir kase patlamış mısır taşıyan dördüncü bir kanca çıktı.

Dört kanca el sallayıp duvarın içinde kaybolurken, "Teşekkür ederim," dedi.

"Bir şey değil."

"Bilgisayarımı bana ulaştırma şansınız var mı? Yangında yok oldu. Bu kararı vermek için gerekenlerin bir listesini yapabilmeyi çok isterdim."

"Elbette. Bana bir iki dakika verin."

Elmayı bitirip patlamış mısırı düşünürken, karşı duvardaki başka bir yuvadan dizüstü bilgisayarı göründü. Kanca onu havada tutuyor, E-Z'nin diğer nesneleri ona uygun hale getirmesini bekliyordu. O bunu yapmayınca, diğer taraftan kancalar belirdi. Bir tanesi elma çekirdeğini aldı ve tekrar duvarın içinde kayboldu. Bir diğeri kalan suyu bardağa doldurdu. Sonra boş şişeyi duvardaki delikten geri aldı. Patlamış mısırı ve su bardağını saklamak istediği için onları masadan kaldırdı. Kanca dizüstü bilgisayarını yere bıraktı, sonra duvardaki yuvasından geri döndü.

E-Z kancaların havalı aksesuarlar olduğunu düşünüyordu. Onları büyük bir İsveç zincirine kolayca pazarlayabilirdi.

Artık kancaların hepsi gittiğine göre, dizüstü bilgisayarının kapağını kaldırdı ve açtı. Önce Tattoo Angel dosyasını kontrol etti, her şey hâlâ oradaydı! O kadar mutluydu ki, saatin tik takları çalışmasa ağlayacaktı.

"Çok teşekkür ederim," dedi ağzına bir avuç peynirli patlamış mısır tıkıştırarak. Ve sonra yazmaya başladı. Üçüncü olarak kendisi hakkında düşünmeye karar verdi. Önce Alfred hakkındaki artı ve eksileri yazdı. Alfred'in geçmişini ailesiyle tekrar tekrar yaşamayı umursamayacağını hemen biliyordu. Hemen bu seçeneği tercih ederdi.

"Yine de E-Z'ye öyle geliyordu ki bu, ailesinin kabul etmesini isteyeceği bir seçenek değildi. Çünkü ileriye gitmek yerine zaten var olanı yeniden yaşamış olacaktı.

Hayatta ileriye doğru hareket etmek gerekir. Öğrenmeye ve büyümeye devam etmek için.

Bu konuda düşündükçe, bunun hayat hikayenizi tekrar tekrar izlemek gibi bir şey olacağını fark etti. Hayatınızı yirmi dört-yedi sürekli döngü halinde hayal edin. Ne zaman biteceğini asla bilmeden. Ya da hiç bitip bitmeyeceğini. Bu farklı türden bir cehenneme dönüşebilirdi. Düşünmeye bile tahammül edemediği bir cehennem.

Alfred'in her zaman komada olacağından emin olması dışında. Başmelek de bunu ima etmişti. O zaman bu seçimi yapmak onun için kötü rüyaları ya da kâbusları ortadan kaldıracaktı. Alfred sonsuza dek ailesiyle birlikte olacaktı. Gerçek olmasa bile... yeterli olabilirdi. Bunu seçecek miydi?

Saate baktı, elli dakika kalmıştı. Lia'nın davasını düşünmeye başladı. Ünlü bir balerin olma hayali yarıda kesilmişti. Bu hayalin asla gerçekleşmeyeceğini bile bile çocukluğunu yeniden yaşamak ister miydi? Onun için gelecek için bir şans almaya değerdi. Avuçlarının içindeki gözler onu özel, eşsiz kılıyordu... ve sevilebilirdi. Tüm güçlerini kullanabilseydi, mucize kadının son versiyonu b ile olabilirdi.

"E-Z?" Lia söyledi. "Düşündüğünü duyabiliyorum, ama neredesin?"

Olamaz! Artık uyanıktı ve ona her şeyi açıklaması gerekecekti, bu da zaman alacaktı ve zaman tükeniyordu. Bunu hemen yapmak zorundaydı. "Dinle Lia," diye başladı, "sana anlatacak uzun bir hikâyem var, lütfen hikâye tamamlanana kadar beni durdurma. Zamanımız tükeniyor." Her şeyi anlattı, on dakika sürdü. Bir on dakika daha gitti. Geriye kırk dakika kalmıştı.

"Tamam, E-Z, sen kendini düşün, ben de kendimi düşüneceğim. Beş dakika ara verelim, sonra tekrar konuşuruz. Zaman şimdi başlıyor."

"İyi plan."

Beş dakika sonra saat otuz beş dakika kaldığını gösteriyordu. E-Z Lia'ya karar verip vermediğini sordu.

"Verdim," dedi Lia. "Peki ya sen?"

"Ben de," dedi. "Önce sen, eğer yapabilirsen beş dakika ya da daha kısa sürede."

"Benim için oldukça kolay bir karara bağlı, E-Z. Bu şeyin içinde kalmak ve hayatımı burada yaşamak istemiyorum. Ruh Yakalayıcı beni buraya getirdiğinde ölmüş olacağım. O zaman sorun yok. Ama zorla bu alana hapsedilmek istemiyorum. Dışarıda güneşin sıcaklığını hissetmek, kuşları dinlemek, rüzgarı saçlarımda hissetmek varken olmaz. Annemle, Sam Amca'yla ve umarım sizinle vakit geçirmekten bahsetmiyorum bile. Hayat boşa harcanmayacak kadar kısa ve ben çoğu zaman yeni gözlerimi seviyorum." Güldü.

"Katılıyorum ve senin yerinde olsaydım ben de aynısını yapardım."

"Teşekkürler, E-Z. Şimdi ne kadar zaman kaldı?"

"Yirmi beş dakika daha," diye onayladı. "Şimdi, umarım beş dakikadan daha az bir süre içinde benim düşüncem şu. Burası umurumda değil, dışarıda olmaktan çok da farklı değil. Tekerlekli sandalyenin dünyanın sonu olmadığını öğrendim. Aslında, buna oldukça alıştım. Beyzbol oynamak gibi eskiden yaptığım şeyleri yapabiliyorum ve bu konuda tamamen berbat değilim. Hatta Paralimpik Oyunları'nda bile oynayabiliyorum.

"Ailem hayatımı geçmişte yaşayarak harcamamı istemezdi. Sam Amca da istemezdi. Sırf o aptal baş melekler birkaç uygunsuz vaatte bulundu diye her şeyden vazgeçmeye niyetim yok. O yüzden sana katılıyorum. Bu Ruh Yakalayıcı şeylerden kurtuluyoruz. Yaşamımız bitene kadar hayatımızı yaşayacağız. Sonra da gelip bizi yakalayabilir. Yıllar sonra, umarım insanlığa katkıda bulunmuş ve iyi bir yaşam sürmüş oluruz. Bizim gibi başkalarını bulabiliriz. Bir Süper Kahraman yardım hattı kurabilir ve tüm dünyada birlikte çalışabiliriz. Güçlerimizi dünyayı daha iyi bir yer haline getirmek için kullanabiliriz. Hayatlarımızı dolu dolu yaşayabilirdik; gurur duyacağımız ilham verici hayatlar yaratabilirdik ve ailelerimiz de bundan g urur duyardı."

"Bravo!" Lia haykırdı. "Ama bizim gibi başkaları da var mı?"

"Bana her şeyi açıklayan meleğe sordum ama cevap vermedi. Bu da bana var olduğunu düşündürüyor." Saate bir göz attı. "Sadece yirmi bir dakika kaldı."

"Peki ya Alfred? Hiç uyanacak mı?"

"Melek bilmediğini söyledi, sadece ruh yakalayıcı bilebilirmiş... ama kâbus görüyor olabileceğini söyledi. Eğer bir şans varsa, yaşayan bir cehennemde, o zaman gitmesine izin versek iyi olur. Bir numaralı seçenek, ailesiyle birlikte hayatını yeniden yaşaması mı?"

"Ben katılmıyorum. Ruh yakalayıcının bizim için ne zaman geleceğini hiçbirimiz kesin olarak bilmiyoruz. Alfred, kötü rüyalar onu bulabilir diye burada harcanmak istemez. Birine yardım edebileceği ya da ilham verebileceği bir yerde değil. Buraya birlikte geldik ve buradan birlikte ayrılmalıyız. Bence bu kadar."

On dört dakika geçti ve geçiyor.

Alfred'in sorununu benzersiz bir şekilde ele almıştı. Haklı mıydı? Alfred gerçekten de bu senaryoda bilinmeyen bir gelecek için ailesinden vazgeçmek ister miydi? Hepimiz bilinmeyen bir dünyada yaşamıyor muyuz? Rota değiştirmek, eğilmek ve dalmak. Pencereleri açıyor, kapıları kapatıyoruz. Duygularımızın bizi yoldan çıkarmasına ve sonra tekrar geri döndürmesine izin vermek. Her şey yaşamakla ilgili. Evet, Lia haklıydı. Bitmiş bir anlaşmaydı.

Saatin dolmasına sekiz dakika kalmıştı.

"Sanırım haklısın, Lia. Hepimiz birimiz, birimiz hepimiz için," dedi E-Z. "Başmelek bana süre dolmadan önce bu sözleri söylemem gerektiğini söyledi. Sonra hepimiz kendimizi otele geri dönmüş bulacaktık... sanki bu Soul Catcher olayı hiç yaşanmamış gibi."

"Yine de ruh yakalayıcıları hatırlayacağımızı düşünüyor musun? Bu deneyimden öğrenmemiz gereken önemli bir şey var. Paylaşmamış olsak bile. Bunun cennet ve öbür dünya hakkında bildiğimiz her şeyi yerle bir ettiğini unutmayın."

Beş dakika kaldı.

"Öyle, ama bunu diğer tarafta tartışalım." Saat dört dakikaya doğru ilerlerken yumruklarını sıktı. "Karar verdik!" diye bağırdı. "Üçümüzü de bu ruh yakalayıcılardan çıkarın - ŞİMDİ!"

E-Z'nin silosunun duvarları sallanmaya başladı. "İyi misin, Lia?" diye bağırdı. Lia cevap vermedi. Ayaklarının altındaki zemin takırdıyor ve gümbürdüyor gibiydi. Sonra dönmeye başladı, önce saat yönünde, sonra saat yönünün tersine, sonra saat yönünde.

Midesinin içi burkuldu. Peynirli patlamış mısır kusuyor ve çiğnediği kırmızı elma parçalarını her yere saçıyordu.

Ruh Yakalayıcı'nın ondan alacağı tek hatıra bunlardı. Umarım çok uzun bir süre boyunca.

Teşekkür ederim!

Sevgili okurlar,

E-Z Dickens Serisi'nin birinci ve ikinci kitabını okuduğunuz için teşekkür ederim. Umarım bu yeni karakterlerin eklenmesini beğenirsiniz ve bundan sonra neler olacağını öğrenmek istersiniz.

Serinin diğer iki kitabı da yakında piyasada olacak!

Beta okuyucularıma, düzeltmenlerime ve editörlerime bir kez daha teşekkür ederim. Tavsiyeleriniz ve teşvikleriniz beni bu projede yolumda tuttu ve katkılarınız her zaman takdir edildi.

Aileme ve arkadaşlarıma da her zaman yanımda oldukları için teşekkür ederim.

Ve her zaman olduğu gibi, Mutlu Okumalar!

Cathy

Yazar Hakkında

Cathy McGough Ontario, Kanada'da yaşıyor ve yazıyor kocası, oğlu, kedisi ve köpeğiyle birlikte.

Çok yakında:

FİKSİYON
YA

E-Z Dickens Süper Kahraman Üçüncü Kitap: Kırmızı Oda
E-Z Dickens Süper Kahraman Kitabı Dört: Buzun Üzerinde
+ Çocuk kitapları